中华人民
共和国成立70周年
见证录

孙丽　邰筐 ◇ 主编

瞬间或永恒

我与祖国零距离

山西出版传媒集团　北岳文艺出版社
BEIYUE LITERATURE & ART PUBLISHING HOUSE

·太原·

图书在版编目(CIP)数据

瞬间或永恒:我与祖国零距离 / 孙丽,邰筐主编.
—太原:北岳文艺出版社,2019.10
ISBN 978-7-5378-6029-1

Ⅰ.①瞬… Ⅱ.①孙…②邰… Ⅲ.①纪实文学-作品集-中国-当代 Ⅳ.①I25

中国版本图书馆CIP数据核字(2019)第213353号

书　　名	瞬间或永恒:我与祖国零距离
主　　编	孙　丽　邰　筐
责任编辑	王朝军
书籍设计	张永文

出版发行	山西出版传媒集团·北岳文艺出版社
地　　址	山西省太原市并州南路57号
邮　　编	030012
电　　话	0351-5628696(发行部)
	0351-5628688(总编室)
传　　真	0351-5628680
网　　址	http://www.bywy.com
E－mail	bywycbs@163.com
印刷装订	山西人民印刷有限责任公司

开　　本	890mm×1240mm　1/16
字　　数	244千字
印　　张	21.75
版　　次	2019年10月第1版
印　　次	2019年10月太原第1次印刷
书　　号	ISBN 978-7-5378-6029-1
定　　价	48.00元

本书版权为本社独家所有,未经本社同意不得转载、摘编或复制

目 录

第一辑 穿越七十年的乡愁

堇茶如饴	叶浅韵	003
岁月里的家国春秋	艾诺依	010
家乡三忆	孟宪春	018
如是我闻	空 灵	032
穿越七十年的三代乡愁	舒仕明	040
隔着八十一年的亲情	葛 权	050
两张欠条	黄崇羽	059
亲亲沂蒙	苏雨景	063
边境小城	韦佩贝	069
最好的时代	王 飞	075
一担谷	廖辉军	079
吃肉的记忆	朱小毛	083
大山的情怀	郭增吉	087

第二辑　岁月里的流光碎影

奎屯的阳光	宁红瑛	097
书包、手表、花衣裳	刘应姣	106
城市上空的麦田	葛亚夫	114
老农的初心	罗　涌	126
集邮记	刘海涛	131
毛　票	张　楠	134
与一条铁路的爱恨情仇	西　雅	137
我和我的祖国	韩　兵	143
我一直在诗意中寻找	崔　友	146
明天会更好	彭慧慧	156
与铁路同行的检察生涯	刘晓莹	160
终生难忘的三次升旗	张冶乾	167
上街下乡	曹瑞冬	172
祖国是个大家庭	唐红生	179
湖区上有一面旗帜	周　玲	182
对　峙	陆　露	187
郑上慧：自行车上的温情蓝	赖东梅	194
你们依然是我的牵挂	赵　娟	201
二　叔	李焕年	207
老宋和高一帅	吴咏虹	211
愿你的童年被岁月温柔以待	苏伊凡	220
草根创业者的三段往事	徐　歆	225
"90后"检察官小丸子的七年网事	胡雨晴	234
与时俱进的90岁老人　侯龙柱	余海燕	240
我们的征途是星辰与大海	尤　萍	243
我和祖国的青春岁月	曾啟秀	250

第三辑 一个时代的憧憬和梦想

我家三代人的梦想	曲京溪	259
时代三迁	郑骅	267
灯光的蝶变	晓宇	276
我教母亲学支付	张君	280
灯,照亮人间美好生活	周玉成	283
时光·印记	赵颖	285
农家的"能源史"	顾艳	288
电视机的变化	路志宽	291
通信方式的变迁	姜利晓	295
回想写信的那些年	路志清	299
村歌	朱仲祥	301
老冰箱,新冰箱	曹祖兴	307
一把茶壶	刘干	311
碎影流香	庞雷	314
我家厨房变化记	刘志宏	322
一日三乘,日行千里	聂彦	325
最后一次换房	张运涛	329
安得广厦千万间	俞珉	333

第一辑

穿越七十年的乡愁

堇荼如饴

/ 叶浅韵

田野里,已经有人开始收割玉米了。我一时萌生出来的小冲动,丝毫没有瞒过妈妈的眼睛。她说,这些玉米秆子是新品种,没有一根是甜的。倒是脚下这些矮棵的猪草,村子里的人都掐回去,炒着吃,煮着吃,味道还不错。香黄花,苦马菜,小汗菜,灰苕菜,癞蛤蟆叶,缩筋草,它们正铺张地在玉米棵的脚下横行倒走。小时候,我的镰刀遇见它们,一把一把地收割进篮子里,像是收割满心满意的快乐。

这其中的一些野菜,我是吃过的。在城里的餐桌上。细细地咀嚼,即使是苦的,也能嚼出些甜味。那种感觉竟与《诗经·大雅》中的"堇荼如饴"不谋而合。堇荼是一种苦菜,与眼前这些生机勃勃的野菜,也许只是名字上的区别。饥饿时可以果腹,吃饱肚子的日子,用来充当美食,开启一段段不寻常岁月中的回忆。

一代代人的存活都带着不同时代的烙印，当他们在某个时点交集相认的时候，就连甘与苦都像是对调了一个位置。在此时刻，我与妈妈悠闲地坐在地埂边上。过路的邻居递来一串葡萄，姿色诱人，我接过来，才想送到妈妈嘴边，马上又缩了回来。妈妈说，你赶紧吃吧。甜甜蜜蜜的汁液欢快地在我的舌尖上滑动，我想起来了对甜极度渴望的童年。如今，甜蜜唾手可得。但是看见田野里这些玉米秆子，我嘴里的葡萄一时像是沾上了些苦涩。

放下这串葡萄。或许，我应该说一说妈妈的故事，关于糖的故事。

去年秋天，妈妈的体重迅速消瘦九斤。她很高兴，我也很高兴。在长秋膘的时间，能躲过核桃板栗和月饼们重重贴上来的身板，真是不容易。秋天过去，妈妈已经瘦得连双下巴都不见踪影了。我开始着急起来，带着她去医院检查身体，血糖居高。连测数日，医生几乎可以判定妈妈得了糖尿病。

我不相信，妈妈也不相信。她对每一次测量过后的数据找一些借口，昨天怪吃了酒，前天怪吃了红糖鸡蛋。后来，但凡能对血糖有影响的食物都忌了口，谨遵医嘱，再去检验，结果是相似的。我们开始对糖极度谨慎起来。一些含糖较高的水果像是成了家里的敌人一样，被抛弃，被仇恨。

寻医，问药。辅助一些西医的药品，甚至还加入了民间的土法，终于把体重控制下来。每当我下班回家，一进门就看见一个瘦小的妈妈嵌陷在沙发里，两只大眼睛像个孩子一样探询我今天的忙闲和心情。其中一只眼睛的黑眼球上已经"镀"上了好一层雾了，医生说那是白内障，得等再严重一些做手术的效果才好。

"心疼"这种词我已很慎用了,因为还有许多生活等着我的双手。

晚饭后我泡了一壶茶。妈妈是爱喝茶的,我记得她年轻时常常喜欢在茶叶里放一块红糖。现在,谈糖色难。民间给这种病取了个名字叫富贵病。在那些艰苦的年代,糖都吃不上,怎么会有人患上这种奢侈的病呢,居然尿糖了。

我记得有一次妈妈和奶奶发生了一次不愉快的争吵。双方火气都很大。她们互相埋怨对方把几斤红糖藏了起来。她们甚至都发了誓,说绝不可能偷偷藏到娘家去。后来,那些红糖在好些年之后现身了。它们放在顶楼的一个小矮柜里,已经与柜子里的棉纸融为一体了。要知道,那些稀有的棉纸是留给爷爷的后事之用的。长年咳嗽的爷爷熬过了一个又一个冬天,在他七十三岁那一年,丢下我们走了。爸爸想起了那一柜子的棉纸。打开,便成了一柜子面容模糊的心痛。

许多年后,她们都还在惋惜。妈妈得理不饶人,埋怨奶奶在她坐月子期间都没让她吃好休息好,把那些糖放那里都忘记了。奶奶埋怨自己老了不中用了,害家里白丢了多少钱。那时候,吃不上糖,家里有月子婆了,要去大队上打证明,花上一块五毛钱才能得三斤红糖的供应。村子里的人为了得到了点金贵的糖,想了许多办法。关于这些,我已经颇有些印象了。

在秋天收玉米的时候,镰刀挥过的玉米秆子留下好长一截立在土地上。我和小伙伴去找猪草,砍下一根玉米秆子,尝尝味道。遇上甜的,就当甘蔗一样用牙齿剥开皮,像吃甘蔗一样一根根吃完。一不小心,嘴巴皮也会割破、出血,但没有什么可以阻挡我们对甜的渴望。吐一堆渣子在脚下,吃一肚子甜蜜在肚子里，再背起小箩筐继续找猪草。

收割完玉米，村子里的婆婆们把玉米秆子收了回去，清水洗净，用铡刀把它们铡细碎了，又放进碓臼里舂，汁汁液液就舀在桶里，放进一口大黑锅，煮啊煮，然后再用纱布过滤。一道道工序后，就剩下些混浊的液体了。再用文火慢慢熬制，一些淡薄的糖稀就成了。红褐色的黏液，它们被称作糖。女主人把它们装进一只土罐子里，密封，待家里有了用场时再拿出来使用。

因为工序麻烦，所得甚少，村子里只有少数几个勤劳的主妇愿意下此苦力。有时，村子里的娃儿被狗咬了，需要煮个糖水鸡蛋补血、压惊，就要端着小碗去讨点糖稀。我吃过那种糖，淡淡的甜味，总是让人意犹未尽，还不如我和小伙伴们去田野里砍根甜玉米秆子嚼得痛快呢。

甘蔗要种在热一些的地方，这种东西我是长大之后才在集市上见过，吃过，像蜜一样甜。对了，村子里有一户人家是养蜂的。他们家扯蜜糖的时候是最馋村子里的孩子们的。我们总是会得到一小块蜂胚子，含在嘴里，扎扎实实地甜进心里去。后来，那几窝蜂跑了，在一个夏天的午后，它们全体起义了。女主人像丢了孩子一样，勾着腰杆一句句地在叫喊："蜂王落，蜂王落，蜂王蜂王落。"但它们都没有听她的话，在村子后面的竹林里热闹了好一会儿，就飞走了。村子里再也没有养蜂的人家了，存留在我舌尖上的甜进心尖的感受就高悬了许多年。

村子里还有人家用胡萝卜熬制糖的，工序和玉米秆熬制的差不多，但糖的味道却比玉米秆熬制的更浓一些。我依然不喜欢那种甜，好不容易有了一点，我还嫌弃这嫌弃那。为此，被妈妈冠名为"嘴尖磨馋"。爷爷是个有想法的人，不知哪一年起，家里种上了高粱，一小块，就种在土墙边的自留地里。它们直直地长成了绿油油的一片。奶奶的山歌里有一句："高枝高秆是高粱，细枝细叶茴香草。妹是后园茴香草，轻轻摇动满园香。"爷爷的个子很高，跟高粱一样高。

第一次收割高粱的时候，村子里很多人来围观。高粱秆的味道可比玉米秆的味道好多了，不甜不淡地在舌尖上荡漾。高粱秆通过层层工序制成糖，高粱的顶端开花部分被制成了刷子，用于清洁。那时候，我很喜欢这种村子里的洋东西，又甜又特别。我总是在高粱秆子才出叶的时候，就去偷吃它们。

人们形容生活美好时，喜欢用"甜蜜"这两个字。事实上，人们为了得到它，动用了一切智慧。慢慢地，这种原始加工糖的方式也快被人们遗忘了。某天我在街上看见有人在卖高粱秆，三元钱一根，我就像是看见了童年的欢喜，迅速地买一些回来。吃了几口，让我一时觉得我的童年像是假的一样。那些残留在我的记忆和舌尖上的甜，它们到底跑到哪儿去了？我很沮丧地把它们丢了，然后像是报复我自己对甜的追忆一样，翻出柜子里的糖类。冰糖，晶莹剔透闪着光，有棱有角，这个对咳嗽有帮助，滋润肺部；红糖，纯手工制作的，一些加了玫瑰花，一些加了姜；几瓶蜂蜜，来自不同的亲戚朋友，苦刺花蜜是白色的，枣花蜜略有颜色，槐花蜜看上去最想在此时吃一口。

我泡了杯浓浓的槐花蜜水，足足加了四勺蜜。甜到不能拔出来的味道，在我的舌尖上转悠着。才吃完，立即想起医生说的话，雌激素分泌过剩的人要少食，它们会让一些肌瘤汲取到最丰富的营养，促使它们长得更快。我想起我的子宫里潜伏着的那几个肌瘤，想着它们正在被我喂饱，然后在我的身体里繁衍、生长，我看那几瓶蜂蜜的眼色顿时就带上了许多仇气。

那些年，我们多么渴望这点甜蜜的梦呀。在田野里，在悬崖上，在政策里，巴心巴肝地想得到点糖分。它们象征着生活中最美好的那部分。大人哄孩子最有力的武器，永远是：你要乖乖的，乖了给你糖吃。对了，说到悬崖，那是因为有时在悬崖峭壁上会得到野蜂蜜，偶然发现一窝，就像遇见宝藏一样，冒着危险将蜂蜜采集回来，放在一个瓶子里。妈妈把它安置在最高的柜子上面，那是我踩两个凳子都够不到的地方。在我心里，那个位置跟悬崖一样高。妈妈说为了防止我们偷食，还编说吃太多会把牙齿甜掉了。村子里从来没有过把牙齿甜掉了的孩子。但许多年后，糖吃多了的孩子没有一口好牙倒是事实。也许是因为太紧缺了，好不容易有了，就想着把甜吃个够。我上中学了，都还希望口袋里能装着几颗裹红色糖纸的水果糖，觉得那才是最高级的生活。

如今，我和妈妈都在抵制不同的糖。抵制的方式有时很奇怪。妈妈听说，苦瓜是降血糖的。妈妈就种了许多苦瓜，晒干后打成粉末，每天早晨食用。效果似乎还不错。我曾经多么不喜欢这种苦苦的食物呀，现在，却是到了迷恋的程度，仿佛它身上的坑坑洼洼也是一种美，如同妈妈带着我们走过的路。

甘苦的人生，像是被田野里的风吹过的几十年，一季一季的庄稼，一年一年的日子。在苦中找寻甜蜜，在甜蜜中思忆苦涩，像是我和妈妈的生活都在与糖进行一场隐秘的战争。我和妈妈，及许多人,我们都走在找寻自己想要的甘和苦的路上。"堇荼如饴",岁月如水,从无到有,生生不息。

岁月里的家国春秋

艾诺依

"时光一逝永不回,往事只能回味……"在即将迎来新中国70华诞之际,全国公安系统举办了第四届"为祖国放歌"文艺汇演,其中一个节目的尾声,《往事只能回味》的音乐响起。20世纪90年代出生的人不知这是蔡琴的一首老歌,如今在网上一搜索,出现更多的是年轻的乐队和歌手。新壶盛老酒。伴着悠扬的旋律,走在立秋后的中国人民公安大学校园,举目仰望核桃树,枝丫分出两边,一边是生机的绿果,一边是干瘪的褐壳,宛若生命古老,灵魂青葱,穿越岁月的长河。

来北京整整七年,常说"七年之痒",于我来说,只有更多的成长与热爱。因为工作繁忙,基本很少再回老家,一年能有一次,大概也是属于自我要求。今年女儿幼儿园放暑假,临时有暇把她送回老家找小伙伴玩耍。订车票时,我在想,没有软卧就买硬卧,没有硬卧就买硬座,总是能买到票的。现在的火车车速越来越快,买硬座坐五六个小时,还是可以承受的。后来发现,一张硬卧票是两百元，不禁哑然。原来，距离我的童年时光，两百元，只有一顿饭钱，只有一个北京跨区的价格。花了许许多多的两百元，却没有时间购买一张回程的车票。

每次，回到家乡，脚步就会慢下来。家乡发展变化非常快，从前是鲁西南地区贫困落后的地方，现如今旅游业也蓬勃发展起来，交通得到改善，经济发展迅速，有许多街道被推翻重建。我好奇地看着这个似曾相识的地方，也会发现许多新颖的不同。比如建立了商业广场，比如有了一家家电影院，也比如原先在各大城市的老字号也开了进来，还有那些情调小资、独具特色的网红店也鳞次栉比。两百元的车票，不仅缩短了行程，也拉近了城市与人的距离。无论是选择在老家还是在北京，孩子们都可以吃到一样的食物，看到一样的书，玩到类似的游乐场，买到品质相同的衣服，还可以上全国乃至全球连锁的早教机构，学到知识。这是多么幸福的一代啊，物质丰富，生活条件越来越好，但是大家族的亲情对他们来说，也许是淡薄的记忆。回想小时候的我，所有的记忆都和亲人分不开。

忆起自己的家乡，想起家乡的亲人，姥爷、姥姥是从小最疼爱我的人。姥爷是一直不善言语却又闲不住的人。从记事起，姥爷每天按时接送我上学放学，风雨无阻，任劳任怨。大概小学五年级的一日午后，姥爷教我骑自行车，不一会儿他回去午休，我开始自己练习，几经周折，渐渐掌握了骑车的技巧，于是兴高采烈地跑回去，站在院子门口就大喊："我学会骑自行车了！"汗珠黏在脸庞，我雀跃得像吃到糖果的娃娃。当时的开心，现在想来颇有点心酸，那辆车大概是姥爷的最后一辆自行车了。从那时起，姥爷年纪渐长，自行车放在角落里逐渐落灰，他也慢慢只能骑三轮车出行。于是，日子被车轮碾压的印迹拉长，我开始独自上学，却依然有个习惯，刚出校门就在人来人往中四处寻找姥爷的三轮车和身影。也许这种情感，只有游子回乡，走出火车站的一刻，才能体会同样的感受吧！而现在的三轮车也被老年电动车逐渐替换了，一个时代的老物件在不被需要的时候消失于人们的视野中了。

姥姥和厨房是分不开的。当一大家人都聚在厨房忙乎的时候，姥姥就负责指挥。每次钻进厨房，都可以闻到蒸馒头的香甜味道，惹得我连说："好香！好香！可以吃了吗？"此时，姥姥便扭头一笑，让我少安毋躁。有时候，姥姥包了饺子。起初我胃口小，一顿最多吃十来个，姥姥不满意，就叫大家比赛吃饺子。小孩一激就来劲，最多的时候我能吃二三十个，吃得肚子滚圆滚圆的，躺在沙发上一动不动。

姥姥就是典型的山东女人，孩子能吃饱饭长大高个，就是最重要的事情。对姥姥来说，能吃是福。我能吃，是她最大的福气。

有一次我去逛超市，看到大白菜降价，买了两颗就兴冲冲地提着去见姥姥，姥姥什么也没说，后来见到我的母亲，她唉声叹气，说我们过得可以艰苦朴素一点，但是生活上不能委屈了孩子啊！那一瞬间，我才明白，过习惯了苦日子，还保持着良好习惯的姥姥，有多么疼爱自己的晚辈。

姥姥经常在厨房和我聊以前的故事。她说新中国成立以后生活安稳了很多，老百姓慢慢往好日子上奔，特别是改革开放以后，生活的变化一天一个样。姥姥以前在地里干活，有一次田里的活不是很着急，姥爷去河里抓了两条鱼，不像现在，烤肉、烤鸡都有电烤箱，姥姥和姥爷在田头用火烤着吃了。姥姥一说，我顿时羡慕，在武侠剧里看过的情节，没想到会发生在现实世界。

和大白菜有关的，还有姥姥家的羊肉汤。

小时候的冬天，天气很冷，起早去上学天还未亮，黑蒙蒙的一片，气温骤降，地上结了冰，走路、骑车子都会打滑。每个周末，全家人都会主动跑到姥姥那里，让姥姥做一大锅羊肉汤。羊肉味甘而不腻，性温而不燥，就着新出锅的馒头，吃完直冒汗，浑身的热乎劲。

中国四大羊汤，第一个就是号称中华第一汤的山东菏泽单县羊肉汤。曹操带兵打仗的时候，正值严寒冬季，将士们饥肠辘辘，此刻喝上一碗羊肉汤，身心愉悦。羊肉是一种神奇的食物，不喜欢的人避之不及，喜欢的人却怎么吃都不腻。而爱吃羊肉的人，才能体会到入口时香气四溢的浓厚感。从"鲜"字的组成结构来看，就不难理解人们对羊肉的无比钟爱。菏泽单县羊肉汤的汤色呈乳白色，使用纯山羊骨头熬制，汤以原味为主，加大葱、香菜，再来点特制香油，水脂交融、鲜而不膻，那滋味无论什么时候都能瞬间温暖人心。此外，姥姥熬的特制羊汤做法不止一种，还可与粉丝、白菜、胡萝卜、枸杞等多种食材搭配，做出口感更为丰富的升级版羊汤，淡其香，少其脂，突其鲜。

我已经习惯在冬天特别是冬至的时候，喝一碗热气腾腾的羊肉汤，就着香喷喷的山东馒头，再和家人一起桌前攀谈嬉笑，一品滋味，不仅暖心暖胃，抵御风寒，更是平凡生活里幸福至极的时刻。

如今去了外地工作，也总在寻找一种曾经的味道，无论街边小餐馆的，抑或豪华大餐厅的。但是一颗游子之心，或许很难找到属于自己熟悉的地方、熟悉的味道。往后，对于食物的执着越来越淡了，也许是工作餐淡化了我对食物的需求，也许是越来越快的生活节奏让我忽视了对食物的需求，食物，也变得仅仅是为了果腹。

坐火车赶回家乡印象最深的一次，是姥姥去世的前一夜，我从北京着急赶回老家。深夜的病房特别安静，月光如水，照进窗户，映在白色的病床上，柔柔的。漆黑的夜一塌糊涂，我有点不忍心看到此时的她，那个对姥爷曾经温柔过、凶狠过，又能凭借一顿饭凝聚一家三代十几口人的她，此刻，已经瘦弱得像个小孩子，蜷缩在病床上。我拉了拉姥姥的手，不知道该说什么，也不知道说些什么，也不敢哭，更不能哭，就那样拉着姥姥的手，一双干瘪瘦小的手。那一刻仿佛一个世纪，也仿佛一瞬间。

一同前往的先生拉着我说："你别走啊，多陪陪她！"可是我已经心疼难忍，无法多待一秒，也不想记住她的这个模样——恰似笼中鸟一样困在这间充满药水味的病房中——不禁悲从中来。

我知道有一天，她会终老于病房，再也想不起我。

然而，真正要分开的两个人，连"再见"二字都是多余的，因为我和姥姥不会再见了。

我清晰地记得那是5月，但是还能感觉到凉意，天有点灰蒙蒙的。按照风俗习惯，家中有老人故去，子孙亲戚要先在家里白衣吊唁，行礼磕头，烧纸哭丧。说"再见"就像是一种仪式，有了这种仪式好像我们更能善待这份感情，但离别也是水到渠成、无法避免的事。

在生老病死面前，人才是最微不足道的那个。没有外衣的伪装，没有假面的掩饰，没有歇斯底里的失落，也缺乏汲汲营营的慌张，保持着恰到好处的谜一样的依恋。病榻是一面镜，一眼望去，看得到爱，也照得出无限悲凉。我想，她也是一样，知道我来过就好。

我在心底轻轻地说："姥姥，我来看你了。"

就像每次回家去看望她一样，她坐在客厅里，耳背听不清，却开着电视，半眯着眼坐在窗户下晒太阳。我就依靠在她身旁，窗外的石榴树在风中忙碌而沉默地结着果子。

后来的整整一个星期，我每个夜晚都会梦到在楼梯口碰见姥姥，等走进家门，姥姥又从厨房探出头。我会跑到姥姥身后，静静看她做拿手菜。

正如从前一样，仿佛昔日又重来，无比惆怅。回头看岁月如何消逝，这些过去的好时光，使今天显得令人哀伤。姥姥的手艺，在我看来还是那么好。远处灿烂的云霞更加浓烈，迷幻的光雾笼罩在整条老街上，仿佛上帝把一桶巨大的五色染料打翻在这里。一些路人放下白色雏菊，缓慢地消失在浓雾里，细碎的花瓣被秋风吹拂着，起舞着，最后泯灭殆尽。

没有见过生命的沉重就不会知道它有多严肃。时光荏苒，不少家人已经老去，亲朋也已分开，家乡的味道或许还是会永远不变的吧。

带着先生来到喜欢喝的家乡老字号羊肉汤馆,这里已经修缮得更加精致,从一家小小的汤馆发展到大店铺,十年的时间,有回头客也有新顾客。在家乡的两天,我恨不得天天都来喝羊肉汤,想把一年的羊肉汤都喝尽,想把四季的牵挂都打包带走,正如老友失散又重逢,道不尽的话语,诉不尽的衷肠。先生一直陪着我,偶尔嫌弃两句没有配菜,品种太少。

临走的时候,我感叹地对先生说:"你来晚了,不然可以尝尝姥姥亲手做的羊肉汤,那才是人间美味。"

味道是一种家乡的记忆,虽然没有路过的城市美丽,没有盛世繁华,但是却能牵动我的心。这世界浮华三千,匆匆过客,时间不过弹指之间,也只有你能在繁杂的世界中,给我一丝安宁的停留。

就像回到小时候,回到那些不习惯用空调的夏天,姥姥摇着蒲扇哄我入睡,回到那些没有游戏的午后,姥姥陪我嗑着瓜子看动画片。她对我的爱,就像一碗羊肉汤,把所有好吃的放在我的胃里,食物的初始为了果腹,爱却赋予它更鲜活的意义。

好想站在家的门口,深吸一口气,满腔都是家的味道;好想吃到家乡的特产,原来还是记忆中的味道;好想给你一个拥抱,轻声告诉你,我回来了!

这次带女儿回到老家,人事几番新,家乡变得熟悉而陌生。隔壁的叔叔阿姨们都儿孙绕膝,儿时的玩伴已不是旧时模样,父母的鬓间也苍苍如雪。如果有什么抓不住的,那大概就是时间吧,但是不变的永远是家乡的味道。

母亲欢喜地告诉我们,哪里开了一家新餐厅,哪里有一家环境不错的饭店，咱们都去试试。其实，每次母亲来北京，一家人经常会按照她喜欢的口味去找饭店聚一聚，我们希望可以给她改善一下伙食。母亲以为我们喜欢在外吃饭，她常说，别总在外面吃饭，再好的饭菜也不如自己做的放心。心里都懂，可是有多少外卖，就知道有多少没有母亲做饭的孩子。珍惜那个曾经出门会牵着你手的人，吃饭点菜会考虑你胃口的人，千万份心绪都不及一份说出口的爱，千万种食物都不及她亲手做的好！我说："不了，今天不想出去，想吃您做的饭菜。"

有一种味道，是时间冲不淡、记忆抹不去、距离拉不远的。

如果一个人走遍了大江南北的风风雨雨，吃遍了酸甜苦辣，但最后这个人渴望的一定不是别处，而是自己家乡的味道。

家乡的味道陪伴着一代又一代人的成长，也送走了一个个在外打拼的人，它像一个绳子，仿佛顺着它，人们就可以回到故乡。

"许多年过去了，人们说陈年旧事可以被埋葬，然而我终于明白这是错的，因为往事会自行爬上来……"翻到《追风筝的人》书中的文字，此刻音乐的旋律又涌入心头——"春风又吹红了花蕊，你已经也添了新岁。"

家乡三忆

孟宪春

一年一度酸枣红

童年,是一束绚丽的茉莉,儿时的欢笑像茉莉散发出的醉人芳香,朵朵洁白的花瓣就仿佛是一件件回忆。童年趣事,是令我难以忘怀的。对于家乡少华山的记忆,儿时的回忆,虽然忘却的很多,但那些能够触动自己记忆深处的东西,依然依稀可见。其中,对于野酸枣的记忆,便总令我回味。只是家乡人管野酸枣叫棘子、野枣、山枣、葛针等。小时候吃酸枣,它的酸甜、清脆便给我留下了深刻印象。放眼少华山的沟沟壑壑,映入眼帘的总是郁郁葱葱的酸枣树丛和带刺的枝杈,以及野酸枣那红红的颜色。那山,那人,那份浓浓的乡情,特别是小时候摘酸枣、吃酸枣,那熟悉的酸味一直萦绕在我的心间,成为挥之不去的美好回忆。

家乡的山因与西岳华山峰势相连,遥遥相对,并称"二华",但海拔低于华山,故名其少华山,又名小华山。少华山,自古以来就是陕西东部名山,具有深厚的人文历史积淀。山上风光旖旎,现已发展为国家4A级旅游风景名胜。少华山,放眼望去山势雄伟,峰峦起伏,沟谷幽深,山坡起起伏伏,弯弯绕绕。酸枣树不知什么时候在这里安了家。它们像一株株荆棘丛,细枝细条,低低矮矮,总也长不高。比起青松、杨树,单薄得近乎可怜,却很有筋骨和活力,呼啦啦爬满了崖畔和山坡。也许因为家乡缺水,少华山下便成了耐旱寒的野酸枣树的天堂。不需要多么富饶的沃野,不需要多么潮润的洼地,更不需要多么肥美的土壤,乱石丛中,只要有那么一点空隙,就会生长出一枝枝的野酸枣冠丛。酸枣树是家乡最常见的一种植物,一株株、一簇簇野生在山坡上。植株不太高,一般都是一米多高,也有两三米高的,但很少见。树干是暗红色的,复叶,叶子圆圆的。酸枣树在山坡上自生自长,没有人施肥,也没有人浇水。

  春天,山野变绿,各种花草树木吮吸春天的雨露,在清新的空气里伸展枝条,酸枣树却长得格外小心,静悄悄慢吞吞地抽芽吐绿。酸枣树发出来的嫩芽叫"棘芽",是牛羊最爱吃的。小时候放羊专门找"棘芽"多的地方,唱着山歌放羊,不一会儿羊就吃的肚子鼓鼓的。

  入夏,酸枣树上开满了密密麻麻米粒大小的小碎花,细碎的小花飘逸着清淡的花香。酸枣花还是重要的蜜源花。每当开花时,蜜蜂们不知疲倦地在酸枣丛中飞来飞去,从那些细小的花朵上采撷着花粉。用酸枣花粉酿成的蜂蜜比枣花蜜还要更胜一筹。

  每到秋天,经过秋风的浸染,那翠绿的、圆圆的小酸枣都兴奋地涨红了脸，漫山遍野的酸枣树上结满了红红的酸枣。一眼望去，红酸枣就像天上的繁星。家乡的山坡上，野酸枣好像有个约定，说红都红了。酸枣树一株挨一株地连成一片，红彤彤的野酸枣密密地挂在上面，梅朵一样笑得纯情，红得热烈，一棵棵一树树似珍珠似玛瑙似樱桃的酸枣染红了沟边，宛如一片红彤彤的彩霞，煞是壮观，把山坡都惹醉了。这时候，便是我们最快乐、最高兴的时光。殷红的酸枣挂满枝梢，发出诱人的光彩，似乎在向人们炫耀，看，我也长大了。虽然酸枣仍然赶不上大枣那么大、那么甜，但它酸中带甜，另是一种滋味。在20世纪70年代，农村的日子清贫，生产队粮食产量低，分的口粮不够，而山间的酸枣便成了我们最绝美的"美味"。一放学，伙伴们成群结队，就去摘酸枣。吃酸枣可是极其快乐的事，把又红又大的酸枣放在嘴里，一咬，酸酸的，甜甜的，刹那间唾液充满舌底，一直酸到心里，甜到心底。秋阳下的少华山山野上，收庄稼的大人们带的水喝光了，吃些酸枣解解渴，三五成群地跑到山坡上自己摘酸枣，一边摘一边吃。够不着的野酸枣，就用拴在竹竿上的铁丝套钩下来，用铁丝钩钩住酸枣树枝合适的位置，然后用力一拉，整个枝条就会应声被拉下来，接下来小心翼翼地把拉下来的枝条慢慢向上收到人的身旁，美美地一边摘下酸枣，一边塞进嘴里咀嚼和品尝，不啻一种神仙般的享受。孩子们在酸枣林里玩上大半天，就在漫山洼里追打开了，扬起的黄尘里旋起了一串串笑闹声，在山坳沓旯回荡着。摘酸枣时，免不了被酸枣树上的硬针刺伤，没谁叫过疼。大人们还常常提着竹竿摘酸枣，到县城里卖，换回的零花钱，不是给孩子们买书包，就是买块布料给他们做新衣服。

少华山的野酸枣树，谦卑，坚毅，耐瘠薄，生命力强。山坡上，乱石中，岩缝里，只要有扎根立身之处，都能随遇而安。它们像一个个富有活力的乡间小伙子，天然，率真，野趣，有个性。别看它们浑身带刺，村里人就是喜欢。酸枣树能做成篱笆墙，给庄稼人守家护院；酸枣树木质坚硬且非常细腻，是很好的雕刻材料，尤其酸枣树老根制作的根雕，更能体现酸枣木的木质特性。野酸枣花期很长，可为蜜源植物。少华山的野酸枣树与灌木为邻，结出的野酸枣又酸又甜，野酸枣的果实并不引人注目，但是它的品质终于被人们发现了。不为人看好的酸枣树也有了自己的价值，赢得了人们的尊重。从春生、夏长、秋收到冬藏，这一年的漫长季节，都在我们小时候的惦记当中。酸枣应该是一年中最晚落幕的野果。酸枣是长在悬崖峭壁上的，在这么艰苦的环境下生长，默默无闻地为我们奉献着自己的果实。野酸枣的营养价值很高，也具有药用价值。作为食品，酸枣核外面的果肉，色泽呈紫红或紫褐色，有圆形或椭圆形，味道又甜又酸，吃起来清脆爽口，解渴又解馋。去果肉后枣仁还是中药材。酸枣作为中药材已有两千多年的历史，中医典籍《神农本草经》中很早就有记载，酸枣可以"安五脏，轻身延年"。它具有很大的药用价值，可以起到养肝、宁心、安神、敛汗的作用。

我参加工作后，离开了家乡少华山的那片山坡，不管时光如何流逝变迁，少华山的灵秀美景我从来没有忘却过，县城的繁华热闹也永远抹不去少华山山坡上的那一抹野酸枣红。千百年来家乡人民追求幸福生活的夙愿终于在野酸枣青了又红、红了又青的轮回中逐步圆满了，新中国成立70周年也不再仅仅是一个时间概念。当我再次踏上这片历经沧桑巨变的土地时，更知此地一步一景皆故事，五十年犹如一弯犁铧拉深了岁月在我眼角的沟壑，我的女儿已大学毕业。而我小时候的梦想和初心，却圆在时代最强音之时，我的故乡，我的小山村，一一绘就了七十年的成长变迁。七十年的春华秋实，家乡人民的勤劳，终使贫穷落后的山村发生了根本性的改变。随着脱贫攻坚和乡村全面振兴步伐的不断加快，农村的土坯房几乎荡然无存了，人们大都住上楼房，一辆辆私家车停满了村道，不再是过去老式的自行车，乡村建起美丽的休闲公园和文化娱乐、健身场所，一日三餐做饭炒菜，用的是电磁炉和天然气，小山村的日子过得就如芝麻开花节节高。这不免让我更深刻地理解了一首歌的歌词——"国强民才富，民富国安定，大河涨水小河满，众人栽树树成林"的深刻道理。是啊，这七十年祖国发生了巨变，家乡也跟着水涨船高，到处呈现出崭新的面貌。少华山下的超市里水果琳琅满目，不分时令，不分地域。只是再也找不到那充满秋日阳光温暖和田间泥土芬芳的大自然味道。偶尔在街头看见有人在卖野酸枣，买回来很多，却吃不出原来的味道。

少华山上红红的野酸枣，美丽的年华，激情与汗水挥洒的地方，这份无法释怀的眷念，时常带我将记忆的白帆驶回。少华山野酸枣那红红的颜色、酸酸的味道，陪伴了我整个少年时光，即便离开家乡很久了，一想到酸枣，依稀能闻到它浓郁的枣花香味。酸枣青了又红，红了又青，在岁月轮回中我也从一个少年长成了一个中年人，而关于酸枣的种种往事却深藏在记忆深处，久久不能忘怀。斗转星移，时代变迁，五十年光阴逝去，却无法抹去那岁月的记忆。

别了，家乡的老房子

有人说炊烟是一抹浓浓的乡愁，对故乡的记忆从这一抹炊烟开始。当袅袅炊烟从房顶升起，渐渐飘向远方，伴随着锅碗瓢盆的音符，我们就知道，家里的饭菜快熟了，回家的时间到了。炊烟从某种程度上，又是农村人回家的隐形时间表。只是，时光走得太快，从指缝间流逝，带走了青春岁月，也带走了故乡的那一缕炊烟。消失了的炊烟，就是从故乡那熟悉的渐渐消失的老房子开始的。乡下的老房子，曾经的青春，如今留下的只有回忆。

狗年年关临近的时候，思乡的心情就越浓，想起生我养我的地方——故乡的少华山，心中就充满了不尽的温暖。也许真的该好好去看看故乡的老房子。故乡老房子的记忆，就像陈年老酒一样越老越香醇，随着时间的流逝，越来越清晰地呈现在我的记忆深处。

站在老房子前，抚摸着那棵见证了老房子兴衰的老梧桐树，不由得让人感叹时光流逝，岁月无情。历经风雨沧桑，老房子已成残垣断壁，往日充满欢声笑语的老房子，如今已人去房空，冷冷清清，满院荒草萋萋。显然老房子大多没人住了，墙皮脱落，墙体裂开了口子，裸露出发黑的石头。有的甚至房顶都已经坍塌了，木头小门被岁月侵蚀去了边角，还能看到去年贴过对联的痕迹。打开生锈的门锁，老院落杂乱无章，落叶和尘土堆积了厚厚的一层。没有融化的残雪沉沉地压在树枝上，或者是躲在阴凉的角落里，在阳光照耀下闪闪发光，映射出耀眼的光线，为眼前温暖的大地增添了不少浪漫的色彩。只有那棵老梧桐树在无声地传递着老房子的历史。

再次走进老房子，我用手机镜头记录我熟悉的老房子，以及老房子的每一个角落。老房子的影像将会永远定格在我的脑海里，成为我永恒的记忆。也许没有人理解，老房子在我心中已经是家乡的标志，是我寻找家乡的最好印记。我生于斯，长于斯，那里有我无忧无虑的童年和少年生活，有我朝夕相伴、淳朴天真的伙伴，无论我走到哪里，老房子都是我心中的牵系。小时候，我们一家人住在这个院子里，老房子里留下了我们一家人的身影，这里曾经洋溢着我们一家人欢乐的笑声。院子里空荡荡的，那几棵高大的梧桐树现在已经没有了。小时候，春天，每到梧桐树花开的时候，我喜欢在院子里拾一些梧桐花当作小喇叭吹；夏天，每当下雨的时候，我喜欢听雨点打在梧桐叶子上的声音；秋天，每当树叶纷纷落下的时候，我喜欢在大树下荡秋千、跳皮筋。

邻家二爸家的那颗枣树上挂着的青青的果实，终于在秋天的某些日子里成熟了。粗硕的树身，虬曲的枝丫，浓郁稠密的树叶映衬着红艳欲滴的枣子，使人肃然起敬。"七月十五枣带红，八月十五打几杆"，这是我家乡少华山的谚语，意思是每年到中秋节便要打枣了。这时二爸在树上打呀，晃呀，我们几个小伙伴便在树下叽叽喳喳地捡啊捡，小竹篮、大竹筐都被我们装得满满的。那鲜亮的枣儿有红的，有绿的，就像一颗颗玛瑙翡翠一样漂亮可爱。看着这一筐筐收获的果实，大人们开心地笑着，我们也很是兴奋，雀跃地喊叫着。而每一个玩累了的傍晚，厨房里永远都会飘散出熟悉而诱人的香，哪怕只是一道简单的煮酸辣白菜、煮泡苞谷馍，在老式的砂锅里"突、突"地冒出来的辣辣的香味，同样会勾起我和哥哥的食欲。那香味中弥漫着的家的味道，还有父亲进进出出忙碌的身影，总是那样实实在在地饱满着我们年幼时那踏实的无可替代的暖意。

岁月变迁，我长大后离开了老房子。后来无论住什么样的房子，都无法代替老房子在我心目中的地位。老房子里有我的童年，它是我生命的根系，这里装满了温馨与幸福，承载了我童年的一切。感谢老房子，它让我有了精神的寄托和慰藉。在老房子里，送走了三个亲人——爷爷、奶奶和父亲。我经常梦见亲人，梦境中总是重复着过去发生在老房子里的故事。每当思念亲人的时候，我就会走进老房子，感受爱的温度。我会在老房子里捕捉亲人的音容笑貌，寻找记忆中的点点滴滴。故乡的老房子，永远珍藏在我的心里。

如今，现代交通通信和新农村进程步伐不断加快，旧貌在不断被新颜所取代，时代在剧变，社会在前进，一切事物都在不断变化。2019年是新中国成立70周年。年过古稀的母亲和三弟点燃了盖平房的火花。与五十六年前盖房不一样的是，老母亲不再愁得无法入睡，物料不用再东拼西凑，人工也无须亲朋帮忙。走过五十六个春秋的老房子完成了它的历史使命，拆房的那天，一家人充满了无限感伤和不舍。但是，想想用两个月的时间，就可以圆了母亲和三弟的新房梦，我心里坦然了许多。

不到两个月，130多平方米的红砖钢筋混凝土平房在老宅基地上拔地而起，而且对室内按城市单元房的标准进行了装饰。房子晾干后，母亲和三弟一家便欢欢喜喜地搬进了新房。三弟买了沙发、空调和55英寸的液晶彩电，三弟媳把家收拾得井井有条。母亲经常给亲戚朋友念叨："原先盖的是土坯房，还要东凑西借；现在盖红砖钢筋混凝土平房花十多万，还装修得像城里人住的单元楼一样，舒适干净，却没有借一分钱。如果没有新中国和党的好政策，盖红砖钢筋混凝土新平房，那是白日做梦。"

别了，老房子！我要走了，我要带着你岁月的怀抱中流淌的连绵不绝的脉脉亲情，带着你沧桑的眉宇间镌刻的那些柔软而美好的记忆，与你挥手作别了。老房子消失了，但它永远留在了我的脑海里，让我在岁月变迁中去感触岁月的流逝，去感知人间的真情，去感恩时代的变迁。

竹韵里的时光故事

时光飞逝，岁月无痕。在人的一生中，会有好多事、好多人，被时光的流水冲刷掉，但四十多年前家乡青翠的竹林，却是我心中永远的爱。我心中的竹林依旧。闲时找出横卧于抽屉中的竹笛，那宛转悠扬的牧羊曲又一次回荡在耳畔。小时候，少华山下，绿竹千顷，一片片竹林荡绿韵。陶醉在幽幽的绿波之中，静静地在竹林中穿行，看竹身在风中摇曳，体味着这种自然的绿韵，不禁心旷神怡。放眼碧波荡漾的少华竹海，青翠欲滴，微风拂面，宁静优雅间回旋着清新的竹香。

环绕小山村的青青翠竹已和我的童年一样只留在记忆之中

了，连片的竹林把少华山下的孟家河村装扮成翠绿欲滴的世界，袅袅婷婷的竹子齐齐伸向天际，似我童年那高不可攀的梦想，似剪的竹叶把春夏秋冬一一剪去，只留下片片破碎的回忆。多情的微风，把竹的清香送入鼻息，沁人心脾。无比的清纯，融入深深的记忆，时时回味。在外的日子，我总是思念家乡的竹林，不仅因为它见证了历史的沧桑，见证了世纪轮回，而且更重要的是见证了一代又一代人在新中国怀抱中快乐成长。竹林里留下过我无数的欢乐。家乡的竹之韵，是每一刹那的笔落碧玉妆成，是那一时刻的意韵自生。

小时候，不知道"一节复一节，千枝攒万叶。我自不开花，免撩蜂与蝶"那些赞美竹子的诗句，只记得踏进一眼望不到边的竹林，满眼的就是一片湿漉漉的翠绿。脚下的竹林小径，弯弯曲曲，时而高，时而低，走上去颇有风味。两旁的竹子，都还隐藏着一份翠绿。那些已经长高了的竹子旁边，还有几棵小小的竹笋。要是不仔细观察，在这朦朦胧胧的雨天，或许还发现不了吧。那光滑的竹子上挂满了初春的雨滴，从鲜嫩的竹叶上滴下来，又顺着竹竿飞快地滚进了泥土里。我十分高兴，我这个自小在这竹林长大的孩子，每年都可以目睹所谓"雨后春笋"的画面。这样的画面，又让我对雨有了新的印象。雨后的竹是清新的，太阳一出来更清香。宁静的夜晚，玉轮渐别树梢，凉风拂过脸颊，我独自在竹林之中其乐无穷。皎皎月光带着清幽泻了一地碎花，几滴冰水打着竹叶，都融入了一片月色之中。置身在这青绿时空，纤巧清秀、柔弱飘逸的小竹子，它修长妩媚的身躯好似苗条的妙龄少女，挺拔粗壮的高大翠竹，它的姿态似威武的坚强战士。竹叶细细的、绿绿的、长长的，一阵微风拂过，竹叶飘动，吵吵作响，像是婀娜多姿的少女在风中翩翩起舞时不断摆动的手指。竹子全身已渲染上这绿意之趣。迷失的双眼饱受着这绿意清新的缠绕，轻柔绵长的清风中偶有劲风挤入，使得竹枝上端不时轻盈地摇逸，并着青叶的妖娆舞动，演奏出悠扬顿挫的沙沙韵律。沉浸于这风起竹舞的沙沙之乐，让凡尘撩乱的心境融入这舒缓悠扬的梵音之中，得以宁和，好似空灵。轻风中调和着竹叶的淡淡清香，清新扑鼻，深吸一口，让肺腑的每个角落沁入这神清气爽的清新。一大片竹林，成了我童年的乐园。白天，竹林更是小伙伴寻找快乐的好地方，一起捉迷藏，挖竹笋，爬竹竿，搭秋千。每到夜幕降临，全村的小伙伴会聚在一片大的竹林里一起摇竹，每人抱着一棵，一边使劲地摇晃一边唱着儿歌。然后，笑声一阵阵，闹声一阵阵。放学归来，我和村中几个小伙伴在竹林间游戏，追逐，嬉戏，真是惬意之极。累了，我们就漫步在竹林间沉思、遐想，细听门前古老而又清澈的溪流打着欢快的漩涡，如痴如醉。竹林中映下了我们快乐的生活剪影，留下了我们纯朴的欢歌笑语，更记载了我们辛苦的汗水——用竹子做成弓箭、弓环、射水枪、竹刀、竹笛、盛水工具等。每年冬天过去，"轰隆隆"一声惊雷，一场春雨过后，新笋就悄悄破土而出，直指云天。当春风拂去她们一层层有细细麻纹的笋衣，她们便像一个个活泼的姑娘，亭亭玉立在明媚的春光里。清明节前的笋难以成竹，它又嫩又鲜，更无污染，是一道"绿色"美食。每到这季节，勤劳而又善良的母亲，扛把锄头，提着竹篮，到少华山小敷峪的竹林挖笋。周末时，我也陪着母亲一起挖笋，特别是那种深埋黄土的"黄苞"笋，笋梢出土不多，但挖出来又大又嫩。挖时小心翼翼，生怕挖疼、挖破它。黄的笋壳、白的笋肉，煞是好看，如一件艺术珍品，吃到嘴里又甜又香。除了送些左邻右舍、亲朋好友外，还晒不少笋干，留给秋冬季节享受。春天，茁壮的新竹拔地而起，高高地向上伸挺，一派箭破云雨的昂然气概。偶尔，还能发现幼竹竹节处没有消退的白霜，衬托着稚嫩的新绿，不由得使你感到一股强劲的活力。夏天，在炎炎的午后，走进那绿荫如盖的竹间小径，立时会感到一股沁人的快意，红尘荡尽，疲劳无踪，心中顿时成了清凉的世界。许多知名的不知名的小鸟飞入林间，发出的啼鸣也是脆脆的，清清的。我总爱在清晨伫立于竹林看书、朗读，宁静、坦然、优雅、美妙的环境让你忘记时间，忘记疲劳，忘记辛苦。空气清新，竹子清香，那是一种怎样的享受，又是一种怎样的韵味，任晶莹的露珠从竹叶尖上滴滴答答落在大地上，滋润着我年幼的心灵。到了秋冬季节，万木凋零，独有那竹子依然风度翩翩，苍翠欲滴，笑迎风霜雨雪。时光荏苒，岁月如梭，年复一年，我们的欢声笑语和甜润无邪的儿歌在竹林中荡漾。就这样在不知不觉中我长大了，考入县城的咸林中学后，我才依依不舍地离开了那如童话世界的竹林。

故乡的竹子，是一笔取之不尽的财富。它全身都是宝，不但竹叶可入药，竹笋是美味，而且竹身可加工成农人劳作用的竹笼、竹架等工具，也可加工成竹席、竹垫、竹椅、竹床、扫把之类的日常用品和工艺品。据县志记载，华州竹编作为一项传统手工技艺，历史悠久，源远流长，已有千余年历史。秦汉以来，华州从事竹编的艺人很多，从晚清至20世纪初，华州有"十里红杏，绿竹千顷"的优势，竹编遂成为农户的家庭副业。华州竹编主要分布于秦岭北麓的沿山乡镇和高塘塬区。新中国成立后，宁折不弯的竹子在华州竹编艺人手中巧夺天工，编织出了美好生活的花环，圆了创业致富的梦想。1960年，华州民间竹编艺人为人民大会堂陕西厅制作了竹沙发五十四套，产品还曾在北京、西安、广州、天津参加展览和展销，部分产品还远销日本等国。2015年7月，华州竹编成功申报为陕西省第四批非物质文化遗产。从破篾到编织，一根根平凡无奇的竹子，在华州竹编手艺人独具匠心的打造中悄然变为一件件精美的器具，细细薄薄纵横交织的竹篾，翻飞穿梭的都是致富的梦想，凝聚了一代代艺人们的智慧。但是，和诸多的非物质文化遗产一样，华州竹编也面临着不少的困惑。以前这些竹编器具都是人们日常的生活用品，所以那时候需要量大，现在时代进步了，筛子、背笼，都被塑料、不锈钢或者其他新型材料的东西替代了，人们对于实用性竹器的需求越来越少。此外，纯手工的竹编收入相对偏低，年轻人学习热情不高，不少技艺面临失传。然而，幸运的是，华州竹编面临的困境已经得到区政府及社会的重视，多次组织竹编艺人到外地研修学习，在继承传统工艺的同时，依托少华山生态旅游、华州区红色旅游优势，让传统竹编精华与现代元素相结合，在原有的平面竹编基础上，用竹编与生活实用器具相结合，将民族传统工艺和现代创意融为一体，创新出一系列立体精细的竹编工艺，赋予华州竹编工艺新的形式与活力。华州区政府还组织成立竹编产业专业合作社，为贫困户购买竹编工具，将竹编艺人与贫困户结成帮扶对子，吸引更多贫困户加盟，以"专业合作社+公司+竹编艺人+贫困户"的经营模式，扩大产业扶持链，加快竹编产业带动脱贫攻坚步伐。目前，全区从事竹编产业的从业人员达一千余人，年产值约两千万元，竹编撑起了华州群众的脱贫致富梦。

大自然就是这般厚爱华州这方宝地，特意在少华山脚留下泱泱渭河水。家乡的竹林是我最爱的地方，是令我魂牵梦绕的地方。我时常在竹林中流连，徘徊，感受竹林幽寂清新的意境。清晨，踏过露珠闪烁的小道走向竹林深处，看幽幽沉寂的竹子在晨光下纹丝不动，似在默默沉思。柔柔纤竹的一身净绿，令我感受到一种毫无矫饰的清纯本色。清晨的竹最能体现竹的清韵。韵是一种深层次的内涵，你必须全身心松弛地去感受它，这一刻意感觉就出来了。竹林里那些童年的欢笑依然闪耀在我的眼前，只是妈妈的白发有增无减，此刻我想起了村口竹林边翘首盼望我回家的妈妈。家乡的翠竹林啊，不管我走到哪里，不管外面的风景有多美，却依然走不出你那抹青翠的绿。我徜徉在少华山下，任四周竹林荡漾，竹芳熏醉，欣欣然醉在此意境中，心沉醉在竹韵的时光故事里。

如是我闻

空灵

尽管母亲瘦得像皱巴巴的旧缎面盖在骨架上，但她神情淡定，仿佛在专心享受大自然赐予的天籁之声。支架上球蛋白的滴速比秒针的节奏稍慢一拍，本该有的从瓶体向细管降落的声音，被窗外站在线缆上的燕雀的唱歌声所遮掩。

多年前母亲对儿女们有所交代："要是有一天我不行了，千万可别把我送医院，不送我没准能缓过来，一送，一准给吓死。"母亲这回病得不轻，发病时高压200mmHg、低压85mmHg，整个人像泡到水里一样，没有了生命体征。医生判断是突发性心脏病。在外地的儿孙们火速往家赶。真是奇迹，我们陆续到家时，母亲活了过来。可情况不容乐观，她大口大口地吐褐色的东西，人处于昏迷状态。这可如何是好？把母亲送医院，一辈子没打过针吃过药的她吓晕怎么办？可不送，静等着死神降临，是不是太过残忍？我们兄妹几个犯起难。

又焦急地过了三天，母亲突然睁开双眼，像是大梦初醒，她望着围坐在周围的儿女，认真地说："我没病，躺两天就好了。"我赶紧攥住难得的机会，拿出小心翼翼的话："娘，跟你商量个事，输点液行不？"母亲竟然轻轻点了点头。大哥生怕母亲反悔，骑上自行车叫来医生。大哥望着医生说："既然俺娘答应了，能不能给她输点球蛋白，增加一些能量？"医生没反对。就这样，我们为母亲输上液。

期间，街坊们知道母亲病得不轻，前来探望。他们看到94岁的老母亲躺在床上，没有一丝要"走"之人的五衰相现，赞叹道："这老太太有福气，铺的、盖的，多干净啊！"想来也是，母亲老了老了赶上了好年代。农村每月给一百多块的养老金不说，看病也有"新农合"。再有，两个孝敬的儿媳，如呵护新生儿一样呵护着母亲。

父亲远远没有母亲有福，因为他没赶上好年代，医疗水平落后不说，家家户户为钱发愁。搁在医疗水平先进的今天，父亲得的肺结核根本就不算病，身边多少五脏六腑出了问题的，还不是都治好了？我还清晰地记得父亲躺在土炕上，双眉紧锁，不停地抽着自己卷的土烟，"吱——吱——"父亲的腮帮子一瘪一鼓的，趴在眉宇间的两道沟壑，如两条冬眠的小蛇。"咳，咳，咳……"父亲被呛得一阵急促地咳，母亲劝他少抽两口，还伸出手掌轻轻拍打着父亲的后背。"唉"，父亲长长地叹口气，堆积在眼眶里的泪水喷涌而出。

为给父亲买药，十几岁的二姐跑到外村去捋榆叶，人家发现后破口大骂，是二姐说出实情，那户人家才唤回正要撕咬二姐的大黑狗。二姐忍着饥饿徒步到集上卖掉树叶子，为父亲换来够吃几天的救命药。父亲看着药，又是一声哀叹，他为妻儿发愁，一家八口人靠到东邻西舍借粮食维持生计，何时是个头？母亲对父亲说："电友，放心吧，我能想办法！"

可母亲去哪里能想来办法？她不过是宽慰父亲罢了。母亲抓起篮子，拉着我的小手，向东走几步，突然停住，又折回向西走去，那雄赳赳气昂昂的样子，像真有把握能借来一家老小的温暖。到了林成爷爷家门口，母亲却连抬脚迈过门槛的力气都没有，她像是对我说，又像是喃喃自语："前几天刚借了大爷爷家半布袋棒子面，没还哩！"母亲只好把脚尖朝向北，我猜想她要去五奶奶家借。在家家户户缺吃少穿的年代，村里人可谓抱团取暖，你没有了借我的，我没有了借你的，家家都有大窟窿，只有卖了圈里的猪和拴在木桩子上的羊，才能堵上这缺吃少穿的大窟窿。

俗话说三分治、七分养，家里不但没有钱为父亲治病，还没有吃的东西给父亲增加营养，不是神仙的父亲，靠什么能战胜病魔？父亲在距离过年还有十七天时，不舍地踏上了通往另一个世界的单行道。可想而知，没有钱给父亲治病，怎能有钱为父亲买棺？村里施舍给一口薄如纸片的棺材，父亲那捆干柴一样的尸首，硬是被挤在狭窄的棺内。

也就是在母亲这次生病初始，不愿意接受现实的我们，在家族长辈的提醒下，去到外乡看"屋"（棺）。大哥坚决给父亲换新"屋"，我们几个举手赞同。

着实说，母亲这场大病，若是生在70年代初期，恐怕她早就去另一个世界报到了。这许多天喝过的水加起来不过一茶杯,吃过的饭加起来不超过一小碗,还不是靠输球蛋白和吃少许的营养品的那份能量支撑着?从目前看,病情逐渐平稳。现在看来一瓶不到五百元的球蛋白和一瓶不足六百元的蛋白质粉,不过是两件普通衣服的价钱,可放到四十多年前,是做梦都不敢想的事情。别说五百元,就是两分钱,家里也拿不出来。

我有一枚荧光绿的塑料勺,那是大哥花两分钱从货郎那里买来的,后来母亲不慎把它伸进滚烫的油锅里,化掉了。我为这枚小勺哭得死去活来,母亲却不肯哄骗我说"别哭了,再给你买一个"。我是那么喜欢那枚小勺,用它能把清汤寡水的小米粥、玉米面粥,喝出美味佳肴的味道。我爱惜那枚小勺,每每看见母亲把它洗得干干净净,我就马上接过来把它放到我的不锈钢小碗里,然后像端详一尾鱼那样端详它。小勺的缺失,让我记住了可怕的穷日子。

还有我读初中时,为了不让白天下地劳作的母亲,在晚上熬夜给我做鞋,我就捡来三姐穿剩下的懒汉鞋穿。那是一双黑色礼服呢鞋面,白色塑料底的鞋子(那时三姐已经参加工作)。一个春天,开学不久后,天空中下起了毛毛细雨。我没有拿它当回事,穿了这双鞋。谁知黄昏时竟下起了冻雨,一出教室门,我狠狠摔了一跤,惹来同学们一片哄笑。好心的同学搀起我往大门口走,大门口稍有些陡,我哧溜一下倒在地上,又惹来一阵哄笑。是同学和老师把我扶起来。平常上坡、下坡如履平地,那天我一路上如醉酒之人东歪西倒。好不容易到了家,我生气地坐在门槛上脱掉鞋,拎起来准备往粪坑里扔,正在厨房拉风箱做饭的母亲跑出来，一把把鞋从我手中夺过去，返回厨房。只见母亲把火锔伸进炭火中，烧红后，在鞋底上来回划了几道沟，一边划一边说："让你再滑，再滑！"我重新穿上这双鞋，直到有一天鞋面藏不住我的大脚趾，母亲割掉鞋帮子，用旧鞋底为我做了一双灰色的方口鞋，轻巧、舒服。母亲像捡了一百块钱似的兴奋，其实，母亲只为省五角钱。再之后，这双鞋鞋面颜色失去光泽，塑料底的纹路也已经彻底磨平，母亲不得不把它扔掉。家中没有钱，母亲恨不得把一个钢镚掰开花。母亲很多时候真的没办法。

如今，母亲赶上好年代，躺在床上一点也不受罪。怕母亲身体硌出褥疮，我三侄子买来充电的防褥疮床垫，两个嫂子马上给母亲铺在身下，妯娌俩白天黑夜不离母亲床前半步。眼下，家里大旱，大哥今年种了十六亩棉花，地里的棉花渴得耷拉着脑袋，如果不及时浇地，秋后必然减产。因为大嫂要照顾母亲，家里忙不过来，大哥索性花钱雇人。二嫂退休后一直在学校返聘，母亲这一病，她决定9月份开学后便不再去上班。

大嫂在去年就为母亲做了若干条新褥子，新里新表新棉花，以备万一。母亲突然一病，真派上了用场。可我发自内心心疼那些新棉花，有一次，我对大嫂说："您一下做这么多，以后咱娘不用了多浪费呀！"大嫂却说："浪费什么呀？家里有的是棉花，现在可不是过去穷的时候。你看东边坑里，扔的东西多了。"

我去了村东边。之前这里是泄洪的老河沟。前些年人们盖房，从这里起土垫地基，河沟成了深坑。那里有比着向上长的柳树、槐树和椿树，把坑遮得密匝匝的，惹来无数鸟儿在此栖息繁衍。坑里像是一处晾衣场，到处是衣服鞋帽，大人的、小孩的，都有，好好的就扔了。不远处有片洼地，吓唬麻雀的稻草人，头戴遮阳帽，身穿连衣裙，肩上还斜挎着小坤包，洋气得很。着实说那些衣服，比当年我同学身上的衣服好百倍。当时有个男同学，穿着领口破损、肘部打着不同颜色的补丁的上衣，老师一提问他，他站起来会满脸通红。下课后，他从来不敢站起来，因为他的屁股上也打着密密麻麻的补丁。我知道是穷让他变得自卑。还有魏家胡同里的久老造，他冬天穿着黑棉袄棉裤，脏得像涂抹了黑漆一般。他住在柴房里，从胡同里颤巍巍走到大街上晒太阳时，不见颜色的狗皮帽子上顶着茅草。那时，没人笑话他儿子不孝，大多数人家住着土坯房，缺吃少穿，给予老人的又能是什么？

在我记忆中，农村还是我印象中的穷样子。1984年春，我从老家迈出去挤进了都市后，回老家的次数便屈指可数，即使回去，也是蜻蜓点水。母亲这一病，隔三岔五回去，一住多天，方才意识到城乡差距已经越来越小。家家户户电视、冰箱、洗衣机、空调、太阳能，城市人有的农村人都有。人手一部手机，网上购物就更普遍。去年，县上重新为村里硬化了路面，安装了路灯，公安天眼守护着村民的平安，连天然气管道也接到胡同口，只差通往家家户户。毫不夸张地说，关起大门，每家每户就是一处世外桃源，比城市家家户户住的钢筋铁骨的水泥壳子要舒服得多。

住在桃花源里的大人孩子都有福。先说大人吧，不想离开故土去外地打工的，索性就在附近找了工作。君乐宝乳业集团最大的牧场建在我们乡，过去一眼望不见边的庄稼，如今成为一眼望不到边的苜蓿草。牧场需要很多工人,有搞化验的、挤奶的、保洁的、司机等,跟城市一样,每天打卡上下班。如果不去牧场上班,还可以选择在村里上班。我三侄媳妇,为了方便照顾三个孩子,与同村的娘家娘做伴,在本村一家加工旅游帽的小工厂打工,挣个千儿八百的不成问题。还有我七十多岁的堂姐小兰,吃的用的由三个儿子平摊,没有任何困难,可干了一辈子庄稼活的她,不肯闲着,受托给那些地多的人家,为他们打花茬、摘花心、拾棉花,一天八个小时能挣五十块钱,当零花钱使也是挺好的。

再说说孩子。一天黄昏,我见二嫂的孙女拎着行李进了家门,感觉很奇怪,一个不满十岁的孩子如何能从十几里的学校独自回来?便问:"佳琪,谁去接你的?"她扭捏着回答我,是学校校车把她送回来的。我二嫂所在的那所小学,孩子半晌加餐一枚乡巴佬鸡蛋、一袋君乐宝纯牛奶和一根雨润王中王火腿肠。二嫂说孩子们吃的好东西多了,看见加餐,也并不是特别欢喜。我虽然没有瞠目结舌,但还是感觉很惊讶。

三十多年前,我上学那会儿可没这条件。小胳膊细腿,起早贪黑徒步走五里地才能到学校。路上必须经过坟堆,我使劲咳嗽,或者大声唱歌,才不至起一身的鸡皮疙瘩。秋天,露水打湿露出脚趾头的鞋子,是常有的事;冬天,大雪封门,一脚踩下去雪到膝盖也是常有的事。我特别怕过冬天,凌晨四点多起床,到处黑乎乎的,本来肚子里没食,进了教室,如同进了冰窖,名副其实的饥寒交迫。不会看火炉的我们,每天都会把火看灭。每天早晨到教室后生火,柴火把同学们熏得咳嗽不断,等生着了火,一个个灰头土脸地回家去吃早饭。一路上,我们跺着脚走,一阵接一阵的,如山洪到来。

农村巨变,如是我闻。回想过去,看看今朝,我最想说的一句话是:我爱我的祖国。这句话绝对没有掺一丝虚情假意。

穿越七十年的三代乡愁

舒仕明

（一）

我的父亲是农民，一个地地道道的农民。年过七旬的他，虽然牙齿所剩无几，头发也快全白了，但扛起锄头来，依然神采奕奕，锄起地来，依然掷地有声……父亲十三岁便下地耕田，人还没有犁耙高，矮小瘦弱的他，在岁月的浸泡和洗礼中，硬是从一个懵懂无知的顽童变成了强壮能干的庄稼汉子。

在同龄人中，父亲的体能惊人，更是种庄稼的好把式。在那靠天吃饭的年月里，膀大腰圆，一身力气，加上勤劳又会种庄稼，自然是那个时代的优秀者。父亲也因此成了姑娘们的"抢手货"，尚未成年时，上门说媒的就来来往往，应接不暇。父亲左挑右选，直到二十二岁那年，不以貌取人的他才选中了同样是种庄稼好手的母亲，可谓珠联璧合。从此开始了长达半个世纪的夫妻携手种地之路，在青山绿水间留下了他们相依相伴的足迹。

父亲的一项绝活是对牛的驾驭。一般的牛对他来说，只有乖乖地耕田，自然不在话下。最有挑战性的是那种野性十足的"打人牛"，这种牛性子烈，发起脾气来，眼睛绯红，怪吓人的，极其危险。那时，一些地方不时发生牛伤人甚至致死的事件。每每遇到这种恶牛时，当事方一般把牛贱卖或杀掉。可父亲却不信这个邪，利用他多年来跟牛的接触研究和一身巧力，软硬兼施，无论多凶狠的牛，在他的手下最终都会低下高昂的头，被彻底驯服。父亲由此声名远播，周围很多地方遇到"打人牛"时，便来叫他去处理。

父亲的另一个绝活是插秧。他插起秧来，上下翻飞，手脚并用，但见水花飞溅，人影闪烁，秧苗生根，一会儿的工夫，便插出一大片整齐的绿来，又快又好，没有谁能比得过，真是神来之笔。当然，生产队也时常有不服输者和父亲打赌，却都以失败告终，输掉烟酒等东西给父亲。

父亲最绝的还是种庄稼的本领。锄地、施肥、播种、浇灌等等，他都能掌握好火候，恰到好处。锄地，深浅适中，粗细一致；施肥，全凭手感，正好合适；播种，随手撒下，不多不少；浇灌，一瓢下去，灌溉均匀……父亲种的庄稼，秆结实雄壮，粒大而饱满；父亲种的地，收成好，出粮食。在他的经营下，地越种越肥，收成一年比一年好，周围的人都说神。

平时没事，父亲最喜欢的就是转悠庄稼地了。即使是走亲戚，他也要去看人家的庄稼，品头论足。父亲会和土地、庄稼聊天，甚至可以聊上半天，周围的人都知道，一旦发现有个自言自语，津津有味地在庄稼地里聊天的人，准是我父亲。这不能不说又是父亲的一绝！其实，仅凭这点就可以看出，父亲对土地和庄稼的感情是多么的深厚，他是真正地做到了用心在种庄稼。

父亲最不喜欢走城里的亲戚了，他说城里人家都将门紧关着，闷在家里，太不习惯了，对他来说，看不到庄稼、土地和粮食，心里发慌啊！所以我住进城里后，父亲很少来，即使来了，待一会儿便要走，怎么也留不住，更不会过夜。

作为农民，父亲并没有多少钱，也没有什么金钱意识。在他的头脑和意识中，手中有粮，心里不慌，对土地、庄稼、粮食的看重，已经深深地融入了他的血液和生命之中。从某种意义上来说，父亲无疑是正确的，也是快乐的，同时也是富有的。豁达开朗的自然本性使父亲将农民当得有滋有味，令人羡慕，不能不说这是人生的一种境界。

（二）

"冬腊月，杀年猪，小孩跑，大人呼，为吃肉，不读书……"每当想起这段有趣的童谣，年猪的味道便从远去的岁月飘来，那么的记忆犹新，恍如昨日。杀年猪，可谓由来已久，作为一种年俗文化，在汉族和少数民族中广为流传，并表达着对过年的喜悦和憧憬。

在我的记忆中，最先是生产队杀年猪，那时"僧多粥少"，闹闹嚷嚷地杀掉一两头猪，每家人也只能分到那么两三斤，根本舍不得吃，要留到过年，馋得孩子们可怜兮兮的，有的会大哭好多场也吃不到。后来包产到户了，农民的腰包开始鼓起来，有自己喂的猪，底气足了，于是杀年猪成了许多家庭的"重头戏"，也是一个家庭富裕起来的标志。那时我在读小学，每当寒冬腊月，我们一帮调皮的孩子，放学后一旦听见年猪被杀的嚎叫声，便不约而同地飞奔起来，非赶去凑热闹不可。

可惜那时我家虽能解决温饱，但还是很穷，因为我们几兄妹都在读书，父母又没其他手艺，全靠在土里刨食，家里生活相当拮据。为了解决我们几兄妹的学杂费，年猪是不能杀的。有一次，我和几个同学去看杀年猪，舍不得走，看着那家人将肉煮得香气扑鼻，我不停地咽着口水，好久都没吃肉了呀！那几个同学的父母闻讯找来，都买了一块肉回去，只有我孤零零地等在那里，希望父母也来买两斤，不，哪怕一斤也好啊！大概是母亲听人说我看杀年猪，舍不得走，找来了，手里拿着一根棍子，我忐忑而可怜巴巴地望着她，希望她能买点，可是母亲的棍子却落在了我的身上，生气道："我让你吃肉，让棍子吃你的肉……"我被打回了家，伤心地哭，母亲也哭了。她说："孩子啊，今年你父亲生病，医病花了那么多钱，亲戚朋友都借遍了，现在你们几兄妹的学费都还欠着，家里又没什么经济来源，哪有钱买肉啊？！等明年咱家好点，也杀头年猪……"我含着泪点点头。

可是我家却一直都没能杀成年猪，因为我读书需要钱。加上那些年我家真的有点倒霉，父母喂的家禽家畜，要么瘟死，要么不肯长，喂了一整年的猪，光吃粮不长肉，瘦得像一条狗。倒是左邻右舍的日子越来越好，杀年猪的多起来了。我们那儿杀年猪时有一个风俗，关系好的，邻居、亲戚，杀年猪时都会被叫上去撮一顿。因此每年都有杀年猪的人家请我们去吃一顿，那热气腾腾的新鲜血旺汤，那香飘四溢的蒜苗回锅肉，那其乐融融的谈笑声，那大口喝酒大块吃肉的豪爽，让我至今想起来依旧那么美好香醇和充满浓情蜜意。

然而，父母却很遗憾和不好意思，说年年吃人家杀的年猪，什么时候咱们也能请人家吃一回呢？没想到这一等就是好多年，其间我读高中、大学，花费很大，家里非常吃力，自顾不暇，哪还有条件杀年猪？直到1995年我大学毕业参加工作后，家里才第一次杀年猪。那年，母亲喂了一头又白又大的肥猪，足有三百多斤重，显然是父母精心喂养和有意准备的。杀年猪那天，父母将左邻右舍、家门亲戚，凡是以前请过我们的，都叫了来，摆了足足十桌，那是我们家最快乐的一天，笑容一直挂在父母的脸上。

但高兴之余，母亲还是有些遗憾，感叹着请我们家最多的王二娘已不在人世，李大爷也被儿子接去了城里，王三妹丧夫后远嫁他乡……母亲一一细数着，唠唠叨叨，乡情在她质朴的话语里、闪烁泪光的眉眼间，悄悄流淌。

随着社会发展，物质条件越来越好，杀年猪也不再那么稀奇和吸引人了。特别是近些年来，农村留守的都是老人和孩子，杀年猪的人家反而越来越少，因为要吃什么，到处都可以买到，简单快捷。杀年猪既麻烦，加上留守的人又少，杀了以后很久都吃不完。但无论社会如何变迁，杀年猪这一习俗却永久地停留在历史的扉页和人们的记忆中，特别是有过那些刻骨铭心经历的人，一想起年猪的味道，依然是那么动情，那么意味深长，那么充满人间烟火和不尽的乡愁……

(三)

大概是习惯了城市的繁华，一年半载都难得回趟故乡。放暑假了，我对儿子讲自己小的时候在家乡如何劳作，为挣学费捉鱼捞虾、养兔种菜等等，不料儿子听了挺羡慕地说："爸爸，你小时候的生活那么丰富多彩，哪像我们一天到晚都是读书呀读书，太单调了……"儿子的话深深地刺痛了我，于是决定驱车带他回乡小住两日，实地感受和触摸我那浓浓的乡愁。

走在家乡温润的土地上，一种久违的亲切感迎面扑来。田里的水稻，青绿一片，旺盛生长；地里的玉米棒子，似母亲背上的孩子，酣睡可爱。蝉鸣蛙叫，蚂蚱跳飞，鸡犬相闻，鸟儿歌唱，心灵的尘垢，满身的疲惫，在这散发着自然气息和泥土的芬芳中，被荡涤干净，神清气爽。

路上，认识我的都是一些上了年纪的人，他们叫着我的小名，面带微笑，话语亲切。仿佛一夜之间，那些曾经被我喊作叔叔阿姨的乡亲都老了，成了爷爷奶奶辈，纵横沟壑的脸上，难掩岁月的沧桑。他们始终坚守在这片土地上，日出而作，日落而归，不惜汗水，不惜力气，辛勤劳作。我敢肯定，他们是最后一批终身依附于土地的守望者。那些相见不相识的孩子，是我同龄人的后代，他们的父母都外出打工去了，而这些孩子被称作"留守儿童"。曾经感觉与父母遥远的距离，被网络时代拉近，他们可以天天打电话或视频聊天，仿佛父母就在身边。社会的日新月异，让人始料不及。那一座座漂亮的楼房，是打工者们会挣钱的写照，更是他们能力的象征，也是他们未来的栖息地。毕竟，对大多数人来说，故乡才是他们的根，无论漂泊到多远，终将魂归故里。

我和儿子的突然归来，让母亲手足无措，赶忙打扫卫生，庄稼地里的父亲也赶了回来，这是乡人的最高礼遇。是啊，许久不回来，父母已经把我当稀客了。父母一边说没什么吃的，一边杀鸡宰鸭，忙得不亦乐乎，爬满笑容的脸上，荡漾着难以言说的喜悦。父母是真的年老了，这么长的时间回来一次，见父母的次数简直是屈指可数，所以得常回家看看，别交通信息方便了，人反而变懒了，忘了回老家。

喝着酒，吃着菜，聊着天，儿子在旁边不停地问这问那，时间仿佛慢了下来，大家围着父母，慢慢唠嗑。唉！这么多年来忙忙碌碌，每次都是来去匆匆，好久都没有这样坐下来平心静气地陪父母吃饭聊天了。

我们和父母聊起了农村这些年来的变化，一栋栋楼房拔地而起，乡村公路修到每家每户，还铺了水泥路面，雨天也不会泥泞难走；房前屋后被父母种上了各种水果，家门口的田被挖成了鱼塘，绿油油的菜地紧挨着，一年四季皆有收获；国家不但免除了农税提留，还每年补助不少的钱到农户、到人头，年满六十岁以上的老人都有养老金，且逐年增加，孩子们也推行了九年制义务教育，不再像我小时那样，为学费发愁……儿子在旁边认真地听着，不时参与讨论。对他这个年龄来说，我们谈了许多东西，他的确不了解，但有必要让他知道，珍惜今天的幸福生活。

我们和父母都感叹，真没想到农村竟然还有这样一天。想当初，多少农家子弟为了"脱农"，唯一的途径就是考上中专大学，吃上"国家粮"，可谓是费尽心血，拼命读书，甚至不惜砸锅卖铁反复复读，一旦有人考上中专大学，便足以轰动十里八村。可那时升学率低，靠读书来达到"脱农"的目的，毕竟只是极少数人才能实现，于是有人"曲线救国"，为了买个城市户口，不惜花重金，哪知才二三十年的光景，一切都已经改变，农村户口反而成了香饽饽。改革让农民、农村、农业焕发出了新的生机和活力，农业结构调整的优势不断体现，现在城里人纷纷到农村踏青，乡村游、生态游逐年升温，前景广阔。父母说老家这儿山清水秀，生态环境越来越好，是难得的风水宝地，村里面正在规划生态农业，大学生村官、下派干部带来一些新的发展理念，正陆续吸引一批批的城里人纷至沓来，今后咱老家肯定是城里人向往的地方。

聊着聊着，我提起了陶渊明的世外桃源。父亲是读过一些书的，不但当过民办教师，还曾是村子里拥有最高学历的人，他当然知道陶渊明的《桃花源记》，而且还背得出一些句子。父亲自豪地说："我觉得我们现在的生活比陶渊明的世外桃源还要好，不但不交税，而且国家每年还给农民补助，六十岁以上老人还能按月领取养老金。特别是能享受这么现代的生活，不但衣食无忧,而且交通方便,信息发达,肯定比他的世外桃源强很多倍……"是啊,多少像我父母一样的农村人生活在空气新鲜、自由自在、风景如画的美丽乡村,他们吃着不打农药的蔬菜、粮食喂养的家禽家畜,品味着不施化肥不打农药的生态蔬果,在青山绿水中享受"慢生活",享受着鸟语花香、自然乐趣……我真正感到父母这样的农村人,生活在他们现代版的"世外桃源"里,是多么幸福啊!

午饭后,和父母四处转转,那些我年少时肆意奔走的土地上,似乎还留着我顽皮的脚印。离乡这么多年,不知不觉中,庄稼长了一茬又一茬,生命在故乡这只挪亚方舟上静静流淌。走到一处坟地时,见一座新添的坟墓,母亲不无伤感地对我说:"这是徐二娘的坟,她可是个好人,心善人老实,你小的时候还吃过她的奶呢,没想到一场不起眼的病,说走就走了。"我很惊讶,过年的时候去看望她时,还精神矍铄的,可如今已是物是人非。人生匆匆,每次回来,都可见新添的坟墓,自然法则让人无法逃避。在坟场的另一侧,几块高大的墓碑赫然在目,一看就是好石材,周围还进行了修葺,水泥地面上建了拜祭台……父亲说:"这家后人很有钱,搞这些就花了十多万,还请了全村的男女老幼来捧场,可风光呢!"我不禁慨叹:攀比显摆、讲排场摆阔气真是无处不在,连荒郊野外的坟场墓地也在演绎,看来习总书记提出的反对奢靡之风是多么的正确和英明。

接下来的时间里,我带儿子体验了一把"锄禾日当午"的艰辛,虽是短暂,但他还是有些许的感触,连说不容易,太辛苦,那些农民伯伯真伟大,以后一定要珍惜粮食,回去写作文也有内容了。

离开故乡的时候,正是太阳西斜,蓝天白云下,静谧的村庄、忙碌的农人、潺潺的小溪,延伸到每家每户的乡村公路……像一幅清新自然、美丽无比的风景画定格在那里。那是最美丽、最自然的乡愁。而我和儿子,刚从乡愁的画卷中走出来,带着不舍的心情离去。

隔着八十一年的亲情

葛权

2018年12月8日,我终于见到了传说中的三伯伯。这位三伯伯的父亲,是我的曾祖父,他的父亲与我的爷爷是亲兄弟。现已经九十七岁高龄、曾立下赫赫战功的亲人三伯伯,他一直"活"在我的记忆里,因为他所有的一切,都是很小的时候听长辈们说起的。说他当兵去打鬼子去了,后来在四川公安局工作,是个有军功的人。为什么是传说呢?因为,我所有的长辈也只是从与三伯伯有限的几次通信里知道的,而且还仅限于他的大哥。因为大伯伯去世得早,其他一切有关三伯伯的事都成了传说,家乡人从没有见过三伯伯,更不知道确切地址,也没有通过信和电话。

听说我们要去看他,已经九十七岁的三伯伯激动得一天一夜没有合眼,听他长子,也就是我的堂哥葛富强说,前几天接到我们几个侄儿要去看他,富强哥考虑到三伯伯年龄太大,经受不了太大的激动和刺激,不敢告诉他这个消息。直到我们去的头一天,富强哥才告诉三伯伯,远在千里外的几个侄儿要来看他。三伯伯听了后，竟然痴了，良久才激动地站起来，走来走去，嘴里不断地念叨着："我家乡的亲人们，终于知道我在这儿了，来人看我了……"就这样，三伯伯和三妈二人手拉着手，兴奋得一天一夜未合眼，焦急地等待着远在湖北的亲人。

从电子地图里看，湖北省宜昌市长阳土家族自治县离眉山东坡区913公里，而我因居住在长阳的邻县五峰土家族自治县，离长阳还有102公里，总共为1015公里。2018年12月7日，我和大叔的儿子葛兴坤、表哥黄长贵、三伯伯的孙子葛昊在长阳县城龙舟坪会合，并决定8日早晨一早出发，前往眉山市。晚上吃了晚饭后，我们几兄弟为马上就要见到亲人，心情非常激动，谈论中似乎心里恨不能长了翅膀，飞到亲人身边。表哥提议，路途遥远，且近几天天气寒冷，泸蓉高速恐怕要结冰，于是一致表示连夜出发。叫上侄儿，当晚10点由侄儿葛昊开车，踏上了葛氏家族的殷殷嘱托和浓浓期盼的探亲之旅。

这世间所有的亲人重逢都隐忍着漫长与等待。果然，车到沪蓉高速高家堰段，天有小雨，路上有些许冰冻，幸好没有封路，车速只能在40码左右前行。一路上，天空似乎也想为我们此行急迫的融融亲情增添点厚重的气氛，不时飘着细雨。其他车辆很少，虽然给我们提供了方便，但细雨始终淅淅沥沥地下着，给开车增加了一定的难度。好不容易车开到广安，已是8日凌晨2点20分，被临时通知即刻上路的侄儿太过辛苦，于是我们就在休息区里以车为床小憩了两个小时，凌晨4点多又继续前行。

十六个小时的长途跋涉，车到眉山市，已经是8日下午2点30分了。眉山监狱干休所前，在丹棱县人民武装部工作的姐夫杨光华已经等候多时，虽然我们未曾见过面，但姐夫从车牌上认出了我们，并引导我们进院子，停好车。

姐夫引我们敲开了门。门开的那一瞬间，让我们热泪盈眶：三伯伯和三伯母、堂哥葛富强、嫂子邹洪英、大姐葛丽军、二姐葛丽芬、三姐葛丽萍都立在门前……在我们亲人重逢的时刻，甜蜜取代了所有的苦涩……亲人重逢的画面，我们听得多，看得多，也幻想过很多次，为了此行，在来的路上我们脑中也演示了诸多画面，但从没想到这瞬间比我们设想的更美，更温馨，更感人。

三伯伯穿着军大衣，戴着毛线帽，一身朴素，虽然老态龙钟，却精神矍铄，标准的军人姿势，显出一种不言而喻的身份。他依然挺直身坐着，两只手放在膝盖上，保持着军人特有的风度。在他的眼皮下藏着一双炭火似的光点，在默默地燃烧着。

三伯伯，没有伟岸身躯，也不是帅气型男，但是，三伯伯那高挺的鼻梁，却独显军人的锐气。三伯伯，有六十八年的党龄，在我的心目中，是那么的高大，是那么的先进，是那么的慈祥！

谁曾想到，面前的这位老人就是鬼子闻风丧胆的炮兵战士；谁又曾想到，他就是参加渡江战役、解放大西南的先遣队炮兵排排长，进藏剿匪、和平解放西藏，平息匪患后又流血流汗随战友修筑进藏"天路"的英雄；谁能想到他就是曾经让犯罪分子瑟瑟发抖的公安干警！眼前这位老军人、老公安，他就是我敬爱的三伯伯。

三伯伯的眼神和精神依然很好，但由于早年炮弹的震响，使他的耳朵有点背，与他对话，就得大声在耳边说话。问他情况，他始终说他很幸福，是共产党让他吃上了饱饭，走上了革命道路，虽然为革命没付出多少，但现在每个月接近万元的工资，还有护理费、医疗费100%报销，让他很满足。甚至多次提出，他是老党员，他所做得到的一切，都是党给的。告诫我们一定要跟党走，听党的话。

三伯伯异乎平静地对我们说："打仗的时候，死了那么多的人。我能活到现在，已不容易啦。"

是不容易啊！三伯伯出生在贺龙元帅带领的红三军驻扎并建立根据地、设立苏维埃乡政府的长阳县渔峡口镇西坪村（现为茅坪村）。那是一个极其贫困的地区。在鹰嘴崖下，还是很小的三伯伯每天放牛。因为贫穷，读私塾连一本《三字经》都没念完，就跟着曾祖父种地放牛了。1940年，他十六岁那年，被国民党保安团抓了壮丁，随几位伙伴一直被拉到浙江。穿上国民党军装后，被分配当上了炮兵。不久在一次与日本侵略者的遭遇战中部队受了重创，幸好当地的八路军救援及时，才得以活命。

三伯伯打小就听他父母讲过共产党领导的红军是为穷苦老百姓打天下的，因此对共产党仰慕已久，他向往光明。同时他的个性也是疾恶如仇，痛恨国民党反动派的黑暗统治，于是毅然脱下国民党军装，穿上了八路军军服。从此，他和他的战友纵横驰骋在江浙一带，打得侵略者损兵折将，剿堵失据，并火线入党，成为光荣的中国共产党党员。1949年2月，响应伟大领袖毛主席的号召，中国人民解放军第二、第三野战军和第四野战军一部，在长江中下游强渡长江，对国民党军汤恩伯、白崇禧两集团发起战略性进攻战役。当时三伯伯所在的部队是中国人民解放军第十八军，军长是张国华，他随部队参加了著名的"渡江战役"。早在渡江战役胜利结束时，党中央指示以中国人民解放军第二野战军为主，担任解放西南的任务。在丹棱时，三伯伯又随部队开进西藏剿匪，平息匪患后和平解放了西藏，随即又流血流汗和战友们修筑进藏公路。1956年，转业被分配到了丹棱县，分配在当地公安局工作，工作地是乐山建新化工厂（后更名为四川建新化工厂。此厂为劳改农场，司法部接管后又改为乐山监狱）任司务长。同年认识了当时十九岁的黄树珍，也就是我的三伯母。在组织的关怀下，三伯母与大他十三岁的三伯伯结婚。一年后，生下了大哥葛富强。

三伯伯虽然文化不高，连《三字经》都没念完，单位却让他当上了管一千多人生活的司务长。领导对他的评价是：勤劳，负责，服从命令，办事严谨，兢兢业业，让人放心。这司务长三伯伯一当就是二十五年，直到1982年8月退休，从没出过差错。

听大哥葛富强说，三伯伯很少和他们兄妹及邻居谈起他的战斗经历，我们也很好奇，三伯伯经历过那么多的战斗，他是如何活到现在的？身上有几处伤疤？每当我们问起，他总是顾左右而言他，只是说他现在很幸福，共产党好。

大嫂邹洪英说他们一家人从不知道三伯伯的战斗经历，问他，他也不说。在我们的再三要求及劝说下，三伯伯才让大嫂去他房间里找到了他精心收藏的一摞奖状、证书，还有几个精致的锦盒。打开锦盒，里面有几枚军功章——渡江战役纪念章、和平解放西藏纪念章……和工作证、退休证，还有他穿解放军军装的照片等。大哥葛富强说，这些东西他们也是第一次见到，可见这位军功赫赫的"南下"干部,是多么的低调……

或许他觉得没有多少值得炫耀的东西,或许他想得更多的是那些并肩战斗、牺牲了却默默无闻的战友。抚摸着军功章,三伯伯的表情变得沉重起来。良久,三伯伯慢慢地讲述了一些鲜为人知的事。开启回忆被尘封的当年往事时,我才知道了在同日本鬼子战斗的时候,我军一个班的战士遇鬼子偷袭,被杀害后烈士的遗体放在了竹排上顺河漂下;知道了在反围剿战场上有过一次战斗,三伯伯的部队后来换防驻守在这里;知道了一个手拿冲锋号的小战友,被炮弹的弹片削去了整个头颅而惨烈地倒在三伯伯身边;知道了三伯伯大腿骨受伤,他还积极要求参战,说"这点伤算不了什么";知道了三伯伯那个连队从战场撤下时只剩下了为数不多的人;知道了他和十几个战友上山打游击是如何几天几夜吃不上饭,只能以草根充饥,但还是到处偷袭敌碉堡、封锁线,身边的战友牺牲了一批又一批,最后剩三十多个蓬头垢面的战友参加解放军大部队时,战友们昏睡了两天两夜……儿子的出生,给三伯伯带来了不少的欢乐,看到自己生命的延续,三伯伯感到特别的欣慰。

我第一次从与长辈的交谈中领略了战争的残酷,也好像看到了当年炮火纷飞、浴血奋战的场面,看到了三伯伯当年的飒爽英姿,体会到了三伯伯那种马革裹尸还的气概。"这点伤算不了什么。"很平淡的一句话,却一直萦绕在我的脑海,直到现在。

听大哥说,三伯伯经受病魔侵害,常人稍微没有调整好自己的心态,或许会过早地撒手人寰,可我的三伯伯是那种不平常的人,他不气馁、笑看人生的态度一直坚强地支撑着他,精神不倒，生命力显现得也异常的顽强。

三伯伯从来就是一个与世无争、不计较个人得失、任劳任怨的人。从西藏转业，在三伯伯的腿部取出了一块小弹片，别人告诉他可以去办理伤残军人证书，但三伯伯没有去，他不愿增添国家的负担；"文革"期间，有一些老干部受到残酷的迫害，接受了不公正的调查，他忍辱负重，用自己的特殊身份为他们提供了许多安全保护；至于以后自己的待遇和工资，他从不过问，发多少用多少，即使四个子女在困难年代吃饭穿衣都难维持时，也从不给政府和上级找麻烦。三伯伯说，他无怨无悔。

三伯伯就是这样一个人，他想的多是别人，却很少为自己考虑。

一天的接触，三伯伯念叨得最多的还是家乡的亲人，那些割舍不断的亲情。当他想起并讲起小时候的亲人或经历的那些事，那双曾经被岁月的沧桑深深埋藏了的眼睛里，似乎有一丝光彩闪过，那光彩流转着，似乎回到了纯真无邪的童年。他所讲述的那一切，似乎就发生在昨天。他像个孩子一般向我讲述着那一群群身披落日余晖的小精灵，苍老的声音几乎有了一丝无邪的童趣。我扶着老人，思想也随着他的脚步缓缓地走进了那个似乎从未逝去的童年中。

思念，是一种幸福的忧伤，是一种甜蜜的惆怅，是一种温馨的痛苦。思念是对昨日悠长的沉淀和对未来美好的向往。也正是因为有了思念，才有了亲人久别重逢的欢畅，才有了此次邂逅的惊喜，才有了亲友相聚时的举杯庆祝。

听几个姐姐说，转业后的三伯伯因为工作忙，加上要暗中保护一些人，因此一直没有回过阔别多年的家乡。即使这样，退休后的1982年，三伯伯还曾经带着堂哥葛富强回过一次长阳西坪，见过几个亲人。后来因为交通不便，年龄大，再也没有成行。然而，三伯伯在每次思念家乡或亲人时，总是站在房子外面，面对家乡的方向默默地遥望着，每次都是半天时间。三伯伯是军人，对家人的要求也是十分严格的。堂哥葛富强说，从他懂事起，至今就有一个习惯，无论在家还是在饭店吃饭，必须遵循一个原则：节俭，不浪费。因此有时还成为朋友们戏谑的对象。他说他小时候吃饭总是掉饭粒，三伯伯每次都要求他把掉在桌上的饭粒都捡起来吃掉，哪怕遗漏一粒米，也不允许他离开座位。从小堂哥便懂得，粮食是不能够浪费的，以至成人后在各种各样的饭局中，节俭、不浪费是堂哥的首要原则。他告诉我们：三伯伯常说，在战争年代，他和战友们经常一两天吃不到任何食物，有些战友饿着肚子牺牲了，活着的人尽管饿着肚子依然奋勇杀敌。"你们现在生活好了，想想那些牺牲的前辈，你们没有理由浪费粮食。"

虽然与三伯伯相处时间不长，但我时时认为他是一位标准的军人，他的一贯作风，仍能让人体会到身体里流淌的是军人的热血。他向往军旅生活，怀念那段奉献过青春的时光。他知道部队是个大熔炉，就让堂哥当上了警察，大姐葛丽军、二姐葛丽芬也先后高中毕业后当上了警察。虽然不是军人，但也了却了三伯伯一桩夙愿。

9日下午，因为第二天是星期一，我和堂弟葛兴坤要赶回单位上班，还要开十几个小时车才能到，因此才恋恋不舍地与三伯伯告别。三伯伯给我们的最后一次教诲是：今后无论做什么事，一定要记着当今生活来之不易。

与三伯伯告别时，他拉着我们的手久久不放，连声要我们放心，代他问候家乡的亲人们。看着我们上车离去，三伯伯举着的手好久才放下……而我们，离别的时刻到了，感情的洪水终于冲开紧闭的闸门。"上一秒，咧着嘴笑！下一秒，掩着面哭！"原本说好"笑着分别"的承诺落空了，一个个哭得撕心裂肺，无所顾忌……离别的时刻到了，我们紧紧把手握在一起，不忍分开，不想分开，不敢分开。车上的，探出半截身子；车下的，恨不能脚步生风。汽车发动机的嗡嗡声低沉地长吟，和着车上车下的哭声……

我们知道，这一别，亲人亲情亲近，都将成为往事；这一别，原本血浓于水的亲人，都将散落在天涯，各自打拼不一样的精彩，各自开始不一样的生活。而这位鲐背之年的老人，只能在千里之外默默遥望……

两张欠条

黄崇羽

在福建省档案馆保存着两张土地革命战争时期的欠条,由福建省福鼎市秦屿镇(现改为太姥山镇)黄宗盈老人捐献。这两张欠条已历经了八十多年时光,在这两张欠条背后有着怎样不为人知的故事呢?

福鼎,地处东海之滨,背山面海,是闽东革命根据地和浙南游击根据地的重要组成部分。从1929年开始,到1949年中华人民共和国成立,经历土地革命、三年游击战争、抗日战争、解放战争,在二十余年漫长的革命斗争岁月中,福鼎人民在中国共产党的领导下,虽经腥风血雨,革命高潮低潮交替,但英勇的福鼎人民始终前赴后继,百折不挠地坚持浴血奋战,直至解放,从而赢得红旗不倒的赞誉。

那么,黄宗盈老人,两张欠条,尘封八十多年的红色历史,又是怎么关联在一起的呢?

黄宗盈,今年八十五岁,福鼎秦屿镇屯头村人。爱好古典诗画，退休前在秦屿镇文化站工作，平时热心公益事业，对当地的文化建设有着重要的贡献。他捐献的两张欠条分别写着"本委数年共欠昌有店货款计白银八十六元，正待革命成功加倍赎还。"落款是"黄丹岩"；另外一张写着"兹欠我叔店款共计叁拾肆元整，证明请老呈同志一定交□□据委令"，落款是"霞鼎县委黄淑琮"。

根据1995年7月出版的《福鼎县志》记载，1933年冬中共福鼎县委成立，是年12月中共霞鼎县委成立，中共霞鼎县委1937年撤销。中国共产党在福鼎的活动始于1929年。中共党员黄丹岩、黄淑琮等在屯头、筼筜和沿海一带向贫苦农民、渔民宣传革命道理，传播马列主义。是年5月，中共党员黄丹岩在福州参加中共福州市委领导的"五一"人力车工人大罢工后，回家乡屯头创办麟江学校，任校长，从此以学校为阵地开展革命活动。1930年秋，中共闽东革命领导人马立峰来到福鼎屯头，在当地党组织的配合下开展秘密革命活动，领导成立"反帝大同盟"组织，号召人民群众组织起来开展反帝反封建斗争。1933年5月中共福州中心市委派叶秀藩到福鼎指导革命，号召抗租、抗粮、抗债、抗税、抗捐的"五抗"斗争，并成立"秋收斗争委员会"。同时，组建福鼎游击队和福鼎沿海游击队。

1933年秋，黄丹岩、叶秀藩等人在潋城齐天大圣宫发动两千多人，宣布举行武装暴动，攻打店下，由于客观原因，暴动失败。同年底，中共福鼎县委、中共霞鼎县委相继成立，黄丹岩、黄淑琮分别担任书记。

丁嫩妹，黄丹岩烈士的遗孀，1997年逝世，享年102岁。根据她生前口述，福鼎革命初期，没有任何革命经费，黄丹岩一心扑在革命事业上，变卖本来殷实的家产，全然不顾自己家庭陷入贫困。随着革命队伍扩大，黄丹岩变卖家产也很难维持革命所需的经费。

1934年1月初，浙江温州国民党警备司令部调遣浙江保安团一个连的兵力进入福鼎，配合福鼎县保安中队"清剿"沿海区。1月7日，由于叛徒出卖，中共福鼎县委第一任书记黄丹岩被捕，1月25日在县城桐山就义；2月20日，中共霞鼎县委书记黄淑琮在店下安福寺被捕，2月23日在秦屿后岐就义。

尤其是黄丹岩烈士，刑前戴着手铐脚链经过福鼎桐山城街道时，对两边的群众发表演说："我为福鼎20万同胞而死，非常光荣。同胞们赶快起来革命斗争，打倒蒋介石反动派，建立新中国。"路经福鼎桐山中山北路十字街时，他在人群中看到朋友的姐姐梁梅萼，便停下脚步，问道："阿姐，我家的房屋被烧了吗？"梁梅萼不愿给黄丹岩增加痛苦，便含泪回答："没烧掉呀！"黄丹岩说："那我就放心了！"随后他不断沿街高呼："打倒蒋介石反动派，中国共产党万岁！"一边喊一边向刑场走去。

据黄宗盈老人介绍，1958年一场强台风，把他家屋顶的瓦片掀翻，连顶楼上供奉的祖先牌位也被打坏。修理时，发现牌子夹板里有两张欠条。1971年在地板下还发现一本账簿。黄宗盈老人在1993年把这三件革命遗物，捐献给福建省档案馆保存。

原来黄宗盈的父亲在1929至1933年间在村上开了个小杂铺，经营日常用的油盐酱醋烟酒糖果之类，当时屯头村共产党地下组织非常活跃，黄丹岩、黄淑琮、黄古生、黄心耕等一大群革命志士都是黄氏宗亲。由于当时革命经费紧张，黄丹岩、黄淑琮等人经常到他店里赊账。当时还没有能力偿还，时任中共地下党福鼎县委书记黄丹岩、中共地下党霞鼎县委书记黄淑琮两位负责人各打一张欠条，黄丹岩的欠条上还特别标注"待革命成功，加倍赎还"。短短几个字，一方面显示出当时革命经费拮据的窘迫境况，另一方面可见当时写欠条的人对于革命的未来充满着坚定的信仰。

没想到，1934年黄丹岩、黄淑琮双双被国民党抓捕，壮烈牺牲，欠条就一直保存在黄宗盈的家里，直到1993年黄宗盈捐献出来，才解开了这段尘封数十年的革命往事。福建省档案馆给老人特意颁发了一本荣誉证书："您捐献的福鼎县委负责人黄丹岩、霞鼎县委负责人黄淑琮1933年冬给昌有店货款原始欠据二份，昌有杂货店账簿一本，作为福建省档案馆永久档案保存，特发荣誉证书，以资鼓励。"

岁月如歌，血雨腥风的年代已经远去，革命先驱离我们也越来越远，但是他们追求真理、舍生取义的精神一直照耀着时代前进的步伐。两张欠条，蒙上了时光的灰尘，但是烈士的碧血丹心永远长存在人们心中。

亲亲沂蒙

苏雨景

从我的角度望过去,这个村庄与其他沂蒙山区的村庄没有什么不同。

阳光温和地照着,天空中一些飘飞的柳絮发出丝质的光,几支暮春的桐花烂漫地伸出院墙,一条黄狗从街角醒来,不慌不忙地起身,抖了抖身上的尘土,向巷子的更深处慢悠悠地走去。偶有村民经过,他们肩上的担、手中的锹,以及目光中对于年景的憧憬,都在提醒着新一轮农忙的开始。巷口,一个卖煎饼的妇人面色红润,衣着素净,摊位上的煎饼金黄软薄,散发着谷物的天然清香。几个身背书包的孩子围拢过来,她们笑容无邪,仿若桐花,叽叽喳喳,指指点点,貌似更感兴趣的是煎饼旁边小葱的青碧。

一切深陷安详之中。如果不是心中始终默念的"渊子崖"三个字,如果不是眼前一直浮现着七十多年前的战火纷飞,对田园生活一向神往的我,必会将这样的行程当成一次惬意的返乡之旅。然而，这里是渊子崖，一个被载入史册的特殊村庄。在这里，即便是一朵桃花，你都会情不自禁地把它的红与当年的鲜血联系在一起；即便是一支镐头，你都会想起冲向侵略者的那声怒吼；即便是一块山石，你都会觉得它就是这个村庄嶙峋的骨头；即便是母亲怀中的孩童，你都会想到他便是林凡义、林九乾的骨血和生命的延续。那个孩童目光清澈，他在替书写过悲壮史诗的先人们延续着这个村庄的血脉，也照看着这个村庄的草木。

此时，足下的泥土正散发出春天的气息，但依然阻止不了我回忆中的血流成河。1941年冬天，这个村庄遭到了日军的"铁壁合围"，面对多达一千余人的日军精良部队，年轻的村长林凡义带领村民们拼死一搏，他们用"铁牛"、"五子炮"、土枪一次次击退敌人的进攻。围墙被攻破之后，更加惊天地泣鬼神的一幕发生了，全村妇孺齐上阵。村民们抄起大刀、农具与敌人展开肉搏。儿子倒下了，父亲冲上去；丈夫倒下了，妻子冲上去。直杀得残阳如血，直杀得山河悲泣……

147名英雄就安睡在这片土地上。一想到此，我便满怀敬畏，脚步一再放缓、放轻，唯恐惊扰到那些正在酣眠的英灵。

在这场震惊世人的渊子崖保卫战发生之前，地处沂蒙腹地的渊子崖村不过是一个由寻常烟火组成的普通村落，祖祖辈辈生活在这里的人们俯首田亩，刈麦种粟，老实本分地看牛羊入栏，倦鸟归林，如果不是硝烟代替了炊烟，如果不是铁蹄践踏了家园，这些朴实的农人怎么也不会想到用自己的断裂来戳那个乱世的命门。国难当头之时，这群世世代代只与土地发生关系、只与村庄相敬相亲的农民所迸发出的家国情怀令人战栗，令人动容。

在渊子崖，在由一群农民书写的历史面前，我被彻底点燃了，烈焰在心底越烧越旺，直到把我烧得血脉偾张，泪流满面……

放眼望去，村庄周围，群山环绕，那些山峦面目平静，它们同我一样，在强压着内心的岩浆。暮春的阳光下，它们愈发地嶙峋坚毅，臂膀挽着臂膀，身躯挨着身躯，仿佛一个村庄的前世和今生。

在渊子崖村的短暂停留更加坚定了我继续走读沂蒙的决心。作别渊子崖，驱车直奔孟良崮。从渊子崖到孟良崮，不过十几分钟的车程，由此可见，在沂蒙，真的是遍地烽火，遍地故事，遍地英雄。

来到孟良崮方知，相传宋朝杨家将将领孟良曾屯兵于此，故名孟良崮。除了本土人氏，恐怕少有人知道这个名字的来由，而对于发生在这里的那场战役，却是无人不知无人不晓。1947年5月，华东野战军在陈毅、粟裕的指挥下，经过浴血奋战，于孟良崮一举歼灭了国民党的精锐部队整编七十四师及援军一部，共三万二千余人，击毙该师师长张灵甫，孟良崮由此而名扬海内外。

相比较渊子崖的静谧，孟良崮显得热闹了许多。山路两边，春天的表情生动，婆婆丁、苦菜花怯怯地打着朵儿，金黄的迎春花正在不管不顾地盛开，艾草、苍耳、荆棵日渐蓊郁，高大的橡子树、楸树已抽出了新叶，阳光打在新生的叶片上，鲜嫩得让人心旌摇曳。天空正蓝，一些洁白的云朵被风梳理得像是在奔跑的白驹。

长长的山道上，人迹绰绰，多是慕名而来的游客，一些山民也在借着旺季兜售各种山货，有黄花菜、豆皮、椿芽、野生蝎子等等。老区人不愧是老区人，即便是为稻粱谋，也恪守着本色与本分，绝不会漫天要价，目光里、语气中都透着一种天然的淳朴厚道。抬级而上，微风不时把极富地域特色的歌声吹送过来，"炉中火，放红光，我为亲人熬鸡汤，续一把蒙山柴炉火更旺，添一瓢沂河水情深意长……"所经之处，听到的全是这首熟悉的《沂蒙颂》旋律，仿佛不仅仅是一名歌者在唱，整个孟良崮都在唱，巍巍沂蒙都在唱。歌声中，我的眼前掠过一个又一个熟悉的名字——收养了数十名干部及工作人员子女和烈士子女的沂蒙母亲王换于；用乳汁救活了伤病员的沂蒙红嫂明德英；"最后一把米当军粮，最后一块布做军鞋，最后一个儿子上战场"的沂蒙六姐妹；"没有桥腿用人腿，没有桥板用门板"，在冰冷的河水中用身体当桥墩，和三十多名姐妹一起架起一座"火线桥"的李桂芳。我似乎听到了冲锋号吹响的刹那，战士们踩着门板，踩着姐妹们的肉身冲过火线桥，冲向了敌阵。也似乎看到一辆辆满载物资的支前独轮车穿行于枪林弹雨之中，车轮发出的"吱吱呀呀"的声音像大海的狂潮，一浪高过一浪，吞没了蒙山的松涛声，吞没了汶河的流水声，吞没了敌人的枪炮声……

这就是沂蒙。在这方热土上，不仅生长出了沂蒙精神，还生长出了中国革命胜利的果实。陈毅元帅曾深情地慨叹："我就是躺在棺材里也忘不了沂蒙人民。他们用小米供养了革命，用小车把革命推过了长江！"

沿山路前行，我们途经粟裕将军的骨灰撒放处。祖籍湖南的粟裕将军，之所以选择把自己的部分骨灰撒放于此，可见他对这片热土的眷念与挚爱。粟裕将军骨灰撒放处的旁边，是大片的无名烈士墓，战争中他们甘苦与共，肝胆相照，现在，他们又在另一个世界里互为陪伴，互为温暖了。我久久伫立于这片墓园当中，每一座墓碑上都好似洞开着一双深不可测的眼睛，他们目光深情，在诉说着过往，也在期许着未来。阳光斜照下来，墓碑周围草木丰茂，有风徐来，它们便一起一伏地飘摇，像无数双挥动的手臂，使春天变得更加热烈起来。草木环绕下的无名碑，仿若一个个隐喻，比那座昭示着无限功德的无字碑还要深邃，还要辽阔。

在孟良崮的主峰处，我邂逅了几位本地口音的游人，她们手里的植物引起了我的注意，这些被新挖出来的植物，根部还挂着新鲜的泥土，茎脉呈红色，像极了人的血管。一位游人告诉我，当地人把这种植物称作"狼毒"，学名"商陆"，根部可入药。春来发芽可食，山民称之为"野菠菜"。随后茎慢慢长得粗壮，削皮亦可食，又称"野莴苣"。不仅茎脉呈红色，结籽亦呈红色，榨汁鲜红，仿若血液，顽童常用作颜料涂鸦。谢过几位本地游人，抬眼望去，才发现整个孟良崮的坡峰上遍布这样的植物。风向南吹，它们便呈正面仰攻的姿势；风向北吹，它们就呈向下俯冲的姿势。它们清晰的躯干血脉那么像一群人，它们从石隙间探出的倔强头颅那么像一群人，它们旌旗猎猎的叶片那么像一群人，它们波起云涌的呐喊那么像一群人。我不禁欣慰于这些神奇的物种，它们深植于沂蒙大地，用发达的根系保持着当年的青葱，替那些英灵拥抱着这一方英雄的土地，守望着这一片大好的河山。

读沂蒙，如读"心经"，可以把每一棵草都超度成一种生命，把每一个生命超度为一种信仰。在历史面前，说话的主体只能是历史自己。有些事物轻薄如云烟，经不起岁月的风吹，而另外一些，却任凭风雨淘漉，依然历久弥新。沂蒙春行，即便做个看客，即便如此行色匆忙，整个人也仿若重生了一般。

边境小城

韦佩贝

在中国陆地版图上，大陆海岸线自北向南有一个终止点，这个终止点位于广西一个名为"东兴"的边境小城。是我国通往越南乃至东盟国家最便捷的海陆通道。由于通海路、水路、陆路，小城在历史上曾长期作为中国通往东南亚的重要商埠。这便是我要说的故事所在地。

东兴里有一小巷，巷里有栋居民楼，大约是在2004年，这栋楼里新搬来了一户平常的人家。这户人家只一个男人、一个女人、一个小女孩，他们像普通人一样生活着。

这个小女孩就是我。我在这个小城里长大，小学、初中、高中都在这里就读。有人曾问我为什么不离开这里去外地读书呢？那时候我没有作答，现在，我可以肯定地告诉你，这是一种深深的羁绊。也正因为如此，东兴的发展我看在眼里，身体力行地感受着。城里的每一处，或多或少都有我留下的足迹，春时赏花，夏时观海。

因为这里的风俗淳朴，便有从五湖四海会聚到这里的人们与小城本土居民和谐共处、安居乐业。我的母亲从小在这里生活，当时我对这里的认知就是母亲的家乡，别的就知之甚微。东兴没有铁路，公路也修得不怎么好，去哪都觉得路途遥远，多半你是不怎么想去的。在随后的十几年里，这里就是我的家。

我有上网搜索过，经调查统计，这里的群众矛盾纠纷及时调处率排名全区第一，2018年有多达193天没有任何刑事案件，是2018全国社会治理创新示范市，是我国最安全的边境城市。当我看到的时候，觉得有些惊讶，原来已经这么好了吗？当我还在东兴读书的时候，这里的走私车辆无视交通规则，在道路上急速地奔驰着，几乎年年都会发生交通事故。悲惨的则是无辜的行人。还有在校园内，我曾当面看见某个同学在考试期间吸起了毒品，由于我当时的软弱，没有向老师举发。后来那个同学怎么样，我也就不知道了。现在学生的毒品防范意识不像我那个时候那么薄弱了，一切都在默默地变化。

东兴的历史悠久，有轰动中外考古学界的五千年前的交东贝丘遗址，有见证历史的大清国一号界碑，有列入国家非物质文化遗产的京族哈节和京族独弦琴艺术，还有中国国画大师齐白石在东兴时留下的画作，这些我大多都有去参观过。有个同学是哈节里的"哈妹"，曾对我们说过哈节的故事。她熟知这个城市的历史，她最想的，是在这里当一名导游，给所有的来客讲述一段段娓娓动听的故事。但我最喜欢的，是踏在海浪上，耳机内播放着独弦琴的音乐。最令我震撼的，是哈节上的百人独弦，那一齐弹奏的乐声，与浪涌交织，层层叠叠，仿佛在诉说着几千年来小城的故事。

小城里有一条名为北仑河的河,东南向下汇入北部湾。人若越过河向南边走去,不足百米就到了越南北方最大的经济特区芒街市。河上行驶着来往的商船,发动机在河上轰鸣着,船上载着布匹、面粉、杂货及各种海味。河边设有码头,码头上的工人忙碌地装卸着。贯穿两国有一座桥,桥的西处,有一所临河而建的中学,我在那里念过书,或许会有人同我一样,在课间望着河对面芒街市里的那个"铁塔"发呆过。桥的两头是两国的通商口岸,桥上来来往往的,或旅人,或经商者,或闲逛的小城居民。超惭愧的是我至今还没有出过国,我的护照早办好了,却一直没机会过去游玩,每每与同学说起,便是一阵惋惜。

东兴的这头有个国际批发市场,里面贩卖东南亚各国的小商品,走进去你便会发现商品琳琅满目,几乎能晃花你的眼。往上走到五楼,全是东南亚特色小吃。店家很热情,吃的过程中还会有越南妹子陪你聊天。不过我在这里低声地跟你们说,东西真的不怎么好吃。

桥的东边有条河堤,傍晚时分,我会跟着我的小姐妹一起在那里散步。堤旁有一排居民楼,楼下是经商的店铺,不知从什么时候起,便自发形成了一条美食商业街,大都是海鲜饭店与手工红木专营店。饭店门前的橱窗里,常有生猛的螺虾鱼蟹,张牙舞爪的,俨然是在招揽客人。一旁的红木店里,地上摆满了憨态可掬的手工动物工艺品,仅留两条过道便于走路。

每到汛期,河水便会上涨,有时会浅浅地漫进居民楼里。人人皆骂着嚷着,收拾好东西,搬上楼的高处放置,等待水退时,方又继续营业。某一年水来得特别猛，人必须转移到别处，多亏小城的应急预警工作及时有效，无一人员伤亡。对于一些不可避免的损失，眼见无可挽救，也就没什么大不了的了。我家所住的居民楼倒是没有这种困扰，地势略高且不靠近河。

时间一天天地往前走，我也跟跟跄跄地成长。记不清是哪一年，父亲带着我去看了一场足球赛。这是我来到这座小城看的第一场足球赛，早已记不清赛事是怎样的，只记得四周黄土泥泞，不减的是那欢呼喝彩声。如今，那个中越足球友谊赛还是每年都举办一次，但场地已换新颜，设施健全的体育馆每年都会承接一些大型的活动，平时则是开放给居民活动，我还常去那儿打羽毛球哩。对了，旁边还有新建成的游泳馆，大大丰富了居民的闲暇生活。

2013年，还在上学的我，很有幸地参加了第二届中越青年大联欢活动。那时学校组织学生去做志愿者，班主任在班里挑选了一小部分人，我与我的同桌都被选上。还记得那时下着细雨，我们站在桥上喊着欢迎口号，等越方代表快出来的时候，天放晴了。现在想起我能亲眼见证这一刻，是多大的幸事，到现在我还保留着那枚纪念徽章，它给我的意义特别的不一样。如今中越边境商贸旅游博览会、中越青年大联欢、中越足球友谊赛等已经成为中国与越南国家交流合作的重要载体。东兴在蓬勃地发展，我们的祖国也是。

这小城虽是那么安静和谐，但这个地方也是国家重点开发开放试验区，所以和别的小城还是有差异的。既有商旅落脚的酒店、坐镇不动的商场，还有饭店、杂货铺、烟酒行、茶庄等等，它们共同装点了这个城市。另外还有卖越南手工艺品、特色美食与服装的铺子，为旅客提供贴心服务的旅行社。这些在十几年前虽也有，但少。十几年前很多地方都还是村庄、田地，后来啊，原地拔起了许多高楼，或学校，或商业楼盘，或游乐场所。

我听母亲说，新中国成立后，小城人民为抗美援越，为祖国边境地区的安宁做出了很大的牺牲和贡献，一度发展较为缓慢。进入20世纪90年代后，边境逐渐稳定，这才迎来了改革发展的春天。1992年，小城被国务院列为国家首批对外开放的沿海沿边城市之一，批准设立东兴边境经济合作区，还获批了进口水果指定口岸、进境冰鲜口岸等一批对外开放贸易平台，成为面向东盟的前沿和窗口。正因为有了国家的支持，小城稳稳地抓住这个机会，才有如今发展火热的口岸城市。到如今，我每年都能吃到新鲜的、丰富的水果与冰鲜。现在我在别的城市的学校里上学，偶尔也会带三两好友回到小城，一起品尝某些奇特的新鲜食物，坐在河堤畔，喝着椰汁，领略小城特有的古韵，听过路的旅人诉说他们的故事。

东兴作为有机衔接"一带一路"的重要枢纽和节点城市，必将成为中越边境面向东盟最大的商贸物流基地和最火热的边境旅游口岸城市。生态优美：拥有十里金滩、百里边关、千年古榕、万亩红树林，这是小城特有的标签。这个地方从小渔村变成了现在的都市，不变的是四季如春，天蓝、地绿、水清。近山一面：十万大山这个天然屏障俨然还保留着完整的原始状态。临海一处：北部湾沙软浪平，已自发形成旅游度假区。现在，东兴已从小小的一个渔村，发展成来必停留、往必夸赞的城市。还有随处可见的五星红旗插遍每个角落，平和且强势地表明国家领土神圣不可侵犯。我为在这个城市生活而感到自豪。

小城地方傍海依山，看得见山，望得见海，记得住乡愁。

最好的时代

王飞

20世纪70年代末80年代初,我出生在皖南一个贫穷的小乡村,静静的漳河缓缓从村边流过,宁静而淳朴。我们家是一个普通的农民家庭,兄妹三人,我最小。今年适逢新中国成立70周年,改革开放也已经过了四十个年头,对于和改革进程同庚的我来说更是感慨良多。人到中年,也慢慢地开始回望过去,回忆些以前的点点滴滴。太多难以割舍的事情,总会在脑海中浮现,虽然琐碎,却件件真实难忘、记忆犹新。

父母都是老实巴交的农民,上面还有爷爷奶奶健在。记得小时候,父母面朝黄土背朝天,早出晚归,靠天吃饭,一家人紧紧巴巴,我记忆中吃饱饭的日子很少,吃肉吃鸡更是不敢想。农活之余,父母也有其他的谋生手段,父亲会一些泥瓦工手艺,只要是庄稼不太忙,他都会跟着村里的苏伯伯到附近的建筑工地打零工,然后按天数结账。母亲不认识字,却有做鞋垫做布鞋的好手艺,自己在家打好鞋样,然后一针针纳成精美的鞋子,放到家门口卖。每天深夜，我从睡梦中醒来，母亲依然在昏暗的煤油灯下纳着鞋底。村里也没有什么商店，印象中只有村委会的会计家里开了一个小杂货铺，父亲最廉价的烟和酒，都在会计家里买。每次买酒的时候，父亲总会带回一包油炸花生米，但基本是让我给消灭了；有时候也赊账，但是很快就会还上——经常是到镇上卖掉一篮子鸡蛋或一只老母鸡，然后回来就把账还上。

日子虽然艰难，父母却咬牙供我们一个个读书。小学离家五公里的距离，每天要往返三趟，和哥姐一道走着去，风雨无阻，也不觉得孤单。有个冬天的早上去上学，我和大姐在路上捡到一袋包子，所谓一袋，也只有两个，一摸，还带着热气。我们很是高兴，说好分着吃，里边是韭菜肉馅，大姐没舍得，说自己不饿，硬是把两个包子都塞给了我。这件事让我俩终生难忘，每次相聚，都会自然想到这件事情。

上高中的时候，家离学校远点的学生都住校，基本上每月回家一次，主要是回家去拿粮食和咸菜。我也是离家远的学生，一般都是父亲骑车送我，骑我爷爷给我们家的"国防车"。给我们这个车子时，车子的齿轮都磨尖了，但还是很结实。父亲骑车送我时，把粮食绑在车子的侧面，送我到学校后，父亲再帮我把粮食换成学校的菜票，然后自己骑车回去。

有一次，快要回家的前两天，母亲突然来到学校找我，递给我五十元钱，说不用回家拿粮食了。当时情况是用粮食换菜票，也可以用钱直接买菜票。长这么大，我从来没真正拥有过这么多现金，以前都是菜票和部分现钱。

我问母亲钱哪来的？怎么会有这么多钱？

母亲笑着说："这是卖鸡蛋的钱，家里攒够差不多你一个月的口粮了。估计你学习忙，我就给你带来了，你也不用回家了。"

从我家到学校有三十公里，母亲是怎么来的呢？她又不会骑自行车。于是我疑惑地问她。

"我走来的。"听到母亲随口轻松一说，突然我心头一酸，眼泪止不住要流下来，但还是强忍着没让母亲看到，我说："我找个车子送你回去。"

"不用，慢慢地走，又不累，天黑就到家了。"

我说："不可能这么快。"

她说："经过你姨奶家，在你姨奶家住一天，第二天就可以到家了。"

"我怎么从来没听说过有个姨奶在这边住？"

母亲说是一个远方的姨奶，不是亲的。我半信半疑。我送母亲一段路就回学校了。

过了一段时间，大哥过来看我，我说起这事，大哥说那天母亲走到家的时候已经是第二天凌晨了，家里也没什么住在镇里的姨奶。我无语，只任眼泪落下。

改革开放的春风慢慢吹到了村里，所有人的心思都开始动了。大哥读到初中就辍学了，他脑子灵，从拉板车，到踩三轮，慢慢借钱买了辆小货车，现在已经有三辆大卡车了，在老家一带跑起了运输；大姐初中毕业考了师范，毕业后分到了县里，现在在县城最好的小学任教。我学习成绩一直稳定，一大家子咬牙供我读了上海的大学，毕业后回到了家乡所在的城市，现在一家软件公司从事企业管理工作。如今我们姐弟三人都已成家立业，父母和大哥住,仍然守着他们生活了一辈子的家,只是他们现在已经不需要那么辛劳,偶尔侍弄着不多的土地,种些菜,养点鸡鸭,有时候我搞运输的侄儿专门来我这儿,给我们大包小包地捎上一大堆——蔬菜、瓜果、鸡鸭、鸡蛋鸭蛋、腌肉咸鱼等等,足以让我们一个月不用去菜市场。

我也会经常带着老婆孩子回家看看。我想念家乡遍地的杨柳树林,院里的红枣树、槐树、香椿树,以及叽叽喳喳的鸡鸭声。家中的"国防车"早已入库,成了我们家的"传家宝",煤油灯也早已不知了去向;父亲早就用上了电动刮胡刀,也能聊一些诸如社保缴费、特朗普之类的话题;母亲经常会去村头的理发店染染头发,然后晚饭后带着一群老太太,在村委会前的路灯下跳着流行的广场舞。

今年春节,我和大哥大姐帮父母报了一个旅行团,去北京玩了一个星期,老两口那个兴奋劲,天天在北京发"朋友圈",故宫、长城、颐和园……回村之后,和左右邻居聊着首都的点点滴滴,仿佛一下子年轻了二十岁。我和大哥大姐商量了,趁着二老身体还不错,每年至少带他们去玩一个地方,祖国这么大,他们都应该去走走、去看看,去实现他们一直放在心里却从未提过的愿望。

在伟大祖国母亲七十华诞普天同庆之际,我们普通老百姓说不出大道理,只是真切地感受到,我们的日子确实是一天天好起来了,走上街头看到一张张真实的笑脸,觉得老百姓活得更有奔头了。

伴随着祖国前进的征程,我们始终与时代同行,从来不曾缺席!

一担谷

廖辉军

天上见不到一片云彩，赤裸裸的太阳照射大地，空气像开水沸腾起来，显得格外闷热。我和母亲各挑一担谷，一前一后穿行在蜿蜒绵亘的乡间羊肠小道。

"转过这段难走的山路，就离镇上不远了，到时给你一分钱买冰棒吃。"母亲侧过头来，给落在后面的我打气，顺便将扁担换了换肩膀，丝毫没有停下来的意思。这时，有豆大的汗珠从母亲额头上滴落，连她后背的衣裳全都湿透了。而我自己不光汗流浃背，肩上也是火辣辣地痛，感到担子越来越重，压得快喘不过气来了。但我知道，越是这个时候越不能泄气，如中途一休息，极有可能半天都走不到镇上，过了晌午就更没力气了。

这是我第一次随母亲去镇上交公粮，以前都是父亲挑大头，满满的一担足有一百五十多斤，母亲挑小头，至少也有百把来斤，这样一个来回就完成了任务。这次，碰巧遇上父亲外出搞副业补贴家用，我作为帮衬挑着五十斤谷子，和母亲挑的一起刚好算作一担。只是我不明白现在并非交公余粮的时候,更何况每年应交的都如数上交了,而此时稻穗尚未成熟,正值青黄不接,就是这样一担谷,却是全家差不多两个月的口粮。

我心里犯着嘀咕,两边箩筐晃得更厉害了,蓦地一个趔趄摔在地上,谷子撒满了一地,在炎炎烈日下闪烁着耀眼的金黄色光芒。

"眼看就到了,这么不小心的。"母亲嘴里嗔怪着,立即放下箩担,小跑过来帮忙。我担心母亲真的生气了,赶紧扶正箩筐,将地上的谷子一把把捧起来,放进去。

"快……莫乱动,你都把小石子一起收进去了,还是我来吧。"母亲有些急了,吓得我愣愣地待在原地,一时不知怎么办才好。

母亲将堆尖的谷子小心翼翼地掬在手掌心,然后用嘴吹了吹,再缓缓地捧进箩筐,就像对待一个刚出生的婴儿。我从未见过向来严厉的母亲如此温柔,心想不就是一些细小颗粒的石子吗,就是掺杂到这么多谷子里面也未必能够发现。再说,这些粮食最终都得交给粮管所,又不是留着自家吃的。

母亲解下头巾,将不好分辨的谷粒连同小石子一起包起来,"你这担谷子就不上交了,等会儿我们一起挑到镇上交粮后,我再挑回去换点好粮吧。"她似乎看出了我的心思。

到了镇上,粮站门口寥寥数人,已没有了秋收季节一眼望不到头的长长的交粮队伍。其实,交公余粮并不轻松,容不得半点马虎,特别是进仓时需要经过严格检查,一旦验粮人员说不合格,就只能挑回家经过翻晒后再来一趟。

很快轮到我们,只见管仓库的人拿着一根中间有槽的长长的插筒往箩筐里猛插,然后抽出来,将槽里的谷子拿上几粒放进嘴里咬了咬。"记得你家已交过了公粮,这应该算余粮吧,还是一担吗?"那个朱姓验粮员与母亲早就熟识,"你的粮素来没得说的,又干又成粒,这担重的没问题,你孩子挑的那担就不用检查了。"

"老朱,这个可不成,孩子不小心在路上摔倒了,那担谷子撒了一地,里面有些小石子,等我挑回家再选担好的送来吧。"母亲狠狠地瞪了我一眼,"你看这孩子多不懂事,还不赶快谢谢朱叔。"看得出,当时母亲是很高兴的,虽然挑回了我的那担谷子。

回到家里,奶奶戴着老花镜,拿来簸箕将谷子与石子一粒粒分开,这样既费神又费时。我坐在旁边,无所事事地数着拣出来的小石头,一颗、二颗、三颗……看似石子再多再大,却没有一粒粒小小的谷子聚集在箩筐里那样沉甸结实。

"今天初十……离稻谷收割还有两个来月,这可是全家六口人填饱肚子的口粮呀,平日只能加些苞谷做成粑粑混上一餐了。"奶奶一边摇了摇箩筐,一边自言自语。

"可是,听粮管所的人说,我们家早完成公余粮的任务了,为何母亲偏要多交一担粮食呢?"要知道,那时稻谷收购价每斤不到一毛钱,就算急需钱而卖粮,也完全可以拿到公开市场里卖个好价钱的。如此一来,家里原本紧缺的口粮愈发变得紧张,如遇上不好的年份接不上茬,只好向别人赊粮,借旧粮还新粮,还得多还一二斗。

"孙儿呀,你马上就要上中学了,算是一个小大人了,论做人处世就得明理辨是非,单凭这事儿,你母亲还真做得相当地道的。"接着奶奶告诉我,母亲出生于新中国成立的那年初春,原本家中上有五个兄长,加之一直吃不上奶水,刚好又断粮了,要不是国家及时放粮救济……"可谓祖国如母,她从小就是吃着国家救济粮长大的,如今送粮算是报恩吧。你可要记住,没有国哪有家呢,国家有大的难处,我们小小的支持只是做人本分,再说吃水也不能忘了挖井人呀!"

奶奶的话意味深长,尽管当时我似懂非懂,但潜意识里对自己的祖国和母亲有了更深的理解和认识。从那以后,我每天放学一有空就主动去挑水、砍柴,帮母亲减轻家里的负担。

后来,我到外地求学长期漂泊异乡,每次回家都听乡亲们说,母亲一直没有断过那一担谷,年年如此,乐此不疲。再后来,库区搬迁建新居时,在母亲的再三要求下,还专门让人在楼上加盖了一个通风顺畅的小粮仓。

直到新世纪,国家免除了农业税,母亲才没有再送粮了。但是,无论世事变迁抑或物是人非,母亲始终保留着家中存放粮食的习惯,却总有那么一担谷既舍不得吃,也舍不得卖,每年翻晒都不嫌麻烦。

如今,母亲早已两鬓白发,过了这个春天就是七十岁的古稀老人了。许多时候,我吃着母亲托人捎来的粮食,总不由得想起曾经那一担谷来,更重要的是,我会永远懂得那谷里定然蕴藏着母亲对新中国的一往情深和对美好日子的真切愿景。

吃肉的记忆

朱小毛

三十年前,我在县城读初三,家与学校两点的长度,一天需往返四趟。没有脚踏车的我连快走带小跑,一趟下来至少三四十分钟。

5月枇杷黄的一天,中午放学我赶到家,早已饥肠辘辘、肚子罢工,我盛起饭便吃,一股独有的肉味的鲜香直冲鼻腔。我情不自禁耸了耸鼻,深吸了两口,就像猎狗嗅到了猎物,刺激得舌生津液。原来八仙桌上难得一见地摆着一盘精美的米粉蒸肉,正袅娜地摇摆着雾气。对于正长身体的我,充满了无以言说的诱惑。我毫不犹豫地夹了一块就往嘴里塞。恰巧被上菜的母亲看见了,她瞪了我一眼,眼神阴郁,却透着威严,幽幽地说:"今天屋里供师傅,师傅都还没吃呢!"对了,那年二哥造房子,每天雇了木匠、石匠等手艺师傅做工,一日三餐要供饭。幸好当时无人,要不然少年老成的我早已羞得无地自容,恨不得趴下钻到地缝去了。我默默地咀嚼着,想吐回去,可也晚了，咀嚼的速度明显慢下来，直到难以下咽。我的眼眶里蓄满了一汪湖水，差点喷泻而出，心里头泛起的是憋屈和心酸。

不就是一块肉吗？但母亲的眼神和语气令我羞报和自责。那会儿举全家之力帮二哥盖房，天天要供请师傅。家中人口多，经济也拮据，在吃穿方面能省一块钱是一块。其实乡间手艺人也有自己的行内规矩，譬如东家管饭，为东家节省计，绝不会放开大嘴吃，一顿也只吃一两块肉而已，才不会断了自己的活路。这还要看东家的热情，肉夹来夹去，师傅才肯应承下来。那时作兴东家为师傅夹菜（肉），师傅推辞的做法，方显东家的客气、师傅的体谅。

一般家庭，桌上倘若有肉，便是好菜，故而有"无肉不成席"之说。要是能隔三岔五吃上肉，你便是过上了超过众人的上等生活，值得艳羡。通常民间乡村办大事（婚丧嫁娶之类）招待客人，肉是首选食材，人们可着劲儿拿肉当原料变换花样做各种各样的菜肴，米粉蒸肉、红烧肉、狮子头、芋头蒸肉、肉丸汤等，叫客人吃得嘴角流油，脸淌红光，人家夸你舍得大本，办得风光，主人脸上也才有体面。

三天两头能吃到肉，成了老百姓日常生活中一件奢侈的事情，简直难以想象。

后来我读了本地的中专。在学校里每月有定量的饭菜票供应给学生，算是国家的一种优惠政策吧。可思忖家里的生活境况，一星期我也难得吃上一餐肉。食堂的蔬菜大多五毛钱一碗，青菜、萝卜、豆干、西红柿、包菜、土豆等让你吃得寡淡无味，心生厌烦。当然学校并不是顿顿都有荤菜，也是换着花样让人觉得肉稀奇，物以稀为贵嘛。鱼肉之类荤菜都要一块钱，吃一餐等于用了两餐的钱。我真是舍不得，倒是外地的学生想得开，逢鱼便买，逢肉便吃。我是强忍着舌尖的欲望、味蕾的贫乏，想着家里劳苦的父母，没有理由逞一时口腹之快。

学生时代，对肉心心念念牵牵挂挂，肉就是美味佳肴，肉就是山珍海味！

20世纪90年代初，我参加了工作。每月一百余元的工资统统上交家里，由母亲保管代存。母亲说了，钱要留着帮我娶媳妇生崽用呢。我是听话的男儿，一分不落交给母亲。农忙双抢同样要帮家里干农活。双抢是件重体力活儿，消耗大。隔不了几天，母亲在灶边看见锅底的油亮泯灭殆尽，脸上便灰暗无光，她会自言自语地说："明天要剁几斤肉吃喽！"第二天早上，准会看见父亲优哉游哉地从村口卖肉师傅那里吊着几斤肉回来。肉用稻秆绑着，连头年干枯的稻秆都泛着亮亮的油光，比早先人们的脸色还光可鉴人。早先是十天半月难得碰荤腥，后来是隔几天想吃就吃，人的脸上满面红光，不像从前重活干得多，荤腥吃得少，整个看起来灰头土脸。

进入新世纪，而立之年的我成家立业。于是按照乡间传统规矩要分门立户，和父母分开居住生活。淌自己的汗吃自己的饭，靠天靠地靠祖宗，不算是好汉。这是古人的教谕。四口之家，饭桌上的三餐，吃什么已不是问题，肉不过是主打。村口天天有卖肉的，要想吃得精细，可到不远处的菜市场，五花肉、精肉、肥肉、里脊肉、排骨等，想吃哪个品种，随你挑任你选。只怕你吃不下，没有买不到，哪有吃不起？天天有肉，餐餐有肉，猪肉就和平常菜蔬一样飞入寻常百姓家的餐桌上。甚至有的时候鲜菜蔬比猪肉还贵，让人意想不到。真是三十年河东，三十年河西呀！

　　岁月不居，时节如流。时代在向前，社会在发展。人们的饮食目标已从吃饱吃好朝绿色环保、健康养生迈进。餐桌上的肉早已不再是人们眼中的奇珍，而是和其他菜蔬一样，只是一道普通的菜肴而已，再也不必遮遮掩掩，奉之如宝，人们更愿意多吃新鲜蔬菜，而对于肉类只是选择性地有节制地吃，再也不会为吃不到肉而伤心愁闷了。从想吃不得到有肉少吃由此折射出社会的大变化。

　　有会编顺口溜的人脱口而出：

　　新中国成立七十年，老百姓生活比蜜甜！

大山的情怀

郭增吉

1983年4月的一天,"赵义和回来了!"这个消息不胫而走,河南省林州市桂林镇桃科村好像炸了锅。人们倾村出动,奔走相告,争着来到村口,要看看"少小离家老大回"的英雄人物。

在太行山区一个不大的偏僻村落,出了一个正团职军人,县人民武装部部长,这可是人民的功臣,村里少有的大人物呢。现在告老还乡了,一准有不少宝贝带回来,好歹也让大伙儿开开眼界。

阳光灿烂,白云朵朵,暖风轻拂,数不清的山花轻轻地摇曳着。弯弯的山路上,健步走来一位满头白发的老人,慈祥的脸上,布满了饱经风雨的岁月沧桑。这,就是人们心目中的英雄赵义和。他穿着一身洗得干干净净的旧军装,扛着一个木箱子。人们不禁交头接耳:他的宝贝都装在箱子里吧?他来这穷山沟里究竟是为了什么?

相熟的同龄人，不相熟的年轻后生，都热情地迎了上去。那些发小争抢着和赵义和握手，互相端详着，回忆着，时间一晃，就是几十年啊。

赵义和的爱人已经去世，孩子们迁到了外地。他独自回家了。石板路，柴门，古树，农舍，这一切，显得既熟悉又陌生。

回到家，赵义和把箱子里的东西拿了出来，这都是他的宝贝疙瘩：几套补了补丁的军装，一大堆奖章、奖牌。奖章、奖牌都是部队颁发给他的。他1925年4月出生于桃科村，1946年8月，时年二十一岁的他参加了中国人民解放军，又加入了中国共产党。他跟着冲锋号声，和战友们一起奋不顾身地冲上前线，冒着敌人的炮火，流着身上的鲜血，多少次与死神擦肩而过。他先后参加过平汉、淮海、渡江、两广等著名战役，荣立一等功两次、二等功三次、三等功一次，一堆奖章见证着一个战斗英雄的从军经历。

在部队生活了三十四年，五十四岁时，赵义和从四川省垫江县人民武装部部长的位置上光荣离休。按照军转政策，垫江县政府给他建了一套独家小院，但赵义和谢绝了地方政府和老战友的挽留，毅然向组织申请回到老家桃科村。这里是生他养他的故乡，大树连根，叶落归根啊。

赵义和的家，只有一间残破阴暗的土坯房，还有一棵曾经目睹他参军离家、又迎接他从远方归来的老槐树。

赵义和住了下来。他静静地坐在青石板上，轻轻地抚摸着老槐树，久久地回忆着一生动荡的经历，细细地设想着以后的事情。对一位久经沙场的老人来说，他心里还埋着未了的心愿，僻静的农村就是他最好的归宿。

赵义和对来看望他的村干部和群众说:"我就喜欢农村,觉得还是农村好。回到家乡参加劳动,发挥点余热,能出多少力就出多少力,争取为人们多办点实事,多创造点财富。"和乡里乡亲座谈交心,赵义和很快熟悉了村里的情况。几天后,他主动请缨,担任了村里"六大员"的职务,即义务植树管理员、义务致富咨询员、义务管水维修员、义务补桥修路员、义务邮递巡逻员、义务理发广播员。纯粹发自内心,纯粹义务劳动,不带一丁点功利性质,不要一分钱报酬。在村民眼里,赵义和就是名副其实的"乡村总理",人们都亲切地喊他"老赵"。

老赵开始每天在村里巡逻。有个别小偷小摸的人,利用黑夜的掩护,偷盗庄稼,毁坏树木,老赵依然像个夜间搞偷袭的战士,总是给坏人意想不到的打击。他还有个本领,就是走累了随便找个地方一靠就能打个盹,然后再围着村子转,转来转去,一直到凌晨三点多。

渐渐地,年迈的老赵不幸患上了白内障,视力越来越差。老赵没告诉任何人,默默无闻地坚持着。他走遍了村里的各个角落,走遍了村边的每一块土地,走遍了村外的每一个山头。一年三百六十五天,没有人监督,没有人指派,但他除了生病,一天也没耽误过。单是2003年冬天,七十八岁高龄的老赵就摔下七次,跌倒八次,身上青一块紫一块的,但他没有退缩,没有停下巡逻的步伐。

老赵在村里、在山上度过了二十多年漫长的时间,风知道,雨知道,霜知道,雪知道,一草一木知道,每一块石头都知道。

那些年，老赵就像一棵顶天立地的不老松，时时庇荫着这方水土；又像一位尽职尽责的守护神，天天守望着故乡和村民。

老赵有着深深的忧患意识，懂得提高农民素质、增强法制观念、推进乡村文明建设的重要性，于是他办起了农村广播站。在他的广播站里，满床的报纸和刊物，都是自费订阅的，并且都仔细阅读过，上面圈圈点点，都是他认为对老百姓有用的东西。这个广播站不仅给大家放唱片，报道党的方针政策，还介绍科学种田和致富经验。村里搞养殖的村民都尝到了甜头，增加了收入，兜里装满了花花绿绿的票子。他们说，这是和老赵的帮助分不开的，到啥时候都不能忘记这位老人。

老赵不顾自己年老体弱，一锤一钎，从山里刨出来好多石头，一块块搬运出来，自备工具给村里修路。他一个人起早搭黑，打路基，铺石块，每天累得直不起腰来，也乐此不疲。一尺、一米，日积月累，一共修出了三公里多长的路，极大地方便了村民们的出行。

老赵得知村里管水这件事需要一笔不小的开支，意识到这会给群众增加负担，于是义务承担起了全村管水的重任，还自掏腰包购置器材，用于维修。在他的精心维护下，多年来水道畅通无阻，解决了村民吃水、用水的需要。知情的人说，老赵管水十几年，光为困难户缴水费就达上万元，从来不要求人家还钱，即使人家硬还，他也坚决不要。

他为村民们办了很多好事、实事。村子离集镇远，村民们理发极不方便，老赵又毅然担任了义务理发员，一干就是二十年。无论是老人还是小孩子，需要理发时，他总是有求必应，随叫随到，热情服务。有时候理完发已到了吃饭时间，人们竭力挽留他吃饭，他总是婉言拒绝："我是为人民服务的，绝不能给大家找麻烦。"

村里五保户郭文源八十多岁了，孤身一人，身体长年有病，生活不能自理。老赵把他当成了自己的亲人，不嫌脏，不嫌累，每个月都要给他理一次发，洗澡、洗衣服、拾掇家务更是常态。老赵还教育学生献爱心，帮助五保户、特困户。老赵经常为村里的公益事业及困难群众捐资捐物，他从来不记账，也不让别人记录。村民们说，这样的事数不过来，不敢算，少说也有几万元。

老赵八十三岁那年，因身体原因，不再管水了。可他闲不住，仍旧拖着羸弱的身子，来回奔波着。他有严格的作息时间表：清晨，到村里的林区护林、植树；白天，为村里拓路修桥，送信送报；晚上，背起猎枪，在村里巡逻放哨。猎枪上缴后，他手里换成了一根长棍子，像练武之人一样，老当益壮，很是威武。老赵细心，发现谁家没人住了，或谁家临时外出没有赶回来，就不声不响地帮这些村民看家护院。一次次、一桩桩，老赵做的好事太多了，村里干部群众看在眼里，疼在心里，实在觉得过意不去，就多次劝他好好歇歇，别再劳累费心了。他却总是说："我老了，就得活一天，干一天。虽然我离休了，但军人的本色不能丢。只要能为群众服务，多办点实事，我心里就舒坦。"

老赵淡泊名利，对权力，对钱财，视若粪土。他和邻家唠家常，说得最多的一句话就是，啥都是身外之物，没什么可留恋的。但是，只有一件东西，是老赵的最爱，且伴随终身，这，就是绿色的军装。自入伍以来，老赵对军装有着极深厚的感情，穿上军装就再也没有脱下过。看他早先的照片，一身戎装，大气的军官帽子，金光闪闪的肩章，显得英俊、威武。他后来穿的衣服，还都是当兵时的军装，虽然没有了帽徽、肩章，但都当作宝贝，缝缝补补，摞满了补丁。离休时的一套新军装，他一直珍藏着，从不示人。直到临终前，他才从那个木箱子里小心翼翼地捧出来，穿着这套军装走向另一个世界。

老赵一生耿直、廉洁，从不谋私利。他没有利用手中的权力，给自己的孩子任何特殊的关照。回到家乡后，老赵几乎把所有的积蓄都花在了村里的公益事业和贫困的老百姓身上。他的孩子们，或在乡里的水电站当工人，或在最基层的供销社上班，或直接和土坷垃打交道，过得都很拮据。但孩子们理解父亲，支持父亲。老赵年纪大了，孩子们来看望他，想把他接走，安度晚年，享几天清福。但老赵没有走，他不能走。他不是不爱自己的孩子，也不是不想和亲人团聚，而是他已经把村子当成了最后的家，把每一个村民都当成了自己的亲人。

老赵每时每刻都牢记着一个共产党员的神圣使命，牢记着继承和发扬党的优良传统，自觉以共产党员先进性标准严格要求自己。他全心全意为人民服务，牵挂着全村人，唯独没有他自己。他的善行义举感动了全村人，也净化了村风村貌。每逢他有个头疼脑热的，左邻右舍都来照看他。村里的年轻人自发给他修缮房子，并在暗中保护着他们心目中的英雄。

一位年逾古稀的老战士默默无闻地奉献着余生，党和国家没有忘记他。二十多年来，老赵的事迹不仅感动了村民，更受到国家有关部门的高度重视。在1996年、2004年，老赵两次被国家民政部、解放军原总政治部、解放军原总后勤部联合授予"全国先进离退休干部"光荣称号,并且多次受到当地党委、政府表彰,获得"优秀共产党员"等二三十项荣誉。这些荣誉,彰显了一个共产党员、一个老军人的优秀品质和高尚情怀。

  1988年,老赵终因体力不济、积劳成疾离开了我们。他还带着遗憾,他还想为村里办更多的事。可是天不遂人愿,虽经尽力医治,老赵还是离开了他梦绕魂牵的这一方热土,离开了他朝夕相处的父老乡亲。那年,他八十四岁。千里之外的原单位的同事来了,市里、镇里的领导来了,支村两委的村干部来了,全村男女老少自发地赶来吊唁。群山垂首,草木含悲,人们抬着花圈,举着挽幛,怀着沉痛的心情,默默地再送赵老一程,送走人民的功臣,送走可亲可敬的老人。

  一个人做点好事并不难,难的是一辈子做好事。赵义和老人几十年如一日,用自己战斗的一生,保家卫国,奉献余热,铸就了一座无言的丰碑。家乡的男女老少永远铭记着他,家乡的青山绿水永远铭记着他。

第二辑

岁月里的流光碎影

奎屯的阳光

宁红瑛

2019年7月20日，我随大学生志愿团来到了新疆。新疆伊犁的奎屯市有一个叫奎管处的小学。在这里，我将和我的队友跟随守望者陪奎管处小学的孩子们度过生命中有意义的二十一天。

"守望者"是一个跨国家、跨学校的公益联盟组织，一个用爱心托起乡村孩子希望的大学生义务支教团队，它的初心是让更多有梦想的人加入进来，一起关爱贫困山区的儿童，一起在关爱中行走，在行走中播撒爱，传递爱，感受爱。

我有幸被破格录取。记得在接受守望者和志愿团队层层级级的面试中，每一个面试官都会问我同样一个问题，你为什么要去支教？几乎所有的人都很难想象，一个五十岁的在职人员，利用自己的轮休假自费前去，而前去支教的目前只有二十几岁的在校大学生，他们好奇，我要么有高尚的理想，要么有更充分的理由。

事实上，我只有一种情结，一个老师脱离讲台二十几年来无法释怀的情结。那年,我因工作调动离开学校,我当班主任的那个班的孩子们每周都逃学,翻山越岭来新的工作单位找我。我一次一次把他们送回学校,他们还是一次一次再来,直到最后我和学校沟通后,他们才没有再来。

三个月后,这个班被打散分到了其他三个班,这是我半年后才知道的消息。其间学校给这个班换了两任班主任,还同时派很多老师去做思想工作,在所有努力都归徒劳之后,校方考虑这样下去不但平复不了孩子们的情绪,还同时影响到我上过英语的其他三个班学生的思想,最后,不得不用这样的方式,来分散这个班的整体情绪。

从此,这个学校再没有十五班,从此,我的生命里缺一堂课、一间教室、五十四个学生。

这痛,只有我和我的学生知道,这内疚,如负债,随岁月不停地在加息。

刚离开教行的那些年,我也和我的学生们一样,排斥新的工作,不适应新的环境。我像一个着急的赶路人,在从一个驿站到另一个驿站的路上,把自己的灵魂走丢了,又不知道去哪儿寻找。也曾做过多次再回去教书的努力,我甚至觉得,除了教书,其他职业对我来说都是将就。

遇见奎屯,是上苍对我的垂怜,或者救赎。

我们所在的奎管处小学,是守望者的公益支教点之一,现在学生们已经放假了,我们所教授的孩子是以夏令营的方式报名来的,这期一共五十六个孩子,除了一个维吾尔族女孩,其他都是汉族。奎管处小学还保留之前建设兵团的建制,属建设兵团某师某团。

校园是青砖红墙高大气派的建筑楼，方方正正围成正方形，中央有一个大大的球场，球场一分为二，由一个足球场和四个篮球场组成，两侧是椭圆形的跑道。道旁是一大排一大排的美国红椿，浓密的枝叶下面是一排排供休憩的长凳，高大的椿树一直在这儿撑着晴雨伞。课后，孩子们都来这儿踢足球、玩篮球、打羽毛球、唱歌、跳舞、打闹，这是他们的欢乐场，也是纳凉地。

我们队一共十八个大学生，他们来自全国各地，来自不同民族不同学校不一样的专业，他们暑期没有去旅行，去度假，去做有偿的社会实践，他们拎着简单的行囊来到了这里。除去从遥远地方过来的昂贵路费，他们中有的只有八百元生活费，有的连八百元生活费都没有，有的剩下的盘缠一天只够吃一顿饭。他们中有的不能吃猪肉，有的不能吃汉族的馆子，很多习俗上的差异常常让我们的会餐只能是彼此尊重。有的从一个地方到另一个地方还受民族区域限制，我们常常无法同时出行。

奎屯的气温越来越高，我们的宿舍是学校的闲置房，顶层，没配空调电扇，常常半夜醒来，没盖被褥的身体裸露在开着门的风中，尽管风也是热的。擦去鼻尖上细密的汗珠，又沁出来，擦了，又沁出来，在40摄氏度的室温中汗水以秒的速度聚集。老师们白天基本无法休息，晚上有些老师勉强可以凑合睡一会儿，而有些老师整夜都无法入睡，但第二天还是会早早地去教室迎接同学们的到来。

刚来这里的时候宿舍里没有电灯，等宿舍里有了电灯，洗漱间的灯又坏了。我们常常各自用手机给光，在足球场编织手工，在明明灭灭的光影中抽动丝线。在教室里准备第二天的教案。教室里也没有风扇,但比宿舍的气温稍低一些。在洗漱台聊课堂聊学生,也说奎屯,说奎屯的富足与安全,说奎屯目前的教育环境超过内地很多的偏远山区。说到这儿,有欣慰,也有遗憾,遗憾没把教育送到更有需要的南疆去。

我们中很多人在操场上搭起了帐篷。比热更难受的是蚊子的到来,它们每晚带着自己的队伍来,在围攻和夹攻中唱着凯旋之歌。一般的灭蚊之药无御敌之用,任你东西南北喷洒防护。在这儿,你干不过蚊子的。

洗澡还得到两公里以外的大澡堂,洗头和擦身可以在宿舍或洗漱间将就。每天都会有学生来拥抱你,让你每天都有了换衣擦身的庄重,像去迎接每一天的太阳,去接住一朵圣洁的莲花。

我一直以为这一代人吃不了苦,至少不像我们这代人能吃苦,生活上的苦,工作中的苦。只有当你和他们工作过二十一天,相处了二十一天,你才知道,备课室的灯每晚亮着,每天从备课、上课、还课、各种不同的兴趣课,到思想工作、家访,宿舍到教室,教室到宿舍,几点一线的有机结合,他们的时间跟着学生的作息连轴转,隔天还要分析课程设置与学生特点来不断调整教授内容,以及学生愿意接受的授课方式。

没有人给他们规定教学任务,也没有人来检查他们的教授质量,但他们一直在坚持在努力。他们同时在尝试,尝试着引导那些有艺术天分的孩子们去突破、去创新,手把手地交孩子们编手环、画画、跳舞、唱歌、练毛笔字。

那个叫陈燕的大学生,来自上海师范大学,是我们这次支教的志愿者之一，她是这个小学四年级的班主任。

她清楚记得班上每一个学生的名字，她了解一半以上学生的性格，还有部分学生的家庭情况。她说她第一次站上讲台时就被神圣、紧张、不安、欣喜、兴奋的情绪围绕着。

她每天第一个到教室，最后一个回宿舍。她晚上常常在教室里练毛笔字，她认为只有一笔一画练过，第二天才知道如何教学生上书法课——我也是她的学生之一。

她每天晚上都在教室里编手环，她说要编不同个性的手环送给他们班的每一个学生，她要教班上的每一个学生编手环，她认为这是培养孩子们专注力最好的手工课。

她每天晚上都在教室里写信，给他们班每一个学生写一封信，用纸质的信笺、纸质的信封，她把想对学生说的每一句话都写进信里，包括爱与祝福，信纸空白处贴着太阳花和风信子，离开时送给他们班的二十六个孩子。

她去给学生买信封的时候，余额宝里的钱已经不够她买回程的火车票，她还是没有犹豫地买了二十六个信封，还有贴画，是太阳花和风信子的贴画。

她每天都会和我分享班上学生的状况，谁又捣蛋了，谁又感动她了，谁家里又出状况了……她总能收到学生给她的礼物，一颗糖、一个手环、一块饼干、一只面小猪……看她得意又为难的样子，像得到了多大的恩宠，收受多大的"贿赂"。

他们班一个男生给她写了一封信，说她像白雪公主一样美丽善良，她感动地和我说："当我一字一句读完，眼角已经湿润，这是我长这么大收到的第一封信。我有幸遇见这些可爱的孩子，即使我不能教他们很多很多的知识，但我希望我的陪伴可以让他们开心，可以带给他们正面的影响，给他们带来快乐。我想，我的想法正在慢慢实现。"

陈燕是复杂家庭背景里长大的孩子，连单亲家庭都算不上。她鼓起勇气和我说家里情况的那天，是我们谈到很多人生问题的时候。她说每到开学，她不知道向谁开口要学费，单身的母亲带着同母异父的妹妹不容易，母亲把妹妹养得这么好她已经很知足，患病的父亲现在只能维持自己的生计，年迈的爷爷奶奶把她拉扯到现在已经殚精竭力，姑姑，还有其他亲人，她已经对他们开不出口了。她像在撕开一道血淋淋的伤口，又像在说别人家云淡风轻的事情。

这个成长路上尝尽人间悲苦窘迫的孩子，她说她感恩所有的遇见，班上的学生、支教的队友、新疆的风景、书籍里的感动，还有每一天升起来的太阳，她把从光阴中偷走的那些温暖和爱都给了边疆的孩子，加倍，加量。

在这里，我是一个教师，一个大姐姐，一个观察者，一个记录人。

今天是六年级的最后一节课，我没和他们谈阅读与写作，之前要给他们上最后一节英语课的想法也放弃了，这之前，准备系统教他们国际音标的想法放弃得更早。我跟他们谈这间教室与清华北大的距离，谈奎屯与无限广阔的世界，谈个人卫生与环境保护，谈仪容、仪表、仪态，谈自重与尊重……今天是七夕，甚至谈到了爱情。

事实上从接触这群孩子开始，我一直在不断地调整教案，以适应不缺失教育但需要陪伴的孩子。"因才施教"这四个字，在奎屯支教的这些天我体会最深刻。我不再花过多的时间去探寻授课技巧，我像一个拿着大把种子的农民，迫不及待地要撒向原野，我苦口婆心，苦口婆心还加上喋喋不休，我真心希望我的哪句话有一天会在谁的身上长出翅膀，哪种思想会在谁的身上开出花朵，哪个观点会让一株小苗不断拔节……

正午，此时，这是奎管处小学一天中最热的时刻。一下课，学生们还是蜂拥而出跑向体育场，羽毛球首选，足球和篮球次之，每一两个学生黏着一个老师。他们热衷体育运动远远胜于语文数学，他们甚至喜欢在36摄氏度的太阳底下奔跑，出汗，挥动着胳膊。他们就这样持续了二十一天，我们就这样持续了二十一天。因为爱和爱着，我们每天都在重复，我甚至学会了踢足球。

他们中很多是留守儿童，很多生活在单亲家庭。他们拥抱你的时候，是天使是安琪儿；上体育课、舞蹈课的时候，是健将，是天才；上语文数学课的时候，是魔兽，是乌鸦。比起引领，他们更愿意你陪伴；比起优教，他们更渴求你的拥抱；比起物质的给予，他们更需要你精神的呼唤。

这些孩子给我们打开的世界，远远超出了来之前的认知维度。在这里，教室是方的，球场是方的，方块字是方的，五星红旗是方的，理想是方的，孩子们的快乐也是方的，都安全地装在方形的盒子里。我想试图去掉那些边框，让快乐和理想飞出去，可我又不敢全部去掉。

我们支教的奎管处小学左侧数步之外，是一条阔气的马路，过马路后是一个很大的菜市场，进入菜市场之前要过安检。菜市场是一条像马路一样宽阔的大街,大街两边是水煎包、馕、烤肉、摊饼之类的小吃摊。首先调动你味蕾的当数水煎包,锅底冒着滋滋热气的水煎包黄澄澄的,香气溢出几丈远,让人无法迈步的牛肉馅水煎包啊!

新疆饮食,融合了大江南北五湖四海的口味,完成了你对味蕾的所有期待。你可以选择大盘鸡和手抓饭,配一盒地道的老酸奶,也可以是红柳烤肉和吃完了免费加量的各种拌面,还有那撩人的面点……每天晨跑之后,我会穿过这条街去菜市场的另一头,吃一种用胡辣汤浇汁的豆腐脑,上面配香菜和酥豆,两元一碗。我会在旁边摊上买根煮玉米配上,也可能是素菜水煎包,不超出五元却吃出了满满的幸福。更幸福的是会遇到很多大爷大妈来吃豆腐脑,我和他们慢慢熟识起来,唠着家常啃着玉米下着豆腐脑。

他们有些是支边时过来的,有些是屯垦时过来的。郭大爷是河南人,李奶奶是江苏人,退休那年他们都试图去老家居住过,故乡气候和饮食的不再适应让他们又回到了奎屯。李奶奶不再白皙的脸上有着岁月的痕迹,也有着时光的安然,她一直和我坐着说话,老伴在旁边为她端豆腐脑,拿勺子,递纸巾。

其实,对于奎屯,我更多的是从豆腐脑摊上大爷大妈那儿认识的,学校轮换守门的老师们口中了解到的。从新中国成立初期的支边建设到兵团屯垦,奎屯一直是新疆的粮油基地,有着"粮仓"的美誉。奎屯今天发展成为中国西北部新兴的工商业城市也是大势所趋。在奎屯居住的大部分人是从五湖四海过来的汉族人,也有少数的维吾尔族和哈萨克族人散居其间,奎屯的孩子几乎都懂汉话。

奎屯的富足让我深深体会到了祖国母亲的一视同仁，甚至偏爱，它偏爱她每一个远嫁的女儿，偏爱她戍边的儿郎。任何的国泰民安都是建立在秩序和规则之上的。在奎屯，进菜市场和逛商场要先过安检，家里有几把刀也要到居委会报备，你甚至连一把削水果的刀在市场上都买不到，就不要说打架斗殴翻墙越窗之事。在奎管处小学，每天都有拿木棍戴钢盔的老师在学校值勤，他们每两小时在校园里巡逻一次。不管白天还是夜晚，你都可以放心出行，这就是现在新疆的北疆，北疆的奎屯。

支教即将结束，教学在有序和无穷变化中进行，生活在不方便和习惯中适应，气温升了一些降了一点，像每天不同时段的太阳，给你温暖也让你酷暑难耐。

我渐渐感觉到新疆阳光在皮肤上的温度，树上知了在歌唱，篮球足球羽毛球在校园跳跃奔跑，空气里有水果的甜味，有馕的香味，感觉到渐渐热起来的手指、关节、肺腑，渐渐热起来的眼眶，以及孩子们羊群般的存在，或不在。

这个清晨，当阳光斜斜地漫过校园，我又穿过这条街。这新的一天到来的时候，我的脑子里突然蹦出一句话："哪儿的水土不养人，哪儿的黄土不埋人。"我想，如果不是二十一天的志愿支教，如果是一年、两年、八年、十年的工作，或许，我就留下来了。

书包、手表、花衣裳

刘应姣

(1)

"小嘛呀小儿郎,背着那书包上学堂……"这首耳熟能详的儿歌,昭示着上学就该背书包的常理。但在20世纪70年代,我上小学时,因家里太穷,买不起书包。母亲聪慧,把父亲装书的一个红色小包找出来,给我当书包用。

我的红色小包,有一条带子,可以背在肩上。因是大红的颜色,很特别,很扎眼,一直被同学们艳羡着。我常在包上别一枚毛主席纪念章。纪念章由白瓷打底,毛主席戴着八角帽,微笑着,亲切而慈祥。这个红书包就一直肩负着装书的使命,与我形影相伴,陪我走过了整整五年的小学时光。

上中学时,邻居吴姐看我可怜,送了我一个书包。书包是浅棕色的,很粗的料子,没有背带。我总是擒在手上,同学们好奇，不时取笑我。我闹着要母亲缝了一根带子，带子和书包的颜色不同，看上去有点别扭。但是，终于有了和同学们相似的书包了，我因此视若珍宝。这个书包很时髦，是上海货——吴姐是上海知青，跟许多知识青年一道下放到了村里，成了我家的邻居。可是没多久，这个上海来的书包在我打乒乓球时丢了，我又没了书包和课本。父亲狠狠地骂了我一顿，母亲说："你什么时候能够长记性？放牛的还将牛放丢了，读书的把书包弄丢了，你有什么本事啊！"

20世纪90年代，我在大学里又丢了第二个书包——一个黑色的双肩包。

那一阵，我忙得像个转轴，每天背着书包在宿舍、教室、和图书馆来回跑。一天下午，我正在图书馆看书，班里通知我有事，要我前往，我慌忙还了书就走，竟然忘了拿书包。等到晚上想起，慌忙跑去寻找，哪里还有书包的踪影！包里的袖珍录音机和一百多元生活费，可是我的命根子啊！我愣愣地待在那里，心在瞬间被掏空……

韶华易逝，时光如水。岁月更迭之间，我已远离了学校，远离了我那些不伦不类的书包。但每每忆起那两个丢失的书包，仍心有余忄刀。后来结了婚生了女儿，日子也变得阔绰起来。女儿的书包，基本上是一年一换，从款式到品牌，更是时常翻新。什么迪斯尼、奥特曼、米奇、阿迪达斯，应有尽有；什么双肩包、单肩包、拉杆包，功能齐备。得知我与书包的那些往事之后，女儿便把我几次丢书包的糗事，当作"攻讦"我的笑柄。但对我拔尖的学习成绩，她则有时是佩服得五体投地，有时是自叹不如。

细细想来，作为一个要啥有啥的90后，她哪能体会到70年代物质匮乏的苦楚呢？在这个物盛年丰的时代里，女儿对这些一年一换的书包倒是倍加爱惜，也从来没丢过书包。每当女儿翻出我丢三落四的毛病进行数落时，我只得堂而皇之地解嘲道："书包可以丢，但是刻苦学习、奋勇争先的精神不能丢！"

（2）

大概是八十年代中期，父亲有了一块手表，他视若珍宝。记忆中，那块手表一直在他手腕上。在睡觉、洗脸，甚至洗澡时，他都不会取下来，生怕遗失或损坏。

我参加中考那年，父亲竟把他心爱的手表给了我。

中考前的那个晚上，一家人围着桌子吃饭。父亲对我说："你能考上，这是你班主任讲的。"家人听了，都没有说话，默默地扒着饭，弟妹们也都不时地看看我，又看看父母亲，仿佛我就要远走高飞似的。

我放下碗，刚要起身，父亲倏地将手表从手腕上抹下来，用手擦了擦表盘，像是要抹去上面的灰尘，然后递给了我，郑重地说："明天考试的时候戴着，别忘了时间。"我接过手表，戴在了左手腕上。第二天，我按时走进了考场，考完后将手表还给了父亲。

真如班主任所言，我考上了中专。临去学校前夜，父亲又将手表脱下，对我说："你上中专了，需要手表看时间。"说着把手表递了过来。我没敢接,怯怯地看了看母亲,母亲接过手表,戴到了我的手腕上,朗声说:"你先戴着,今后给你买好的。你爸还舍不得把表给你呢。"母亲的神情是欣喜的——这样的表情,极其少见。

上师范后的第一个暑假,父亲带着我到百货大楼买了一块上海牌手表,125元。我看着他数了十二张十块的,然后又加了一张五元,那五元的纸币很皱、很破,父亲用手轻轻地按平抹实,才递给了售货员。父亲把我腕上的旧手表换脱下,又将锃光瓦亮的新表戴上我的手腕,新旧交替之际,一股暖流漫溻至我全身。多年之后,想起这个场景,我依然有流泪的冲动。从那天起,我有了属于自己的手表,别提多高兴了。后来有段时间,许多同学都换了款式新颖的女表,而我却依然故我的戴着那块上海牌手表,十多年不曾更换。

婚后多年,那块老上海手表仍是我手腕上最重要的饰品。一次洗衣服,我把手表放在阳台上,先生在晒衣服时,不慎把手表弄掉下楼。当时我看到有个东西忽闪一下,就作了自由落体运动,伸头定睛一看,手表掉在了水泥路面上。我跑到楼下时,见那手表已经被摔得粉身碎骨——它承受了三层楼高度的势能。我为先生的莽撞愤怒得无以复加。此前,他是从来不晒衣服的,这次破天荒地参与,好像专为毁坏我的手表。

在步行街的一家修表店里,修表师傅说,这表有年头了,摔成这样,基本不能修复,修了也不划算,还不如再买一块电子表。他自认为看出了我的"拮据",但他不明白那块表的意义。无语中,我愣了愣神,拿着散架的手表默默地走开。

先生自知犯了错误，对我的心结更是了如指掌，并一直琢磨着要买一块上好的手表给我。但我一直坚决抵制，他的夙愿未能达成。直到去年5月，我过生日时，先生递了一个神秘盒子过来，打开一看，竟是一块浪琴牌的椭圆花表，静美、华丽、典雅。第一眼，我便暗生欢喜。要知道，以花作主题的表饰虽然很多，但这款女表，三层表面的设计，令椭圆形的表即时变成一朵花，堪称鬼斧神工，再加上镶着的钻石，更是贵气彰显。至此，我有了生命中的第二块手表，而且是真正心仪的——我爱不释手。

现如今，生活富足的我，与众多姐妹一样，已戴上了华丽昂贵的女表。但想到父亲给我买的那块手表，依然有种淡淡的伤感。喜新不厌旧的我，把那块散架的表装在新表盒里，收进储物柜，几次搬家都不忍丢弃。我要把这段凝固的时光，这种刻骨铭心的记忆，珍藏在岁月的橱窗里。清苦岁月里相依相伴的旧时物件里，附着了太多的影迹和温暖，时常提醒着我——忆苦而思甜，珍惜每一天。

(3)

服装是穿在身上的艺术，是一种别样的历史画卷。几十年间，对国人而言，服装的变革，也是人们观念的变革。这种变革，鲜活而生动，历久而弥新。纵观女性服装的历史，女性服装的演变经历了由单一到多元、由保守到开放、由古板到新潮的过程。

20世纪五六十年代，人们买服装都要凭布票，且布票的数量极其有限，因而新衣几乎是不添的。我在家里是老大，穿的都是大姑小姨穿过的旧衣服，常常是"新三年，旧三年，缝缝补补又三年"。在耐磨又耐穿的中山装风靡一时后，简洁明快的"人民装""青年装"和"学生装"相继登台，"绿、蓝、灰"三个主打色调，成为那个时代的青春记忆。小姨当时有一件教官服，是大姨二姨穿过的，然后又陪小姨度过了青春期。教官服传到我手上时，已褪去了原先的军绿色，右边的肩章也已脱落。但我还是相当喜欢，因为这件教官服穿在身上，让我英姿飒爽，精气神十足。

　　那年上了师范，教音乐的文教授气质高雅，举止端庄。有一季，她穿了一条明黄色的"的确良"连衣裙，像只美丽的蝴蝶在讲台上飘来飘去，让我艳羡了很久。参加工作以后，我迫不及待地用头一个月的工资，到裁缝店做了一款一模一样的，我关于漂亮裙子的期盼，直到那年夏天才真正梦想成真。此后，我对服装的爱好一发不可收拾。

　　踏入社会后，电影更是成了我着装的最好参照：《花样年华》中矜持、婀娜、妩媚的张曼玉，《像雾像雨又像风》里空灵、单纯的周迅……各式旗袍所包裹之下的尤物，让我的效仿之心潜滋暗长，更促成了我对旗袍的膜拜。那个夏天，经不住旗袍的诱惑，我用三个月工资购买了一款现代旗袍，前襟是黑底白花，正中镶着一枚白铁圆形胸花，镂空短袖，后摆开衩，穿上这款旗袍，我像一条黑色美人鱼。由于当时穿旗袍的人极少，周围的居民更是少见多怪，以看西洋镜的眼光盯着我。这款旗袍寄托了我对旗袍的复杂情感,即使不能在公开场合多穿,我在家里也常常对镜独赏。因为,没有一件衣服能这样赐予一个女人"九曲三弯"的别致风韵。

以前,"新三年旧三年,缝缝补补又三年"是人们衣着的真实写照。如今,时光的列车开进21世纪,人们的穿着呈现出品牌化、个性化、多元化的趋势。各式各样的品牌服装如雨后春笋般涌现,商场、超市里的服装店不再是没档次的大杂烩,而是装潢考究的品牌专卖店,国内国外的,欧洲亚洲的,应有尽有。人们已不仅仅注重衣服的新,而越来越关注衣服的品牌、款式、质地、风格。女人们对衣着的挑剔程度,更是无以复加。

有一句话很经典,说女人的衣橱里永远缺少一件衣服。正因如此,我的衣橱也日渐爆满,随着采购数量的累积,衣橱大有衣满为患的趋势。五彩斑斓的衣服中,有旗袍、西装、职业装、休闲装、运动装、游泳装,花样繁多,风格迥异……有时看我为打理衣服累得精疲力竭,先生会半嗔半怒地说:"你可以开个服装店了!"

不光我如此,母亲现在买衣服,不愿再去城隍庙,不愿再去白马商城,她要去鼓楼,要去商场。服装,这种穿在身上的艺术,已随时代的变迁而引发了种种变革,以单一、保守、刻板为美的时代已一去不复返,张扬个性、追求舒适、展示时尚的着装理念席卷全球。因而世界上有了数不清的时装周,有了数不完的时装品牌,有了说不完的时装大师,更有了变化纷繁的穿衣风格。

国人一向是与时俱进的,看看步行街上的帅男靓女,你会发现,服装的演变,其实是人们心灵维度的拓展,是审美观念和穿衣心理的革新,更是对美好新生活的期待与向往。

城市上空的麦田

葛亚夫

1

凌晨,灯光刺眼。窗台上栖息的公鸡,迷瞪着眼,往暗影里挪挪,追上刚惊醒的梦。

我往被单里钻,母亲往外拉。父亲在院里吆喝:都起来割麦!公鸡一激灵,应付了事地叫几声。我一骨碌滚下床,迷迷糊糊跟着父母,下地割麦。太疲倦了!二十多年来,一提到收麦,我就像中了蛊,神情萎靡,四体乏力。仿佛冥冥中注定,我不是父亲合格的接班人。

那是一个父辈引以为豪的光辉年代,那是一个秉承勤能补拙的蒙昧年代,那是一个笃信勤劳致富的纯真年代,那是一个一去不返的绝版年代。有谁知道,那是否是最好的年代?

2

　　我最大的贡献，是作为全家的笑料，勾兑清贫的生活。他们干活累了，拿我寻开心。麦收漫长如"西天取经"，我则是开心果八戒。

　　早怕露水午怕热，晚上又怕蚊子蜇。打一人。我说：八戒。姐姐骂我猪。我忙说：猪八戒。父亲作势要打我：兔崽子！敢改姓猪，我打断你的狗腿。

　　我这才明白，谜底是我，他们合伙耍我。母亲笑着打圆场：别打了，再打他就懒成"四不像"了——弄不清他自己到底是姓葛，还是姓兔、姓猪、姓狗。

　　一分耕耘，一分收获；一滴汗水，一颗麦粒。这个遵循了千万年的法则，我却认为很不公平，就消极怠工。那天，我正望着云彩发呆，父亲走过来。我问：有没有一种东西，人啥都不要干，它就把麦子收好了？

　　父亲看我一眼，朝我屁股上烙个"烧饼"：有，做梦！

　　但我做梦都没想到，只是十多年的时间，"铁牛"的出现，就颠覆了传统的农业，更新了土地的法则，顺带改变了农民的命运。多年后，我才知道，那振奋人心的变革叫机械化。

　　穷则思变。我纳闷的是，父亲那么"不思进取"，一定很富有，只是他富有的是什么呢？

3

村人对麦的虔诚，犹如圣人和亲人。

爷爷喜欢把麦写成麥，他的解释是：麥就是一家人吃晚饭。上边的两个"人"是父母，下边的"人"是孩子……正因如此吧，每株麦子都不能落下，都要按部就班回家。但总有些顽劣的麦子。老人和孩子就负责拾麦，把潜逃的麦子捉拿归案，颗粒归仓。

拾麦时，老人常捉弄我：拾麦干吗？

我说：卖钱娶媳妇。

娶媳妇干吗？

娶媳妇生孩子，孩子拾麦子。

老人笑，我也笑。十岁后，我就不笑了。我发现，转一圈咋又回来拾麦了？我可不想像父亲，一生都耗在麦田里；更不想像老人，一大把岁数了，还在弓着腰拾麦。

学《观刈麦》，我扭曲了诗歌主旨，对作壁上观的白居易无比崇拜。老师说，只要好好学习，跳出农门，就可不事农桑了。以后，老人再问我拾麦干吗，我就说，卖钱上学，成为城里人。他们向父亲夸我有出息，父亲乐坏了：他那不叫出息，叫懒，懒得出奇！

我的世界，父亲一点也不懂。一如父亲满脸的墨迹，我也一字不识。

父与子，虽生活在一个屋檐下，但注定要各奔东西，走向南辕北辙的人生。

4

最喜欢"打场",因为那是老黄牛的活,不关我事。闲看别人干活是件很快乐的事。

老黄牛未必这么想。它拉着石碌、石磨,有时还得捎上我,在麦场转呀转……这种循环播放的慢镜头,不像劳动,更像是对人的催眠。牛的确任劳任怨,但它背负的几千年农耕文明,多少有点忽悠人类之嫌。千年可以走多远啊!它却和人配合默契地原地踏步走。

父亲牵着牛在麦场里转圈,牛牵着父亲在人生里转圈。那时,时间真的很慢,很慢。

扬完场,麦归麦,糠归糠,一天就结束了。我躺在麦堆上,嚼麦粒,看天上的云。

老师说,麦,天所来也,那天外一定有天,它是什么样的呢?我想到最繁华的词:城市。

5

十五岁前,我是村里最懒的农民,最没出息的孩子。

所谓出息,就是像父亲——种田能手,干活好把式。那时,庄稼的好坏还决定出息的大小和家庭境况的良莠。参照这个农耕标准,我就是不达标的残次品。哪怕站在麦田里,我也"游手好闲",看见的从来都不是麦子,而是麦田上空的城。

身在曹营心在汉。像我这样的人很多，只是他们潜伏得更深，如同等待戈多的暗号。

十五岁，我以最出息的方式离开村庄，进城上学。但父亲却不这么认为。一路碰壁，终于找到学校。父亲发自肺腑地说：城里好个鸟！娃，上不好学不要紧，回家爹教你种地。我没有吱声，但心底敞亮：这条路我不会回头了。

目送父亲凄怆远去，我忽地生出永别的伤感。

20世纪最后一年，一条柏油路穿过村庄，像根橄榄枝，冲破了城乡的藩篱。

村庄再也无法屏蔽时代，不安分的年轻人，追逐着朦胧的梦想，纷纷涌向城市。"众叛亲离"，村庄衰落得比王朝还快。麦子成了孤儿，孩子成了孤儿，老人成了孤儿。村庄像硕大的唱戏机，不停唱着"空城计"。老人靠着墙根，偶尔也会吼一段：魏延反，马岱斩……

他们和父亲一样，固执地认为孩子脑后有反骨，所以才会抛亲弃子，背井离乡。

6

时光如水，新世纪的曙光，在村庄"洪水"暗涌。不只是水土，村人也流失殆尽。

麦子的长势，彰显的是科技含量，与人的勤勉和家境貌合神离，甚至背道而驰。种田能手成了穷人，田地荒芜的打工者成了富人。种地不再可以引以为豪，勤劳也难以致富，无法补拙。市场经济一波波冲击着农耕文明的防线，一切都可以标价，都不过是一场买卖。

当村庄学会用金钱标码价值，麦子就开始与出息成反比，千年的土地法则迅速没落。

驮运了千年历史的耕牛，失业了，失去尊贵地位，失去连城价值。没有价值也就没了存在的价值。耕牛最后的价值是"行尸走肉"，被卖到屠宰场。那笔钱，足以购买人的灵魂。

父亲说，老黄牛离家时，亲着脚下的土地，眼泪哗哗响。他失魂落魄，把卖老黄牛的钱拍在我手里："你他娘的要好好读书！"我点点头。我不能对不起父亲，更不能对不起那头老黄牛。

在这片土地上，耕牛与农人耳鬓厮磨了千万年，当牛走向末日，人也不远了。

先是年轻人，接着是不再年轻的人，用农耕的精神在城里打拼，所以被称为农民工。甚至那些留守的孩子，也不事农桑，不爱学习，从小就怀着和父辈一样的梦想。在乡下，流失最严重的不是水土，而是人。那些行将就木的老人，注定打不退时光，守不住村庄。

没人住，房子衰老得比老人还快。从头开始，瓦片碎落，梁木朽折；接着是腰腿，撑不了萧瑟，越弯越低；最后，扑倒在旧时光里。站在屋脊上张望的荒草不会明白，房主人已没有归期，他们已在城里安了家。故乡，无论活着，抑或故去，都已成为时光的过去式。

大地上，没有不毛之地，但会荒无人烟。当一个村庄杳无人迹，它也走到了末日。

7

2009年底，我迁回颠沛流离的户口。本子上标注着：非农。我豁然明白，故乡，我再也回不去了。但我恐慌的是，"农"会不会从户口本上消失，就像村庄从大地上消失一样。

8

我读书和工作的都市，有很多农民工。

他们和不受待见的渣土车一样，一般晚上九点后才上街。他们不爱凑热闹，最喜欢的地方是天桥。有时候，他们会被误以为是乞丐，但我不会。乞丐是低着头的，目光被别人踩在脚底下。他们是昂着头的，目光踩在天空上。

城里没有土地，从乡下进城的人，都喜欢仰望天空，尽管城市的天空也是空的。

他们只有一个身份，却有很多名字、无数故事。

问路时，大妈说他们的牙齿是麦粒，语言是麦仁醪子。在马路上晃悠时，媒体说他们是一片倒伏的麦田。在广场上喝酒时，诗人说他们在扬花灌浆。在脚手架上干活时，领导说他们的胡子是麦芒，汗水是麦粒……

无论如何乔装，无论愿不愿承认，他们都是行走在城里的麦子，一眼就会被认出。

那天，一个农民工向我借火。今儿个几号？他问的是农历。我说，6月6日，芒种。

他忘了点烟，诧异地望着我。我笑笑：我爷爷是种麦的，父亲是种麦的，我没上大学之前也是种麦的。他很开心，骄傲地说：我娃，张标，你可认得？他在深圳，也像你一样。

我不置可否地笑笑，想起父亲，父亲也像他一样，只是我没傻兮兮问他，你可认得？

9

我上大学的第二年，父亲终于也进城务工了。那十亩麦田，已支付不起我的城市生活。

城里的父亲，就像麦田里的我，干起活，心不在焉。即便如此，他半年的收入，已超过十亩麦子的收成。但他总倔强地说，这不关钱的事！麦是麦，钱是钱。到底关啥的事呢？他也说不清。为了想明白，他丢掉半条命、两根手指、八根肋骨和三魂七魄。

父亲是名钢筋工，在半空中编码城市的脊骨。那天是小满，阴雨绵绵。他一边干活，一边望着天空发呆，一脚踏空，从天上跌回人间。父亲说，在坠落过程中，他忽然啥都明白了——就算打一辈子工，也不过在城里养套房子，但若种一辈子麦，那可得养活多少人！

他想不通——如果连套房子都养不起，养活再多的人又有何用呢？我也没问，责怪他干活"卖眼"，天空是空的，有啥好看的！父亲淡淡地说，他在城市上空看见了家乡的麦田。

10

城市薄情、市侩，不养"闲人"。父亲受伤后，就失业了，只得回到家乡。

回到村庄，父亲又"活"过来。每次通电话，他说的都是鲜活的庄稼和农事。我越来越像父亲，经常莫名地仰望天空，发呆。后来，我也看到了父亲看见的麦田。

麦田里，有父亲、母亲和姐姐。他们还在捉弄我：早怕露水午怕热，晚上又怕蚊子蛰。打一人。我们有时拔草，有时割麦，干着干着活，我和姐姐就不见了，只剩下父母……

2012年夏天，母亲出了车祸。为方便照顾她，我回到家乡的小城。家乡变化很大，新楼房、水泥路……只是人更少了。新房大都锁着门，里面住着麻雀、老鼠。平坦的路上也鲜有鸡犬相闻。很多旧宅已被时光"火化"，变成田地，上面种植着瓜果、蔬菜或麦子。

有事没事，父亲就给我打电话。其实，地里早已没了什么活，他也不想让我做什么，只想让我跟在他身后，就像小时候，这样他就不会孤独。有时，他也跟我讲农事。但科技化种植，让他那毕生所学更像前朝遗事。他的麦子已泯然众人，他也越来越像一个多余的人。

我从没想到，回不到故乡的，不只是"心猿意马"的我，还有"忠心耿耿"的父亲。

11

父亲闲不住,执意干窑工。早班是凌晨四点。家里没钟表,他去得不是太早,就是太晚。

我给他买个闹钟,他用不惯,自己上街买只公鸡。他得意地说,只要给公鸡一把麦,它就按时按点打鸣。不像闹钟,还要你定时开、关——哪里是它叫你,分明是你叫它。

我想起小时候的那只公鸡,那些麦收,那个懒洋洋的孩子……

父亲终于找回生活的步点,就像二十多年前那样,意气风发。

又收麦了。外出打工的村人,循着血脉里的节气,准时赶到。村庄又热闹起来,他们操着各个城市的腔调,侃侃而谈。似乎为了证明什么,他们总爱说,我在家一天要少挣多少多少钱。老人最烦听这些,就没好气地说,挣钱挣钱!钱可能叫爹?!可能叫你爹?!

也就一两天,麦收就轻松结束了。连老人都纳闷,为何过去要轰轰烈烈地干半年?

刚过晌午,我和父亲就收完麦。他放下饭碗,就要去窑厂。全家人都劝他休息半天,他不听。很快,他又回来了。他忘记了,窑厂也放假了。他闲不住,要到麦地里看看。

还看啥呢?就像地上掉的硬币,已没人愿意弯腰捡了,如今麦田里也没人拾麦了。曾经拾麦的老人，都早已去世了；曾经拾麦的孩子，都早已不种麦了。

12

大地上，曾经的繁华还活着，繁华的样子死了。麦子是孤独的。收割掉麦子的土地，也是孤独的。麦田里踽踽独行的父亲是孤独的；父亲孤独的样子，也是孤独的。

父亲像条贪吃蛇，埋头捡拾麦子。很快，手里拿不下了，就背着。很快，背不动了，就坐在地上，捶打腰腿。他还不愿承认，属于他那最好的年代和身板，都已成为时光的遗址。

我埋怨父亲，天这么热，拾它干啥？还不够汗珠子钱！在家闲着，喘气也平。

父亲气喘吁吁，不吱声，顾自卷着旱烟，点上，吧嗒吧嗒地抽，整个人沉溺在烟雾里。

如果我死了，这十亩地你准备咋办？父亲忽然问我，那神态，就如同白帝城刘备托孤。

可惜，我不是诸葛亮。就是诸葛亮，不也一样不愿躬耕于南阳？我不假思索地说，把地卖了！这点地，还不够来回折腾耽误事的，我随便干点啥，也比种地收入得多……

父亲垂下头，眼泪吧嗒吧嗒地往下掉。

13

回去时，经过陆庄。那年，父亲送我上城读书，在村口的水井借过一瓢水。

现在，我眼前只有齐膝的麦茬，没有村庄，没有人家，没有水井，没有鸡犬相闻。

一个村庄的消失，竟可以像不曾存在一样。

我摸到"水井"边坐下，拔根麦茬，漫无目的地画着——写的竟是麥！我一下想起爷爷：你看，麥就是一家人吃晚饭，上边的俩小"人"是你爹娘，下边的大"人"是你。爷爷在哪呢？不吃饭吗？爷爷抚摸着我的头：我在上面的十字架上，你们吃饱我就饱了……

坐井观天。像只井底之蛙，我抬起头。云彩还在耍着魔术，天空还是那个天空。

老农的初心

罗涌

2019年8月,金竹山乡连三冲村骄阳似火。脱贫攻坚工作一如既往地推进,但六十七岁的古石山,如寒冷的坚冰,持续着他的上访。因为他的信访和阻挠,村道公路改扩建搁置了九个月,成了扶贫路建设的拦路虎,也成了全乡难啃的硬骨头。乡政府不停调查回复劝说,踏破铁鞋,他依然敌对,甚至仇视,与干部们势同水火。

这件事很棘手,村民着急,包工头着急,乡村干部着急,也考验着我这个从检察院派来的驻乡扶贫工作队长。

我第一次接触古石山,是在一个月前的一次例行走访。他从苞谷酒小灶作坊里钻出来,一头蓬松白发向后胡乱飘散,一张瘦削的长脸黝黑,蓝色衬衣里着了一件白背心,脚上的解放鞋异常醒目。这是山里老人标准装。他跟驻村干部一番交流后,听完介绍,便用眼睛幽幽地盯住我,将我拉到公路的另一边,压低声音,讲述起纠纷的缘由经过和诉求。他除了嘴角泛起的唾沫,眼睛流露出愤怒外，依然一脸冰霜。

我没有听他讲完便告辞。在他拉住我的手时，我就知道他不是"上访疯子"，他是个文明人。我故意避开了乡村干部，选了一个雨天，独自来到他家。古石山锅底般的脸首次展露笑容。"自从上了访，干部不再跨我家门槛，你是第一个。我当村主任那会儿，家里客人不断，现在，他们全拿我当外人。"

我们从上午十点，一直聊到下午一点钟，他细声细气地讲述了六十七年的人生经历，有条不紊，娓娓道来，如数家珍。我丝毫听不出这位上访老人是个"神经病"。

原来这位健谈的老人不简单。他初中毕业回家务农，在当地算一个知识分子，自然头脑比别人聪明。他带着十六个青壮年，走过一段艰难的创业路。建起了水轮机打米房，院里的人不用再到十五公里外打米。利用区公所废弃的发电机，建起小型发电站，结束了农家大院夜晚的黑暗。他们苦战三年，修通了一公里的公路，将居住在海拔一千三百多米的几户人家与山腰的村道连接。没有任何外援，没有火药雷管，锄挖手抠，肩挑背磨，整整三年，他们没过个清静年。老古说到这里，双眼噙满泪水。"可他们，就是那些所谓的干部，来来去去，谁说过一句好哇！"他说完摆了一下手，"正因为我干出了业绩，才被选为组长和村委主任，一干就是六年。六十二岁卸任后，我搞起了烧酒坊、养牛场，勤劳致富。"他仰起头，倍感骄傲。

我听完，心里猛地一咯噔。他不是共产党员，但他的故事，足以让每一位共产党员感动。而我们只顾愤慨老人的上访，却完全忽略他的奉献和应得的尊重。

我立即向乡党委书记和乡长做了汇报。说到老人创业维艰，说到开拓者奉献者也该受到应有的肯定时，我不由得激动起来。

扶贫开始后，村里意见最为集中的就是这条路。村委"一事一议"后，乡政府争取到了一笔建设资金，仅够修路，没有占地赔偿补偿一说。理由很简单，这是村民要求修的。项目实施后，古石山便与包工头杠上了，与干部们杠上了，要求对修路的十六人补偿两万元，否则便阻止施工。而紧随其后的，便是曾经三年参与挖路的人——他的铁杆粉丝。

就这么耗着，一拖就是九个月。包工头气得七窍生烟，一去不回。被激怒的干部们有人甚至主张动用警察，对其"扫黑除恶"。

古石山的信访复杂执拗，这是干部们的一般判断。他当过村主任，有文化，有威信，便有极强的自尊心。因为受到无礼貌视，伤了他的自尊，所以，老古变得一根筋地扯。通过进一步调查发现，老人还钻研法律，家里买了一大摞的法律书籍。而那些文盲半文盲老农们，都说古主任懂法，他的话正确，唯马首是瞻，仿佛那个法，在老农们心中比神灵还管用。在我走访他们时，总是听到这样的赞美："我什么都不懂，但有人懂。"这个人就是古石山，他是这群人的精神支柱。过去他们靠老古抱团赴难克难，现在，他们依靠老古"维权"。

从内心讲，我不想动摇老古构筑的"法"的理想基础，也不想破坏善良老农心中对"法"的崇拜。这是中国多少年普法的成果。

三年鏖战，国家没有一分钱投入，修成了一条公路，多么伟大的壮举，而今被"一事一议"制度轻而易举否掉，老古和他的粉丝们，虽然没有签字，却无可奈何，抵挡不了全村的"大多数"。他在这个"一事一议"面前目瞪口呆，只好偏执地走了上访这条路。

说一句真话吧，我个人认为，老古他们提出两万元的修路补偿，合情合理，并不算过分。我甚至都有这样的冲动，干脆私人掏钱，了结一桩积久的"恩怨情仇"。最终，我的行为被喝止。我决定跟老古摊牌，论证法理，釜底抽薪，残忍对决，全面动摇老古的法律逻辑思维。

在村委党员活动室，我们开始对垒。当我抛出诉讼主体、诉讼时效时，老人明显应对吃力，脸如炭灰一般黑。此时，我担心接下来会激发他的高血压，然后他气绝倒地。但我还是要讲下去。"这条路原本就是你们自己修的，找谁补偿，找自己吗？都九年了，早已超过诉讼时效，起诉到法院，法院只能判决驳回诉讼请求。"我义正词严。听着我铿锵的言辞、法不容情的告诫，老人的眼睛慢慢地闭上了，一脸仓皇之色。我知道，他精心构筑的"法"的工事，瞬间坍塌。他转过头，背对着我，望着空荡荡的白粉墙发呆。我收住了嘴唇，也霎时怔住。我开始自责，我严重伤害了一位老人，我在老人曾经做出的无私奉献面前，只是一个极端自私的法律工作者，一个没有一丝同情心的冷面杀手。

老人沉默很久，抬起头来，盯着我的眼睛说："我只是要个说法而已，别以为真就是要那点钱。这个村，干群关系紧张了这么多年，你知道由头吗？我们修路做了奉献，哪一个干部说过一句好？我古石山，国家拿钱也干，不拿钱也干，现在不拿钱谁干呢？正气不张啊！还有点创业精神吗？嗯，我争的是一份尊严，我就是想看一看干部们的初心。"

"初心"这样的字眼，竟然从一位上访老人嘴里说出，我哑口无言。是啊，我们的初心何在？

这一场"法"的较量之后，老古不再上访，也不阻止修路了，挖掘机又进了场，发出巨大的轰鸣声，我却背上沉甸甸的包袱。虽然书记乡长和干部们多次登门道谢，甚至有人提议将十六位修路农民树一块碑，以示褒奖，也难掩我心中对老人的愧疚。我用生硬的"法"击溃了一位白发苍苍老人的情理防线，但是，在他的"初心"呐喊面前，在创业者开拓者面前，我却输得一塌糊涂。

集邮记

刘海涛

在通信技术日益发达的今天，很少写信的我们，使用邮票的概率越来越小。前几日，在同事的信封上发现了两枚不曾见过的邮票，被我索要到手，居然兴奋不已。

其实，只是很普通的两张邮票，可能是勾起了我曾经集邮的那份热情，因此格外欣喜。我算不上是一个地道的集邮爱好者，只是曾经有过集邮的经历，断断续续也有十多年的时间，前前后后也有了几大本的样子。沿着时光的轨迹向前推，在通信还不发达的从前，异地信息往来主要依靠电报和信件。相对于电报的昂贵，平信是那个年代最常见的联系方式。每每来信，村里的大喇叭便会响起，村长浓重的山东口音便会挨个把信封上的人名念一下，信的内容是大人们关心的事，唯一能引起孩子兴趣的是信封上的邮票。那时常见的邮票是"万里长城"和"上海民居"，偶尔有不同图案便会吸引孩子的目光，小心地揭下来放好，我和姐姐当时保留的一张邮票是关于泰山石刻的。这还算不上真正的集邮，不过是一种最纯朴的爱好。直到在山东读书的哥哥回来，带回一个同学送他的集邮册，我们把自己拥有的几枚邮票全放了进去，想把它装满的念头在此刻萌发。乡村里并没有多少信件，更不要说别样图案的邮票，但是，这并不妨碍我们努力增加自己的邮品。一旦看到不同的邮票便会想尽一切办法讨要，平时胆小如鼠的我们这个时候总会变得勇往直前起来。开始集邮不久，事情就有了转机，那天早上姐姐到镇里的中学读书，途中经过一个林场的时候，她们发现路边的沟里有好多书扔在那里，其中有不少杂志，姐姐看着里面的彩图很漂亮就拣了十多本，准备拿回来给我看。等她放学回来，我们才发现那些杂志的名字叫《集邮》，通过文字介绍，我和姐姐知道了纪念张、小型张、套票、黑便士、大龙票等专业术语。第一次感受到丰富多彩的邮票世界，从此，让我和姐姐的眼界宽泛起来，对邮票进行了认真的分类和摆放。一枚枚的邮票开始被我们积累起来，从没有过的热情空前高涨起来。

为了拥有更多新的邮品，姐姐开始跟别的伙伴置换。还记得为了换邮票，姐姐在同学家待了一个上午，回来的时候十分高兴，说家里的那套骆驼邮票终于齐了，整个下午，我们俩就拿着集邮册，一遍遍地看那套骆驼邮票，甚至连母亲吩咐的活儿都忘在了脑后。有一次去表哥家玩，没想到表哥也集邮，听说我们喜欢，居然要全部送我们。虽然喜欢得不得了，但怎能夺人所爱呢？不过，后来表哥还是把他所拥有的外国邮票一股脑地给了我们，至今那几枚外国邮票还静静地躺在最初的集邮册里。当时为了集邮，只要有可能，我们都会不遗余力。上初中时，为了跟同学换邮票,我带上哥哥为我买的心爱的军事杂志,带上家里多出来的邮票,顶着小雪,翻山越岭,走了二十里山路才到同学家。软磨硬泡,总算换到三枚邮票,其中的一枚是关于雾凇的,票面布局十分漂亮,甚是喜欢。因为要往回赶,中午连饭也没吃,我又原路返回,可能因为兴奋,居然没有感觉到饿。后来哥哥上了大学,姐姐上了初中,集邮变得简单,只要肯花钱,什么样的邮票都能买到。1998年冬天,姐姐用省吃俭用省下来的两百元钱,买了一本当年的纪念张,姐姐说,她算了算,里面的票值也不止两百元,所以犹豫了很久还是买下。父亲对此很不理解,在一般人的眼里两百元不算什么,但是对于我们家,对于姐姐来说,那无疑算是一笔巨款。随着学业的加重,用来集邮的时间越来越少,再说集邮需要大量的金钱作后盾,并不富裕的我们只能望票兴叹,心有余而力不足。伴随平信的减少,靠收集用过的邮票的办法已经变得越发艰难,几近偏废,只是偶有新票面,我们便力争收集。如今的邮品里,有别人送的,有自己集的,有花钱买的,还有写稿的奖品,竟也有数本之多。还真是:千里之行,始于足下。

如今,没事的时候会翻翻,细细地品味一番,去揣摩下设计者的意图,却也怡然自得。

真正的集邮,和金钱无关,和时间无关,有的只是那样一份心情,一份把玩,一份回味。

毛 票

张楠

关于钱的记忆,总和童年有关。回想起当初的日子,便会带着甜蜜的快乐和淡淡的感伤。

那时,最大面额的纸币是十元的大团结,最小面额的是印有汽车的一分黄色小票。要想攒钱就得帮大人们劳动,因此我和二姐会把握住每个攒钱的机会。拣豆粒、捋参须什么的,都是我们喜欢干的事情。不过,也有来钱快的方法,那就是帮大人跑腿买东西,偶尔剩有分票的时候,趁大人高兴,小心讨要还是可以得逞的。运气好了,会有一毛或两毛的毛票收入囊中。不过大部分资金的来源还是靠收集破铜烂铁。孩子似乎都喜欢崭新的票子,把旧的换成新的,用小手绢精心包起来,小心翼翼地放进塑料盒中,认真地捆上好几道细绳,再深深塞进衣柜深处。没人的时候,学着大人的样子,狠狠地往手指上蘸点唾沫,一遍一遍地数,感觉自己和有钱的财主相差无几了。

大人没有零钱的时候，总会惦记孩子手中的钱，现在想来，自己抱着钱盒子一本正经地和大人们讨价还价的样子还是很可爱的。少数的时候，大人会连本带息地还清，多数时候也就不了了之了，而和大人之间的理是讲不清的，总之，钱盒里的大票是日渐稀少，有去无回。极少数的时候，馋虫无法平息，才会小心翼翼地拿出五分钱，买一根冰棍，一小口一小口地品尝，直到最后的木棍也会细细地咂个来回，不放过任何一丝甜味。

还记得八岁那年去赶集，母亲给了一元五角钱，自己来回走了三十多里路，一直紧紧地攥着那两张钱，原封不动地又带了回来。仔细回想，也有过两次挥霍的行为：一次是我和二姐买冰棍吃，等到冰棍下了肚，结果意犹未尽，两人一合计，索性奢侈了一把，把积攒的两元钱统统买了冰棍，吃了个过瘾，后来差点挨揍。还有一次是上小学五年级时痴迷"变形金刚"，于是掏出积蓄买了两个，一直视为珍宝。记忆中，有关钱的往事，还有一件较为惨痛的事件。那年我和二姐都还上小学，母亲给了五角钱叫去打酱油，为了争这次挣钱的机会，我俩争夺起来，一不小心，钱晃晃悠悠地落到灶坑里，瞬间燃烧。当时我俩就傻了，忘了争吵，眼睁睁地看着那张蓝色纸币渐渐变黑、燃烧，最终化为纸灰。那天下午，我俩蹲在那里哭了很久。后来，上学、工作，有了自己的收入，能够买自己喜欢的食品和衣物，孩提时代已经成为过去，但是攒钱的习惯没有变，只是更多了一分况味。

去年冬天回家，收拾衣物时，我发现了当初的那个塑料钱盒。打开后仔细数了数,又重新放好。如今很多分票已经不用了,更多的是百元大钞,幸福生活正是源自我和二姐整个童年的积攒,并越来越美好。

与一条铁路的爱恨情仇

西雅

成昆铁路建成通车到明年7月即满五十周年。

这座屹立在西昌南站铁道边,为建成昆铁路因公牺牲职工的纪念碑,和旁边那些坟墓都荒芜了。

没人再来此悼念他们,也没人再来清理这些坟茔。荒草掩埋了这片坟地,连一只脚能插进去的地方都没有。纪念碑座的水泥已经破裂瓦解,裂缝处都是荒草摇摆。四周一片寂静,高大的桉树在风中剧烈晃动,唯有风声凄厉。

马道春天的烈风呼啸,安宁河谷的蓝天与阳光下,他们沉寂而孤独。这些为着一条铁路而献身的人们,今天的生活里其实有着他们忘我的一份,而今谁人记取?

这里尚且如此,那千里成昆线上的其他纪念碑呢?是否亦如此?我不知道,我只是面对着牦牛山脉和安宁河水默默地鞠躬,为他们,为千里成昆线上的许许多多的他们。

在这个以高铁和5G为标志的时代,我们太习惯匆匆而过,很难为一处残破的旧迹停下脚步；我们太习惯优胜劣汰，很难面对已逝者思索历史和未来之间的关系。

而成昆铁路途经的地区，至今没有高铁，没有动车，至今在这条铁路上的火车车厢内，上不了网，接听不到电话，甚至这条铁路去年和今年都在汛期长时间中断行车，甚至今年这条铁路因泥石流导致周边的群众及抢险人员二十九人葬身其间。

路漫漫其修远兮。

为了我们这些不认识的人，他们曾经奋战、奉献、捐躯；为了我们这些不认识的人，他们在最恶劣的环境里、最恶劣的工作条件下、最艰苦的生活条件下，坚持，坚守，流尽了生命里的最后一滴血；为了我们这些不认识的人，能够顺利畅通地来往于A到B，他们笑着拼尽了生命的最后一丝气力。

我们需要记住那些和我们相干或毫不相干的人吗？

这个时代，似乎人人都为了自己的美好生活而拼搏，这个似乎成为最高的标准、最普适的规则，却没有人觉得为了别人，为了泛指的他人而努力而尽力，是一件值得的事情。

当你面对着一条饱经沧桑的铁道线，一条在任何条件、任何时刻都值得信赖的铁道线的时候，你难道不会觉得这是许多的牺牲者为了你，仅仅为了一个你、一个不认识的旅客，而曾经努力过千百倍，直至辜负掉自己的性命？你还觉得自己是理所应当地享受面前的这些吗？你不会觉得自己也应该为其他人做些什么吗？

即使在你的努力之后，从未有人记得你的名字，记得你这个人曾经存在过。

我知道，在这条铁路线上，太多太多的人和他们的名字，都属于被时光被历史遗忘的角落。即使今天有人记得，明天也没有人会知道。

但我们不是为了让别人记住我们的名字，我们才成为维护这条铁路线的一名成员，这是我们的命运，就如同这是因修筑铁路而牺牲的他们的命运一样，就如同这条铁道线一样，我们都有各自需要完成的任务。

我相信，只要有任何一个路过这片纪念碑和坟地的人，都会想起一些成昆往事，那些记忆里总有一份沉默的敬意。

安宁河边，这座并不算高大恢宏的纪念碑，始终是一个从大地直指苍天的路标，指引着过去的人和今天的人以及未来的人走向正确的道路。

2010年里的一天，我和爱人晚饭后沿着去原西昌铁路分局机关的那条大坡道散步。在原分局机关大门口外的那条小道上，偶然之间碰到几个捡垃圾的小孩，其中一个小孩的背篓里有几本旧书。爱人随手拉住了小孩的背篓，翻出几本书来看。书不多，但我们居然从中翻得一本深绿色封皮的《风雨成昆二十年》。

我对这书不陌生，知道这是当年分局仍在的时候编写的一本纪念文集。当年分局机关人手一本此书，如今它们竟落入捡垃圾者手中。爱人掏出两元钱付给小孩，把此书珍藏起来。

一本书的历史，常常是一段时光的缩影。

这本书中的一些作者，已与我成为挚友，比如孙贻苏老师。

而今，我们有时坐在文殊坊的一间茶馆里喝茶聊天，说起成昆往事，虽然时隔许久，还是那么亲切。谈起当年那场特大泥石流灾害，一幕幕场景犹如尚在眼前。

他的手从茶杯口顺着垂下去，说道："这茶杯就好比是利子依达大桥的桥墩，那列客车就垂挂在桥墩下，另外的车厢已经掉落到下面湍急的大渡河中去了……能够明知重新架桥有高度危险，张斯斌还是迎面而上，我的那篇《彩练当空》写得毫不夸张，这种精神直到今天仍让我感动……"

那时的我还在上小学，对此事毫无记忆。当我读中学之后，对于成昆线的防洪工作就很有记忆了。那时，我的母亲每到夏季（雨季），就经常需要晚上防洪值班，有时还要赶赴出事现场去处理，出差是家常便饭。那阵成昆线的防洪期可是人人如临大敌，谁都不敢疏忽大意，泥石流引起的断道事故也是时常发生。

我经常一个人在家，父母只好把我托给单位的一帮年轻人照顾。这是我的20世纪80年代记忆。

在我大学毕业工作之初，我的父母，一个是铁路供电单位的总工，一个是成昆电气化铁路改造部门的高工，即使在他们年龄较大的情况下，还得经常跑施工现场，下铁路沿线，出差仍是家常便饭。不过，这时科技确实比从前先进太多了，雨季成昆线断道塌方的事情已经逐渐淡出了大家的记忆。这是我的本世纪之初的记忆。

但如今，大概由于成昆线接近五十岁了，从去年开始就明显感觉到这条铁路中断的时间越来越长。而连接西昌到成都的雅西高速公路，也在汛期经常出现交通管制的状况。成昆复线已开工好几年，可是距离实现西昌至成都开通的2023年期限还遥远得很。

一条路越走越难走。这就是大凉山的现状。

我们家，就是成昆线几十年风雨历史的缩影。

我知道，很多的铁路家庭都像我家一样，饱含了铁路建设的艰辛、疲惫和成就。有多少的马道孩子，也就是成昆孩子，是在这条铁路沿线跟着火车一起长大的。

我们都是常年听着火车的汽笛声、车轮和轨道的摩擦声长大，习惯了铁路火车站上日夜不熄灭的灯火，习惯了半夜里被邻居们的叫唤声惊醒，而后又沉沉入睡。

一本《风雨成昆二十年》，勾起了我对原西昌铁路分局和成昆铁路的所有记忆。

在我工作之后，因为办案的缘故，陆续到过普雄、埃岱、白石岩、乃托、乐武、燕岗、密地这些成昆小站。这是属于我个人的成昆铁路地理。

这些年，我调离了办案部门，却时常想起坐机车头跑到埃岱、白石岩、乃托这些小站办案的场景。在白石岩调查一起故意伤害案的职工家属，在乃托追查一起盗窃案的购买赃物人，在燕岗到一起毒品案件的当事人家中调查。

那些形形色色的案件和案件相关人员，对于我们铁路检察官来说，都是一次次耐心与专注的挑战。

作为成昆铁路人的后代，我也成了成昆铁路的一分子。我们的命运都和成昆铁路这条铁道线紧紧相连。

去年因单位开展活动，我们坐汽车沿着成昆线还一掠而过地瞧见利子依达大桥的残存桥头挂在半山，后来的人们早已遗忘掉那个事件的残酷与精彩，而我一再在心底叹息，希望将来能够把那个地点保存并改建成为成昆线上的一处参观遗迹，作为成昆线战山斗水艰苦精神的最深刻见证。

我常常坐在火车车厢里，看着车窗外浮掠而过的横断山脉的山山水水，相信所有这些为这条铁路服务过的和正在服务的人们的心血和精神，已经深深地融汇到这条无生命的铁路线里，也因此使得这条冰冷无生命的铁路线，变得有了无尽的生命。

这条经过风雨历程近五十年的铁路线，消耗了我父母一辈的人生，如今我也已过四十六岁，伴随这条铁路线，也耗费了我的全部青春时光。我的孩子，也出生在这里，也是新的一代的成昆后代。

西昌南站（马道），这个成昆铁路线上的普通的小站，承载了多少人的青春与梦想，承载了多少人的奋斗与执着。在蜿蜒的横断山脉之中，它的生命也因为这些生活和工作在此的人们，无限延展向时光的深处。

这本《风雨成昆二十年》，是我不曾参与其中的一段历史，却在一个偶然的瞬间成为我收藏的一段历史。这仿佛暗示着我和成昆铁路的缘分，难以叙写，难以抹去。

而今，我依然生活工作在这条成昆铁路线上，它带给我爱，它带给我恨，它带给我失望，它带给我希望……

每一次它带我远离，又带我归来。沿线无数人的生命，来来往往，从未真正与它分开。

我和我的祖国

韩兵

东北女性喜欢扮靓,哪位女主人的衣柜不藏有几件时髦的衣服呢。然而我的衣柜里却是清一色的检察制服,从短袖的夏装到长袖的春秋装,从庄严的"橄榄绿"到飒爽的"检察蓝"……款款检装,印记着中国检察的光辉岁月,也伴随我从懵懂学生成长为理想信念坚定的检察新闻工作者。

1996年9月2日,我被分配到黑龙江省检察院《龙之剑》杂志编辑部。当天下午,行装处就通知我去领一年四季的检察制服。那一箱子簇新迷人的绿啊!女同志夏装是裙子,春秋装是毛涤的,冬装是带剪绒领子的棉大衣。还有鲜艳的国徽,以及皮腰带、红领章。晚上我对着镜子一件件试穿。看看镜子里的自己,高个子、短发,再穿上一身笔挺的检察制服,甭提多精神了!

1997年冬天,我随于庆和总编辑到大兴安岭两级检察院采访大案要案。我高高兴兴地穿着棉服大衣,腰板拔得溜直,几乎一天出一篇通讯。在呼玛县,我们采访银行职员贪污国家公款案,文章题目是《潇洒的代价》。犯罪嫌疑人是位因婚外情而贪污公款的三十岁女性。她为了取悦自己的情人,疯狂贪污公款,供其消费。案发后,她逃到山上,又藏匿草垛,还怀上情人的孩子。

采访结束,我习惯性地问道:"你后悔吗,想不想再说点什么?"记得她用手捋着干涩的貂毛衣领,眼光一直落在我的绿色制服大衣上。我当时握着笔,坐正身姿——在这面绿色前,她好像没有了逃路,不禁缩低身子,眼泪哗地流下来,低头悔悟:"唉,真羡慕你这身制服。我真后悔,自己怎么在错误的道路上走得这么远……"

因为喜欢穿检察制服,所以我总盼着开会。1999年的一天,我去长春参加一个会议。于是,我别上检徽,端正领带,踏上列车。途中上来一个衣衫破旧的女孩,好像病了,上车后就一直缩在卫生间旁的过道里。

原来,她老家在南方农村,幼年失母。酗酒的父亲将她转卖多地,以至于原本不识字的她竟说不清从哪里来。"我不听他们的话,他们就打我。这次他们打完我,就把我扔到这个车上。"女孩浑身颤抖,眼神发呆,可怜极了。

忽然,她捂住肚子,痛苦地直叫,瘦小的身子在地上滚来滚去,头上冒出层层汗珠。周围的人都围过去看,我也挤了过去。大家都很心疼这个女孩,纷纷出主意该如何帮助她。这时,几个人把目光转向我,转向我的国徽,我的检察制服。"这位同志,瞧你穿的制服,肯定在国家机关工作,你看她这么可怜,快想办法帮帮她吧!"有人小声嘀咕着。

于是我找到列车长,拿出自己的工作证,向他反映情况。车长查看女孩情况后联系地面公安。车到长春后，公安干警将女孩搀扶下车。我又要了民警的联系方式，以便日后知晓女孩安置情况。事后，不知为何，我的心情竟高兴不起来。这身制服不仅是信任，更是沉甸甸的嘱托。

今年5月，我去海林市检察院采访，在参观院史馆"检察制服的变迁"展区时，那一帧帧照片、一件件实物，那质朴的面庞和青春的身影，深深感染了我。米黄、豆绿、深蓝，七十年的检察峥嵘岁月，七十年的砥砺前行。在一幅图片前，我驻足良久，那是已退休的原海林县（现为海林市）检察院副检察长彭孟君和儿子彭继权（现任牡丹江市检察院宣传部主任）分别着老式绿色制服和新式蓝色制服的合影。"父子检察官！"我在电话里给彭继权点赞。"我女儿今年高考志愿报考的也是法律院校，她说将来也要当一名检察官，还要着装和爷爷、爸爸合影呢！"他认真说道。

我骄傲，为拥有这身检察制服。我珍惜，和它相拥的点滴岁月。

我一直在诗意中寻找

崔友

我的祖国常常住在我的诗歌里。

我爱诗歌，几十年来，我几乎把自己所有的喜怒哀乐都深深埋在那些长短句子里，在起起伏伏中体会一个赤子对祖国深深的眷恋。

"我是母亲手里的一根银针，缝补日月也缝补忧伤"

"小时候，我是父亲锄头下的一块泥土，生长快乐也生长期望，我是母亲手里的一根银针，缝补日月也缝补忧伤。"这首诗歌真实再现了我少年时的生活情况。

我和祖国一样，曾一直和贫苦为伴，但是却从没有屈服。

寒冷的冬天，躺在被窝里的我，常常会半夜被母亲编炕席的声音弄醒。20世纪70年代，家里穷，为了养活我们，尤其是要供我上学读书，母亲练就了一手编炕席的本领。这可是一门又累又烦琐的活计,高粱秸秆变成漂亮的席子,要经过很多工序,母亲白天要到生产队干活,编席子就只能靠一早一晚。微弱的灯光下,母亲坐在潮湿的地面上,唰唰唰,秫秸皮子在母亲手里上下翻飞。母亲从不叫苦叫累。看到母亲疲惫的身影,我都暗下决心,长大一定多挣钱,不让母亲再受这种罪。

我是家里四个孩子中唯一有机会读书的人,至今,想起两个姐姐大字不识,心里还很愧疚。我拼命读书,成绩很好。1977年冬天,我国关闭了十一年之久的高考大门重新向莘莘学子敞开,地方上,许多学校逐渐也步入正轨。趁着改革东风,1979年,我有幸考上了马蹄营子高中,这是当地唯一一所高中,记得当时我们初中四个班,只有十七名学生考上,所以,我是幸运的,看到母亲为我绽露笑容,我有了些许安慰。

读高中需要许多花费,我常常为自己吃不上一个半生不熟的窝窝头而犯愁。但是,每次去当地供销社,我都要用省吃俭用的钱买书。那时候,有两本书我最珍惜。一个是厚厚的《现代汉语词典》,五元钱一本,那时全班只有两本,字典总是被同学们借来借去。另一本是《论青少年修养》,这本书给我打开了一个外面的世界,从一篇篇宝贵的文章中,我认识了爱迪生、牛顿、富兰克林,了解到了我们祖国虽然很贫穷,但是曾有大批仁人志士在危难中精忠报国。从我那时起,我开始学会思考,也更喜欢用语言记录自己的心路历程。

"沙沙沙,是春蚕吐丝,还是风吹浪花?这是考场上的墨笔,在吐露春芽。"这篇散文诗,是我在考场上即兴写的一篇作文,用诗歌的形式反映了当时恢复高考后,青年学子们奋发向上的精神面貌。语文老师看到了,很高兴,把作文投到了《作文报》上,并很快得以发表。我觉得,这个时候,我诗歌中的祖国和我们一样,正在拼命地吸收新的营养,谋求更大的转变。

1981年,我高中毕业。由于偏科,我没有考上大学,心里记得毛泽东主席的一句话:"农村是一个广阔的天地,在那里是可以大有作为的。"于是,我毫不犹豫回到家乡。当时农村体制改革已经开始,已经打破大锅饭,农民积极性空前高涨,商品经济也有了一些端倪。为了生存,我从最小的事情做起——摊煎饼卖。在那个铁质的同心圆上,我和母亲起早贪黑,含辛茹苦,累是累,但是让全家人吃饱还是不成问题。

后来,我国乡镇企业兴起,我成了村煤矿里的一名工人,每天三班倒。这是一个危险而又拼力气的活,我由一个文弱的书生转变成一个彪悍的男子,经历了无数的苦和痛,但是令我欣慰的是,我因此赢得了许多读书和写诗的时间。

当时,为了弥补"文革"带来的知识断层,全国兴起了一股教育和函授热潮,我一口气参加了好几个函授班,最有名的是《山西青年》刊授大学和《当代诗歌》的函授班。

我热衷于写诗,与全国众多诗友建立了联系。每天,村里都会转给我一大摞书信。诗歌不仅给了我很好的精神享受,更重要的是让我们开始把自己的命运与祖国紧紧联系在一起。在一个月夜里,我一个人跑到小树林里,写下了这样的诗句:

是的,我还穷/穷使我早熟,使我坚强,使我饱满/但是我想,祖国不也很穷/为什么有些人,还要装模作样/一旁偷懒?

"小溪旁的拉钩，我还欠你一个第一"

1985年，是祖国教育振兴的开始。

一次，村主任郑重其事找我谈了一次话："我们知道你很有才华，也很努力，所以决定重用你，一个是留在煤矿做安全员，一个是去学校做民办教师，你挑一个吧。"

我决定，选择做小学教师，因为我喜欢文化，觉得教师很体面。

80年代，我国"尊师重教"的口号刚刚提出，但是囿于全国百业待兴，农村学校基础条件还很差，民办教师待遇还只是挣村里工分，有点微薄的补贴也很难养家糊口。在这种形势下，许多民办教师都转行去了乡镇企业或者干个体。我家庭负担重，一早一晚和节假日，都要去农田干活。早晨，常常洗完地里的泥巴，再去学校给孩子们上课。

那个时候，因为农村整体办学水平还很低，学校师资差，学生们又没有养成学习的好习惯，而百姓期待子女成才的热情却十分高，都盼着孩子能考上初中，所以，压力很大。

因为没有读过师范，为了提高自身素质，我一边教学，一边参加进修班，拼命学习教育学、心理学，学习教学教法，一切都要从头开始。多少次，我忍着寒冷在冰雪中行走，去夜校学习，又有多少次，我要长途跋涉，到很远的地方去参加函授学习，那是一个弥补知识的时代，容不得丝毫懈怠。

当时的孩子们，很调皮，也很难管理。

我做五年级班主任的时候，李明是外地转来的一个大男孩，经常在课堂上搞恶作剧。一次我去上语文课的时候，后面一个女孩发出一声尖叫，原来，在她的书包里飞出来一只麻雀。

一调查，果然是李明干的。我气坏啦。一把把他拎到教室前面，狠狠批评了他一气。当时，他很倔强，不服气，我就拿起笤帚疙瘩，在他屁股上狠狠撸了几下（当时，老师体罚学生没有现在这么严格限制）。他见我真发火了，很害怕，先是嗷嗷叫，后来大声求饶，并保证以后再也不敢了。

事情发生后，我主动去他家里找他和他家长谈了几次话，并对体罚一事向他家长道了歉。我在家访中了解到他家庭生活很苦，就因势利导，经常关心他，帮助他树立自信。后来，这个孩子很有出息，我特意推选他为学校的升旗手，还给他写了一篇题目为《我能行》的诗歌，让他在全校师生面前做国旗下的讲话。李明自己也很争气，撰写的一篇作文也被我推荐到《作文报》上发表。李明考上中学后，给我写了一封情真意切的书信。

那天，来了灵感，我写了一首《班主任》，并发表在《班主任》杂志的扉页上。

"想你赠我的礼品，是一个凸透镜/从此我的自信，便长了翅膀//你的蓝格衬衫，还染着我的墨迹/小溪旁的拉钩，我还欠你一个第一。"这首诗真实记录了自己多年当班主任的经历。

1996年，我的生活有了转机。经过考试，我由原来的民办教师转为一名公办教师。我更加努力，牵头在学校办起"小天使艺术团"，让农村娃实现了音乐梦；率领学生组队参加全区"红领巾知识竞赛"，多次荣获冠军……这一切，恰好发生在20世纪90

年代，也正是我们伟大祖国教育强国、科学兴国的缩影。

"必须迎风行走，才能嗅到最小的花香"

时间很快就到了21世纪，我也从一名普通教师成长为一个五家镇中心校的副校长，分管五所学校和五个幼儿园。那个时期，我们祖国已经从改革开放的阵痛期走向大踏步前进的路上。

我主要负责一线教学和教师培训。21世纪初期，祖国已经从匍匐前行到健步行走的阶段了，我以前经历的许多磨难，如今都成了我宝贵的财富。

那个时期，邓小平提出的"教育要面向现代化，面向世界，面向未来"成为中国教育改革的总方针。为了让每一个孩子都得到全面发展，我们坚持德育为首，搞好小公民道德建设。

2005年6月1日，阳光明媚，树上的小鸟喳喳喳唱着动听的歌。突然，赤峰广播电台的一名记者打来电话："崔老师，你们的那条《全校唱起红色童谣》的新闻一会儿就在中央人民广播电台的'新闻和报纸摘要'节目播发，请注意组织收听。"

听到这消息，我异常兴奋，要知道，一所农村学校的新闻能上中央的广播电台，是何等荣耀！

操场上，齐刷刷站满了学生和老师，大家一起收听这条报道。想不到，还是头条。然后，我们一起拥抱庆祝！"你拍一，我拍一，伟大祖国多美丽……"红色童谣再次传遍校园。

为了教育孩子，我把自己写诗歌的能力用到了编写"红色童谣"上，并获得了巨大成功。当然，这只是我工作业绩的一个缩影,我还组织教师建立五家镇中心校乒乓球队,实现了三年冲出赤峰,名列自治区青少年比赛前三名的目标,许多孩子后来留在内蒙古自治区乒乓球训练队,成为专业运动员。

"为了一切孩子,为了孩子的一切。"那时候,我们国家加大了《义务教育法》督查力度。为了不放弃每一个孩子,作为业务校长,我想了很多办法,也曾多次与教师去做家长工作,恳求学生回到学校读书。我还独创"三级同步教学考评法",期末考评采取优秀率、平均分、学困生提高率放在一起考评,极大调动了教师对学困生的关心力度。

"感恩的心,感谢有你,让我有勇气做好我自己。"四年二班的班会上,孩子们唱着歌,把许多学习用品送到王庚子手中。

王庚子是一个苦命孩子,父母早亡,身边只有残疾的爷爷一个亲人,为了她读书,爷爷每天在村口靠修鞋挣钱。为了让王庚子不仅有学上,而且能读好书,我们多次举办捐赠活动,号召全校师生帮助她。

你是我的姊妹,/我要和你一起成长,/拉着手,/我们一起微笑,/面对灿烂阳光。

在队会上,我朗诵的诗歌深受学生们喜爱,往往能起到为感情"推波助澜"的作用,深情的朗诵后,孩子们眼含热泪紧紧拥抱在一起。看到那些场面,我感到无比自豪。

"必须迎风行走,才能嗅到最小的花香/必须爱上鸬鹚和白鹭,你才能爱上湖泊和大海。"这是一名教师对祖国的承诺,也是我力量的源泉。

"水养土，更养木。所以检察院出来的人，各个富足"

我觉得，即便再旱/检察院都该有一个水塘/可以叫荷花塘、碧玉塘或者杨柳塘/起什么好听的名字都挺贴切。

我是幸运的，在依法治国的滚滚洪流中，一个偶然的机会，让我有幸成为一名检察人。

"不用担心没有源头/一群水命的人养着，就不愁活水涓涓/水养土，更养木/所以检察院出来的人，各个富足。"我的诗歌里，开始多了一抹蓝，一片绿。这首《一群水命的人》，就是我对检察人生活的真实写照。

我的任务主要是检察文化和宣传，从初识到熟识，从敬畏到热爱，我用心挖掘着这群人中沉淀下来的每一个细小的情节，从中找出向上的力量。

一次，在院领导的支持下，我精心导演了一场精彩的诗歌朗诵会，将干警们心怀祖国、坚定信念、牢记使命的精神推向舞台。

"咱们可是从来没有搞过这么高档的演出，我们的干警行吗？"领导有些忐忑。

"只要相信他们，激励他们，他们都会变成很优秀的人。"我说。

说归说，做起来却没那么简单，反复撰写稿子、请人指导朗诵，一遍不行两遍。当干警们真正进入情境之中，在舞台上朗诵出那些富有情感的诗篇，我看到台下一双双湿润的眼睛，听到了阵阵喝彩的声音。

"谢谢你，崔老师，是你让我走向舞台，勇敢表现自己，才让我有了自信。"几个获奖的干警的话，让我心里美滋滋的。

还有一件事让我特别骄傲。2013年的一天，领导让我上报一个"感动内蒙古人物"材料。初选时候，大家都不以为然，认为，我们都是平凡人，根本不会有那么高大的人物。

我却不服气，我觉得，在检察院里，每个人都有许多感人的故事，他们不过都沉淀在泥土里，不拂去厚厚的灰尘，就看不到他们的光芒。

我采访了许多干警，忽然，侦监科长李秀丽的事情，让我内心一震。她是一个典型的女强人，带领自己的团队连续十一年获得业务评比第一名，她对孩子们特别亲切，多次资助孩子，帮助孩子解决疑难问题。

于是，我灵感来了，撰写了《秀丽妈妈》这篇文章。很快，李秀丽的事迹受到组委会青睐，顺利闯进"感动内蒙古人物"二十强，还被评为"内蒙古法治人物"。

宣传上，我院在《检察日报》、《法制日报》、《内蒙古日报》、正义网、法制网等媒体登载的文章多了起来，连续四年获得全国检察宣传先进集体荣誉。2018年，我院成为全国检察文化示范院。那块金灿灿的牌匾，令人骄傲。

回顾自己走过的历程，虽然简单，却折射出祖国从贫苦孱弱的不屈，到坚定信念的探索，再到幸福和谐的过程。

在众多颂词中，我只选择一种小/在你的水分子里热着/在你的细胞核上护着/在你的细小的针孔中，小心穿梭//小到一种瘦，一种无名无字的意境。

是的，与祖国相比，我很小，但是，因为有爱，所以我又觉得无比充实。

明天会更好

彭慧慧

作为"80后"的我们,出生于改革开放日益发展时,成长在春天的故事里,见证了祖国的一天天繁荣昌盛,如今在新中国成立70周年之际,内心感慨良多。而我自己,一个从农村走向城市的普通人,更是亲身感受到了乡村在改革开放进程中的巨大变迁。回首过去,有迷茫,有彷徨,更多的则是伴随祖国母亲成长过程中,祖国带给我的希望和力量。

1985年,改革开放的第七个年头,我出生于鲁西南一个再普通不过的农民家庭,爷爷奶奶爸爸妈妈一家子住在一起,靠几亩薄地维持生活。小时候的生活无忧无虑,记事中印象比较深刻的是,总会听到周围的大人们聊天说道:这些娃娃们都是生在了好时候了。虽然并不理解,但看到他们脸上发自内心的笑容,心里便是无比安定的。现在想来,那应该是憧憬未来美好生活时的模样。

1988年,改革开放到了第一个十年时,我们家有了自己的宅基地，盖起新的红砖房，过起崭新的小日子。稍稍有点懂事的我看着一样样家电搬进新家，无比好奇又充满欣喜。同年，弟弟出生了。家里多了一个孩子更加热闹了，我依稀记得自己非要抱着弟弟，结果抱不动，给自己摔了个大屁蹲，逗得全家人哈哈大笑。爸爸妈妈也因为多了一个孩子更加辛苦，他们奔波于家里和田间地头，有时候出去做点零工，他们纠结于交公粮的时候不如别家的价格称心，更要随时处理两个孩子之间时不时产生的小矛盾，就怕别人说偏心小儿子。

1998年，改革开放的第二个十年，我已经读初中二年级。幸好父母没有重男轻女的观念，没有让我像一些同龄女孩那样辍学在家，反而全力支持我读高中。十几岁的我从没有做过一样农活，只是负责家人农忙时做做饭、洗洗衣服而已。那个时候的我已经知道了种地的不易，也知道爸妈是要让我好好读书，考上大学，最后走出农村，再不要面对面朝黄土背朝天、汗珠掉地摔八瓣的辛苦。那一年，村里最后一幢土房子里住着的孤寡老人周奶奶去世，仿佛代表着一个时代的终结。那一年，还有一件大事就是村里要重新分地了，按照人口、户籍集中分配，而且三十年不变。妈妈带着我参加了村里召开的分地大会。我从没有见过村里那么多人集中在一起，每个人都很激动，摩拳擦掌，跃跃欲试，眼神中充满着期待。家里十六亩地的位置还是我去抓阄的，尽管结果并不称心如意，爸妈依旧很兴奋。各家各户的承包地都不像以前那么分散，而是集中连片了。散会之后，每个人都欢欢喜喜的，那种由内心绽放出来的幸福，我至今都无法用言语来描述。很快，村里用了很多年的统一的灌溉水井也不再用了，家家户户都忙着打井修渠，置备农机具，所有人都憋着一股劲，准备要大干一场。

2004年，改革开放第二十六年。我如愿以偿考上了大学，虽然只是上海市的普通二本，爸妈还是很高兴。都说上海发展好，我也找机会走进当地的农村，内心不禁感叹农村也可以是这个样子——街面那样整洁，设施那样齐备，生活那样富裕。假期再回到家乡，看得到十月的金色稻田，闻得到玉米苗的清香，吃得到纯天然瓜果和野菜，也欣赏得到夜晚的满天繁星，这一切都比城市来得美好。但仍然真切地感觉到，我的家乡落后了。这种感觉在往后的几年愈加明显：比邻乡早几年修好的柏油路越来越破，各家各户的房子越来越旧，村里的年轻人越来越少，人情礼金却越来越重，大家的抱怨越来越多，种子化肥都在涨价，而粮食却卖不出好价钱。随着物价的上涨，农民的收入增幅明显没有跟上，农民的生活质量停步不前。我经常在想，我的家乡何时才能迎头赶上？

党的十八大以来，随着国家强农惠农政策的陆续出台，每次回老家，我都欣喜地发现，家乡又有了新的变化：原来破败不堪的柏油路旧貌换新颜，村里统一规划的农家院子鳞次栉比、整齐划一，很多年轻人回到乡里，有的建起了养殖场，有的办起了农民专业合作社，机械化的种植、收割越来越普遍，各家的生活条件也有了明显的改善，修葺一新的农房里的陈设，与城市楼房已经没有多大差别。党的十九大更提出了实施乡村振兴战略，明确土地承包延长三十年，这一政策也让乡亲们吃上定心丸，确权颁证让大家种上"放心田"，农闲时候聚在一起聊天都是讲：现在党的政策越来越好，将来的农村发展一定大有可为，咱们农民更有奔头了！

如今，我和我的大学同学相爱结婚，并来到了他所在的城市。我们目前的工作还算安稳，女儿已经读小学四年级了，还有一个小生命正孕育在我肚子里。随着弟弟也在济南市区成家立业，我们曾多次劝爸妈离开老家的房子搬到城里来住，帮我们带孩子。他们嘴上说着不习惯城里的生活，实际上我明白，他们是无法割舍几十年来对土地的眷恋，是乡情和乡愁让他们不愿离开那片土地。

回想当初，自己背负父母的期望走出农村，与现在年轻人主动放弃在城市打工回农村打拼，虽然流动的方向变了，但是不变的是大家对未来美好生活的期待和向往。新中国已成立70年，改革开放也已过了40年，祖国这艘巨轮正驶到了深水期，乡村振兴的号角已经吹响，期待我的家乡昂首阔步、再创辉煌！

携手祖国日新月异的征程，我们有幸适逢其时，期待明天会更好！

与铁路同行的检察生涯

刘晓莹

1993年,我分配到西安铁路运输检察院,自此踏上了与铁路同行的检察生涯。

一张车票和一幅图画

刚参加工作的那一年,将近春节的时候,大学同学到车站买了回家的车票,顺道到离车站不远的单位来找我。当时没怎么出过远门的我特意看了一下那张车票,目的地是旬阳,安康市的一个县,距西安直线距离不过二百多公里,但火车要走约二十个小时——先由陇海线西行到宝鸡,改宝成线南行至汉中,再转向东经安康,才能到达旬阳。我当时非常惊讶,这是省内的一个县,居然要坐这么长时间的火车!同学却笑笑说:"能买上票已经很好了。只要有票,时间再长,总会到家的。"20世纪90年代,火车不快,车票也不好买,但人们出行,首选还是铁路。

2014年，从安康往巴山去，途中被一幅图画所震惊。那是一幅由山、桥与路构成的图画。路被高高的桥墩托起，如同空中的廊桥一般在山腰间穿行。山以柔和优美的轮廓舒展开来，桥以坚实有力的姿态向上挺拔，而路则像离弦的箭一般，以优美的线条从这座山射向那座山，让孤绝的山峰之间有了人为的联系和交通。想当前，数十万的铁路建设大军用钢钎凿及人抬肩挑奋战了三年多，才建成了新中国第一条电气化铁路——宝成铁路，让秦岭天堑变为通途；而此刻，出现在我眼前的竟不止一条路，它们或是公路，或是铁路，悬于半空，飞架南北，宛若凌空舞蹈的彩带，又如飘落人间的虹桥。这是一幅由21世纪的中国人所绘就的令人震惊的图画！

这幅图画让我想起了二十年前的那张车票，于是立即用手机查了查列车时刻表，从西安到旬阳共有七趟列车，运行时长最长5小时6分，最短3小时8分。

一年春运与一条棉裤

90年代，铁路检察院的人、财、物归铁路部门管，因而，铁路检察院的干警，心一半在铁路，一半在检察，铁路和检察是连在一起的。

铁路的一年是从事关千家万户团圆的春运开始的。春运期间，铁路要完成数以亿计的人员运输，如何维持秩序，如何保障安全，如何防范打击犯罪，都是现实的难题。一进入春运，包括铁路检察院在内的铁路单位无一不如临深渊、如履薄冰，再细密周全都不为过，再小的纰漏都不能有。

最为难忘的是2008年的春运。

2008年春运期间，受全国大范围低温、雨雪、冰冻等自然灾害影响，公路、航空交通不畅，客流都集中在铁路，铁路面临空前的压力。

当时，所有的人都被派到了运输一线。我身边有同事被抽去充当临时客车的列车员，有同事被派到各售票点日夜参与守候打击票贩子，剩下的人员除完成本职工作外，还要排班轮次上站参与值勤，节假日也不例外。

由于实行夕发朝至，火车发车时间基本集中在中午以后，而上站值勤的任务就是从中午一点到夜里九点之间的候车高峰时段，在车站广场协助维护旅客进站上车的秩序。

第一天上站，当我站在广场上，看到那么多的人手拎肩扛着大大小小的行李，从四面八方向进站口汇集而来时，我简直惊呆了。从来没有见过这么密集的人群，从来没有见过这样壮观的排队长龙，只需短短几秒钟，从那一群群行色匆匆的身影、一张张紧张急切的面容、一个个鼓鼓囊囊的行李中，你就会准确无误地被那种急于回家过年的强烈愿望所感染，"帮把手"的念头油然而生。

我们的任务其实就是"帮把手"：从中午一点到夜里九点，在广场最外围站成一列人墙，指引即将登车的旅客排队进站，引导三小时后发车的旅客在指定地点候车，向太早到站候车的旅客耐心解释暂时不能让其进站的理由，带老弱病残孕及带小孩的旅客走快速通道进站，帮携带太多行李的旅客提包推车……

站在春运的广场上，才更加真切地体会到回家过年对中国人来说是多么重要的一件事：坐着轮椅的老人、抱着婴儿的妇女、挂着吊瓶的病人、挂着拐杖的残疾人……在凛冽寒风中等候的不易、在人山人海中拥挤的艰辛、在长龙一般的队伍中排队购票的烦恼，都敌不过即将回家过年的幸福感！

由于春运期间不售站台票，一个导游找到了我们，为一对台胞父女求助：女儿脚扭伤了，父亲亲自背着她，却再无法带上行李。我们立即帮他们找来了车站的"小红帽"，一起将这对台胞父女送进站，那位年过半百的台胞感激地说："太谢谢你们了，欢迎到台湾来，我招待你们。"

这一年的西安，也罕见地下了几场大雪，天气格外的寒冷。每次上站我们都穿得厚厚的，有的同志买了西安冬天不大用得上的长款羽绒服，有的同志买了棉靴，腿特别怕冷的我，特意去定做了一条厚棉裤。可能有一二十年没有穿过棉裤了吧？但即使这样，值勤的时候，在广场上凛冽的寒风中站上几个小时，还是会冻到手脚僵硬，连血液都仿佛流不动了。有很多同志都冻病了，但生病的同志都私下里和别人换班，没有一个人因为生病而耽误了上站值勤。节前的班排到大年二十九，而节后，从初四开始，又开始新一轮的上站值勤。

时至今日，我还保留着那条厚棉裤。每次看见它，就想起那一年春运的寒冷，以及寒冷中相扶相帮、同舟共济的情景，顿时就生出温暖的感觉。

一项工作和一双鞋子

2012年底,铁路检察机关与铁路企业彻底脱离,移交省检察院,实现了属地化管理。管理体制改变了,但守护铁路大动脉安全的职责任务却没有变。

公益诉讼工作试点期间,陕西铁检机关作为试点单位,取得了相当不错的成绩。不在办案部门的我对检察机关的这项新业务非常好奇,一有机会就向曾参与试点的同事们要求"讲故事"。曾任民行科科长的同事罗岚说:"这有什么可说的,就是沿着铁路线,哪里脏去哪里——有一次我的鞋跟都跑掉了。"于是,她给我讲了如何跑掉鞋跟的故事。

一天,某铁路单位工作人员打电话到院里,称铁路线一涵洞下面积满污水,危及行车安全,不知该找哪个部门来解决,了解到检察机关有办理公益案件的新职能,希望能出面管一管这事。接到电话的第二天,罗岚就和两名女干警一起出发去现场查看。

事发地点比较偏远,车子行驶了四个多小时,到了一个地方,没了路,只能弃车沿着铁轨步行。

带路的人说,不远,只有几里路。自开始办理公益诉讼案件,民行的女干警们就成了经常行走于污水边、出没在垃圾旁的"女汉子",也没觉得几里路有多远,甩开步子就走,一心想早点看到现场。

走起来才发现低估了这脚下的"路",无论是从枕轨上踏过去,还是从道边的碎石子上踩过去,都相当有难度。艰难地走着走着，罗岚只觉得脚下一滑，仔细一看，是鞋跟掉了。

事先不知道路况，穿的是一双低跟鞋，因为近来走路太多的缘故，鞋子本已不结实，今天这种路况无疑加速了它的终结。少了一只鞋跟，走起来更是一脚深一脚浅，期间为了躲火车，嫌碍事，索性脱了鞋跑，等火车呼啸而过，又套回脚上继续赶路。

终于到了事发地点，只见铁路线下的涵洞，泡在浓黑的污水里，四周堆满了黑色的石头，堵住了水的去路。这些石头罗岚认得，是煤矿开采过程中形成的固体废物，叫煤矸石，它们明显是从附近一个山坡上被倾倒下来的，整个山坡都被煤矸石覆盖，寸草不生。

看过现场，经调查取证确定了责任主体后，检察机关迅速向当地环保部门发出检察建议，要求其履行职能。环保部门收到建议后，非常重视，很快回复称已经查明这些煤矸石是附近一家已倒闭的工厂倾倒，责任人现在外地工作，但已表示愿意委托他人进行清理。

过了一段时间，铁路工作人员给检察机关发来照片，照片上，涵洞上方多了一道防护墙，附近的煤矸石已无踪影，原来寸草不生的山坡上，种了一片小树苗。

说着，罗岚从手机上将整治前后的照片都找出来给我看："你能想到这两张照片照的是同一个地方吗？"我认真地对比了两张相似却又截然不同的照片，不禁跟着感叹："可见事在人为！"罗岚微笑："是啊，收到照片，我就说，就凭这些变化，跑掉鞋跟，也值了。"

入检近三十年，作为铁路检察院的一员，我有幸参与并见证了铁路的跨越式发展，也有幸参与并见证了检察事业的转型发展，在祖国改革发展的海潮中，最多贡献了一滴水珠的力量。但即便只是一滴水珠，在一路同行的时时刻刻，也始终"分担着海的忧愁，分享海的欢乐"——这是我的责任，更是我的荣光！

终生难忘的三次升旗

张治乾

1971年：懵懂少年

1971年，我上学了。学校是生产队临时腾出来的仓库，其实也就是一孔窑洞。刚刚担任民办教师的马步忠成了我的启蒙老师。学校里学生也就十来个，绝大部分都是学前的玩伴。尽管如此，学校里的一切事情对于我们来说都是新鲜的。

报名第一天，不到一顿饭工夫就完成了报名和打扫卫生那些事儿，接下来我猜想可能要上课了，可是马老师说，今天是开学第一天，我们举行升旗仪式。

呀！还升旗呐？升啥旗嘛？我们好奇地嚷着，希望尽快体验一下未曾有过的感受。

马老师说，升国旗呀！我们还是好奇地追问，啥是国旗嘛？

马老师说，等会儿你们就知道了。说完，从自己住的窑洞里取出来一卷白洋布放进一只搪瓷盆里,然后将两瓶红墨水咕咚咚全倒在白洋布上,来回翻搅了好一阵子才捞出来,抖开来足有三尺宽,一块白生生的布料瞬间染上了艳红艳红的色彩。

马老师说,我们国家的旗帜是红色,红色是血液的色彩,说明我们的新中国是千千万万革命烈士用鲜血换来的。马老师一边说,一边从口袋里掏出来几个黄色的五角星,用针线一一缝在红布上。

马老师说,这就是五星红旗,我们的国旗。大家一定要记住,旗面的红色象征革命,旗上的五颗星及其相互关系象征中国共产党领导下的革命人民大团结。

马老师的话我们似懂非懂,但马老师神情很严肃,讲得很认真。

学校里没有旗杆,马老师将一根椽子栽到院子里当旗杆,将自己亲手制作的国旗挂了上去。没有乐曲,没有伴唱,只有马老师一人唱着一首雄壮的歌完成了升旗仪式。

后来,我们才知道,那块被染成国旗的白布是马老师用三尺布票和十个鸡蛋从老乡那里换来的,那两瓶红墨水据说是马老师一年的办公用品,马老师唱的那首歌是中华人民共和国国歌《义勇军进行曲》。

四十多年过去了,我历经了无数次升旗仪式,回想起当年第一次升国旗的情景,依然那么清晰,让人难以忘却。

1994 年：而立之年

1994年，我三十岁，作为优秀教师代表被学校派到北京考察学习及旅游。

人都说，到了北京不去天安门等于没去过北京，去了天安门不看升旗仪式就是终生遗憾。1994年五一劳动节前夕，我们一行数十人到了北京，住进了光明楼，观故宫，走长城，拜天坛，谒皇陵之后，把观看天安门升旗定在了5月1日。

第二天要看升国旗，领队告诉我们，凌晨三点必须出发，要在升旗一小时前到达天安门广场，否则就进不去。

晚上基本没有入睡，到了凌晨三点，我们轻装前进，沿光明西街、夕照寺中街、白桥大街、建国门南大街、崇文门东大街、崇文门内大街、东交民巷、东长安街南池子大街一路小跑到了天安门广场，已经是汗水淙淙，筋疲力尽，但大家的兴致很高，到处拍照留念。夜色很浓，但广场上已经聚集了好几万人，等待那激动人心的时刻。

五时许，擎旗手和两名护旗手、带队警官，带领着护卫队员来到天安门城楼下，与军乐队会合在一起，迈着铿锵有力的步伐跨过金水桥，走向广场中央。

庄严雄壮的《义勇军进行曲》奏响，升旗手振臂一挥，国旗冉冉升起。广场上的人群肃然而立，万众仰望鲜艳的五星红旗。

那一刻，我真正被军人威武的英姿、整齐的步伐、昂扬的精神震撼了。那一刻，我被祖国的强大、美丽和繁荣陶醉了。

以后，我每每在课堂上给我的学生讲述天安门升旗的盛况时，不由得热泪盈眶，泪湿满襟！

2004年：不惑之年

2004年，我四十岁。正值中华人民共和国成立55周年，宁夏解放55周年。为庆祝这个光辉的日子，"升好祖国第一旗"天安门国旗护卫队宁夏国庆升旗活动在全区轰轰烈烈展开。当时，我已经调到红寺堡开发区工作，听说天安门国旗护卫队要到宁夏来升旗，便想去银川再看一看。准备出发时，有人告知说，护卫队要来红寺堡升旗。我喜出望外，真是没有想到，天安门前的国旗卫士竟然到家门口来升旗！

仲秋塞上，鲜花绽放，芳草吐绿。罗山脚下，移民新城，一片欢腾。我携全家老少一起赶赴红寺堡中心广场观看升旗仪式。上午八时许，工委领导人宣布："'升好祖国第一旗'天安门国旗护卫队红寺堡开发区升旗仪式开始！"顿时，声声礼炮响彻云霄，绚丽的礼花在空中绽放，群众自发地演唱起《歌唱祖国》《社会主义好》等歌曲。

八时四十分，庄严雄壮的《义勇军进行曲》奏响，国旗徐徐升起。广场上的人群肃然而立，万众仰望鲜艳的五星红旗。那天，我看到很多人都流了泪。一位从南部山区搬迁过来的八十岁的移民说，这辈子我是不能去北京看升旗了，今天在这里看也是一样的，知足了！

如今，又是十三年过去了。红寺堡，共和国版图上最年轻的县级行政区，曾经是一块未开发的处女地，正是在这面五星红旗的照耀下，在西部大开发的洪流中，从亘古荒原上起步，成为国家"双百"扶贫工程的主战场。经过十五年的开发与建设，这里已经矗立着气势恢宏的扬黄灌溉工程，神奇般地竖起一座现代化城市，奇迹般地变成了秀美绿洲和黄河善谷，一个适宜居住、充满大爱、美丽和谐、富裕开放的新型城乡共同体犹如一颗璀璨的明珠在宁夏中部崛起。作为这片土地上的一分子，我感到无上的荣光与幸福！

上街下乡

曹瑞冬

我爷爷那一辈人活得苦,至于有多苦,多由奶奶反复解释,爷爷却闭口不提。不为别的,他们虽然都命苦,但爷爷的家境显然不如奶奶,因为奶奶常说:"我当时住在街上,而你爷爷在农村,至少那个时候还是农村。"每到这时,我就想问:奶奶,你总说爷爷家境不如你家,而且爷爷又比你大十岁,你家人又怎么会同意你嫁给爷爷的?但我始终没问。当他们老了,这个问题最后会变成秘密,被封进棺材里,就像他们的年华随风逝去,悄无声息。

奶奶之所以这样说,是因为她是本地人,居住在城里,也就是所谓的"街上"。据老人们说,过去街上不大,仅有现今城区的十分之一,不过是城东与城西之间一条两公里左右的狭窄的青石板路,除此之外往南向北俱是农田。而爷爷那一大家子人则生活在离城不远的"郊区"。他们都是外地逃难过来的。曾祖父原是长江沿岸船上的渔民,长年不着岸,后来战争爆发了,他带着全家六口人向北方逃难，本想在小城安身立命，但彼时已山穷水尽，俨然为乞丐。不久，曾祖父因病去世，爷爷作为大哥，除供养太奶奶外，身后还有两个妹妹、一个弟弟。为了生活，他的弟弟妹妹们先后奔赴农村，干些农活帮补家用，爷爷却不想下乡。幸亏那时新中国刚成立，街上逐渐兴起一批工业，爷爷有养蚕缫丝的技术，进入工厂成了一名纺织工人，之后又在厂里遇见了奶奶，再后来结婚成家，搬到了城西一间20平方米的平房里。

也许是逃难的经历，也许是漂泊的滋味，也许是生活的艰辛，爷爷总希望我能"发达"。关于"发达"的标准，他的第一个要求是不要去农村，第二个要求是最差也要留在街上，绝不要再往北方去了。爷爷虽然不支持我去上海、广东等大城市，但心里终究是向往的，常拿早年去苏州卖袜子内裤的经历激励我："江南就是好，到处都是漂漂亮亮的！"儿时听了爷爷这些话，慢慢地也就有了长大后去江南的梦想。但有时我去了遥远的南方，又或离开家的时间长了，爷爷反而改变了口吻："你也可以回家里，现在街上变漂亮了，会找到好工作的。"爷爷的想法也是奶奶的意思。

自考上大学后，我在异地漂泊了七年。这些年我迈过一道道成长的缝隙，所幸未曾令爷爷失望。我去的几乎都是五光十色的大都市，再不济也是南方温暖的小城，但自己时时刻刻在风中，任凭他人旁观聚散离合，亲人友人却痛彻心扉。

在最近的一场离别中，挚友盯着火车站中一幅别墅的广告牌，哭着对我说："我去了无锡后，先不找男朋友，要先买个房子，有了房子才算有家，就不会像这样漂来漂去了。"这句话触动了我，细细想来，我仍是孤家寡人，前途未卜，兴许回家了，也就可以继承爷爷的房子，但从此就要像他一样在街上生活一辈子。我扪心自问，心中对长者的深情是否值得我不再去远方，我大概是被一种渴望剥夺了理性。

但实话实说，爷爷口中的"街"正变成我在他乡邂逅的"城"。记忆中，"街"的规模至多只有现今的一半，而放眼望去，除去南面一座二十八层的高楼，其余或是矮小的平房，或是五六层的楼房，唯一的热闹场所便是位于中心位置的大街。这般风光在爷爷看来已是翻天覆地，却还是跟不上时代的节奏。不知何时开始，一轮接一轮的拆迁与重建潇潇洒洒地展开。渐渐地，我记忆中的二十八层楼不仅失去了最高位置，更被包围着它的高楼大厦们夺走了夜晚的色彩斑斓。

我记忆中的步行街是青青石板小路，淅淅沥沥的小雨配合它的洼洼坑坑，激荡出伞舞的乐章。我记忆中的桥横跨在运河中央，在落日朝阳的余晖中，小舟大船往来不息，又闻数声船歌。于是我沉浸在曾祖父的故事里忘乎所以。到如今，我要走的路或是柏油，或是大理石，我要过的桥也被改成了平坦大路，那些有趣却又冒险的航船消失于我望不到的彼岸。路路通畅，条条平坦，这是时间给予我的幸运，当我紧握住它时，仿佛重回喧嚣都市，抑或极乐世界，享受颜色，追踪物欲。但那些曲折之路我隐约错过了，如同我的记忆被埋葬在某个无名角落，共同变成了这座城市的隐秘心事。而人生的记忆若能随毁灭一道消失，才是时间赐予的仁慈。但这是几乎不可能的，所以爷爷常常告诫我："旧社会哪有这些马路，哪有这些大楼，都是党带领我们进入了新时代。"

现在想来，当我身处钢筋混凝土建筑中，进入传说中孤独寂寞的时代，我既喜又悲，常感到一种"一夜青丝变白发"的壮烈情感。相比爷爷，他的青丝白发用尽了五六十年的时光，慢慢变老却不失生活的风度，无限烦愁却不减温柔的心绪。但白发犹在，每一丝都是时间留给人生的劫数，世间却从未有人找到扭转时间的解药。

我的老街死了，应该死于我出门在外的时间。那时我忙着与人谈情说爱，与人难舍难分，爱得轰轰烈烈，走得坦坦荡荡。大悲大喜走来，又遭逢这场大起大落，我的心却没有随着我深爱的一同死去。也许是我未曾亲眼看到消亡，也许是我爱得有限，更也许是我活在凡人堆里，渐渐习惯了！我的爷爷，活到了比新中国还要长久的年纪，却还是不忍别离，我从这几年他增多的白发中看到了真相。虽然奶奶的话向来都使我坚定爷爷的城镇梦，但我慢慢发现，他从来不与我说寂寞的话，可有时他也会指着脚下的路、眼前的景，告诉我它们的本来面目。

有一日，我惊奇地发现，即使城区是满眼可见的高楼大厦，却仍有钢筋混凝土到达不了的地方——农田。农田不规则地安插在城区的各个角落，甚至在中心地带仔细搜寻，仍可见一汪池塘，抑或是一地水稻，还可能是一田油菜，周边则住着靠此维生的老农民。他们的存在或许给城市扩张增加了许多难题，但在我看来，我们的城市有了七十年的过程，却还是无法将农民和农田彻底驱除，足见农村顽强的生命力。只是从爷爷青年时便开始"街是街、乡是乡"的故事，到如今，上街或下乡俱已分明成巨大的缝隙，努力跨过去也成了接近神话的想象。我隔着裂缝望着他们，竟抱有一丝同情：他们在"异国他乡"苦苦挣扎，殊不知很多人都已经被遗忘了。

也就只有爷爷那一辈人记得，还常和我说："我们当年只有一条小街，其他的包括你现在踩在脚下的全是农田，慢慢地才有了马路，有了楼房。"这句话我半信半疑，但若是真的，爷爷从头到尾都只给我一个关于城市的未来想象，哪还有乡村？他应该把挂念和怀念留给了乡村，我却从未听他主动提过。但我知道爷爷是希望有块地的。

爷爷的地，我估计在最初的房子里是没有的。因为他住在那条石板街上，家家户户紧紧挨着，门前便是行人走出来的路，因此不论小草小花都会被踩踏，于是爷爷就怀着盼望等了许多年。爷爷终于搬家了，并且是楼房，这次他执意要住在一楼，不仅获得了一个花园，种满了他心爱的月季，而且在门前空地上开垦了一块小田，种了花生，养了蚕豆，剩余的空间种满青菜，春天可开满金黄色的油菜花，但也给房子引来壁虎，招致老鼠，还有一条水蛇。我渐渐长大了，爷爷为了我舍弃田园，再度搬到一个高档小区。爷爷仍不死心，将小区的花圃草坪进行整修，栽种着葱、蒜、香菜、韭菜等佐菜，竟有一棵枇杷树意外生长起来，相当引人注意，后来四方邻人也常来借点蔬菜，因此爷爷非常满意这块土地。但好景不长，小区的自留地均被改造成车位，如今爷爷只能挖些别处的泥土，放在泡沫盒子里养些小花小草了。由此可见，在街上拥有自己的土地是难得的。

所以，有的老人直接抛弃了街上的生活，奔赴郊区，托熟人觅得一亩三分地，种些粮食蔬果自给自足，倒也怡然自得。但以爷爷现在的体力看，这些全都遥不可及，可他在失意之余又总想趁着自己还能走动，跑去农村转转。我外公是一个在城郊有地的农民，爷爷近来常带我去拜访他。就在外公那片种满各色鲜蔬的田地里，爷爷跟在街上判若两人，不仅深入田园深处采摘玉米、青菜、瓜果，更亲自拿把锄头，要帮外公翻翻土，养些几天便可成熟的葱蒜。爷爷和我说："这块田是个宝库，土壤有肥力，种什么都种得出来。"所谓"种瓜得瓜，种豆得豆"，大概就是这个道理。爷爷曾说要将田里种下的一切吃干吃尽，我原以为是个笑话，但仔细想来，爷爷大概是在他口中的"旧社会"中被饿怕了，所以活下去，带领他的子孙后代活下去便成了他毕生最大的心愿，只是爷爷既选择了过城里的小日子，那么他与乡下、农民、土地便再无未来了。

前几日，我们全家一道去某景区游玩，途中路过某个农事体验区。我清楚记得，爷爷竟将地里种的水稻、茨菇、玉米、艾草等近五十种农作物悉数认出，也将陈列于展览馆中的灌溉水车、磨粉石磨、做饭土灶等近三十种农村才有的物什如数家珍，根本不像是追求新鲜的城里人。也只有在那里，爷爷回到了儿时的年代，虽一路逃难，一路求生，一路艰辛，却一路欣赏风景，一路奋力拼搏，一路上以作为勤劳的中国人而自豪。爷爷应该是农村人，这个秘密他闭口不提，和记忆一同埋在心里，既说不出口，也不像我还有许多时间可以弥补，和世上活着的人一样，有着可怜的命运与可敬的人生。

记忆给了过去，想象给了未来，心自然要备受折磨。我望着体验乡村劳作的爷爷脸上满怀喜悦，心里的悲伤本来已经要胀破，这会儿终于破了。我若是无根之草，随波飘摇，那爷爷便是折翅鸟儿，渴望飞翔，过去的记忆像流水一般，无孔不入，正在模糊现实和过往的界限。不一样的是，我会把痛苦大声地说出来，却赚不到世界的同情，只是徒增泪水罢了。而当你活得久了，就会明白，生活不是你活过的样子，而是你记住的样子，习惯了绝望后依然热爱生活。此时，真正的沧桑绝不是乡村变作城市的时间旅程，而是千年不变的真理，值得你我传承下去的真情与梦想。

　　最近，我在旅行中偶有发现，中国的"城"普遍不大，称其为"街"是对它们的尊重和怀念，而广袤的土地和勤劳的农民也留给了乡村。也许因为世事与人心的变迁太快太猛，以至留给后代继承的仅是我们的生活，但关于上街还是下乡这道选择题，我希望由他们自己做主。

　　倏忽间又发觉自己老了一点，苦了一点，自由了一点。

祖国是个大家庭

唐红生

西南边陲云南,是我国民族最多的省份。几次云南之行,都陶醉于风光旖旎的青山秀水间,尤其那村村寨寨,无不洋溢着浓浓的民族风情。春天来了,又想着去云南。

行程的首站是云南民族村。"春城"昆明,树木葱茏,繁花似锦。民族村主大门古朴典雅,气势恢宏。门首镌刻的"云南民族村"五个鎏金大字,流淌出不尽的风土人情。走进"昆明故城",明清风格的房屋错落有致。红红的灯笼摇曳在屋檐下,浓浓的春意扑面而来。各式老字号商店,摆满了富有民族特色的服饰、乐器、土特产。漫步在青石板街道,仿佛听见渐行渐近的马蹄声,哒哒声中尽是茶马古道上的故事。

村口,一头大象披红挂彩,此刻,它摆出各种姿势,笨拙的体态却有着轻盈的动作,正欢迎八方游客的到来。游人或依或骑,纷纷与之合影。

小径蜿蜒,两旁绿草如茵,棕榈树亭亭玉立。一幢幢别致的房屋如蘑菇状,那是哈尼族山居。展示的草帽、蓑衣、锄头等一件件农具,透出的是哈尼人的勤劳与聪慧。深沉柔美的巴乌声飘来,循声而去,姑娘小伙正在表演。白云下的层层梯田是"哈尼山魂",一只白鸭悠闲地走在田埂上,烟火气息扑面而来。男人挑秧,女人插秧,不多时绿色铺满水田。一段辛勤的劳作后,男女开始对唱。声声三弦弹出了小伙儿对姑娘的爱慕,而姑娘们的歌声却故作嗔怪。双方你来我往,唱出了情投意合,唱出了丰收喜悦,唱出了甜美生活,唱得游人齐声喝彩,唱得鸭子也嘎嘎嘎地夸奖起来。

路边一座玲珑红亭,廊柱上悬挂一副对联:"客至心常热,人走茶不凉。"好客之情跃然亭上。院内一把巨大的茶壶造型欲向茶杯倒茶,似有一股沁人心脾的普洱茶香在空气中弥漫。

芭蕉绿叶张张舒展,竹林细叶片片滴翠。一幢幢"干栏式"傣家竹楼三面临水。傣族人喜欢依水而居,他们常沐浴,妇女爱洗发,有传统的泼水节。竹楼前,青年男女踏着锣鼓的节奏,跳起了欢快的舞蹈。女子穿着筒裙,凸显了细细的腰肢和曼妙的身材,舞姿尤为动人。筒裙上的花纹像金孔雀片片羽毛,又像凤尾竹丝丝竹叶,舞动着浓郁的傣家情调。随着葫芦丝吹响,那柔美婉转的音乐似丝绸般抖动,飘逸轻柔。我仿佛看到月光洒在凤尾竹上,浮现出"轻柔啊美丽像绿色的雾哟"的唯美意境。

湖水清澈,倒映着树叶渐渐染红的水杉,也倒映着风姿绰约的西山。这里紧邻滇池,成群结队的红嘴鸥从西伯利亚飞来越冬,时不时见到它们的身影。许是小精灵们也迷恋民族村,有的静静地立在那里,似乎看得入迷,听得入神。

傈僳族人向来能歌善舞。男青年弹着琵琶,女青年拿着竹竿，正载歌载舞。那热烈奔放、泼辣粗犷的激情，感染着每个人，禁不住打起节拍跟着晃动起来。一曲终了，高潮又起。两位异性游客参与喝"同心酒"节目。主人拿出自酿的水酒，两人同端一碗酒，相互搂着脖子，脸贴脸，仰面共饮这碗饱含深情厚谊的美酒。酒从嘴边流淌到衣服上，而他们全然不顾。喝完后，开怀大笑，众人也笑声不绝。

"泸沽湖"畔是"摩梭之家"。望着风格古朴的"木楞房"，勾起了我的记忆。十多年前，从丽江翻山越岭七八个小时，来到了碧波荡漾的泸沽湖畔。轻摇"猪槽船"，行进在纯净的湖水中，追寻神秘的母系家庭生活。短短的行程，忘不了那一碗香喷喷的老母鸡汤，忘不了那幽蓝夜空下闪烁的星星，忘不了《泸沽湖情歌》那句情深意长的"玛达咪"。

领略白族村中"三坊一照壁""四合五天井"，匠心独具的风格，丝毫不逊于江南园林与北国大宅；仰望彝族村中太阳历柱，惊叹彝人悠久的文明；走过怪石嶙峋中基诺族茅草楼，仿佛走进了山峦起伏的基诺山区，听到震天动地的击鼓声……

徜徉在民族村，犹如沉浸在民族的海洋。站在团结广场上，阵阵春风拂面，令人心旷神怡。回味风格各异的民居、五彩缤纷的服饰、妙趣横生的礼仪、优美古老的歌舞，我感到了边疆各民族亲如一家人，感到了祖国各民族的团结和谐，感到了各族人民的美好生活。

湖区上有一面旗帜

周玲

"小周,你好哪!"温和的声音在走廊响起。回头时不由笑出。与我打招呼的是我们院退休多年的老检察长杜泽勋,他头发早已花白,每次的笑容总是那样温暖、谦和。他从四楼走过,和熟悉的人相互问候着,也总不忘对我这个平日安静如空气的人露出毫不掩饰的亲切与善意。

"吕锋去哪儿了?"杜检走过几步又回头问我。

"棠荫岛巡湖去了呢。"我站住笑着应道。

人与人的感觉真的很奇妙,一生中你会遇到许多人,有些人交集半辈子永远都感到陌生,有些人的暖意就写在眼睛和笑容里,对于能感知的人来说,这像夏日清流,也像冬日暖阳,即使隔着水岸,也有会心后的交融。

2000年,我以临时人员的身份在检察院打字室工作,十九年后,我还待在这个岗位上,偶尔想起不免总有懊恼与丧气,但更多的是早已释然的安慰。多年的简单工作环境也成就了一个简单处世的自己，在这里与世无争，手指叙沧桑，净心观流年，又何尝不是件幸事？

这些年我更像一个看客，早已习惯用眼睛记录身边的善恶与悲喜。身边的人与事物都在悄然变化着，起初并不觉得，一路回望时却又无法不为之感慨。熟悉的老面孔离开了，年轻朝气的身影就来了。从县城的老西街到东风路再到现在的芙蓉山大道，我们院的办公环境与办案条件发生着日新月异的变化，科技含量精湛的硬件设施让检察业务有了更好的平台与发展。多年前办案必备的摩托车、录音笔、BP机、吉普车等物具早已成了一代人的记忆。

"鄱阳湖上都昌县，灯火楼台一万家。水隔南山人不渡，东风吹老碧桃花。"这是北宋诗人苏东坡在《过都昌》时留下的千古名句，也成了我的滨湖小城（鱼米之乡）的一张风景名片。与湖为邻的人是有福气的，只要你愿意，只要你走出家门就可看到辽阔浩淼的水域，感受到来自湖泊深处的宁静与气息。近湖的渔民世代择水而居，以水为命，在一湖清水里日出而作日落而息，繁衍他们的人间烟火。渔民们皮肤黝黑，他们的骨子里有着与生俱来的淳朴与善良，也有着逆风而行的骄纵与蛮横。

在湖区，与外界少有接触的渔民法律意识一向淡薄，采砂、捕捞、垄断水域，仿佛这些都是自古以来就有的寻常之事。或许他们从没想过要触犯法律，也不会想到鄱阳湖的生态环境会因此遭受严重破坏。而保护一湖清水，宣传法制观念，恢复生态平衡，禁止一系列水上非法活动已成了法律人刻不容缓的责任与担当。

七年前，都昌县鄱阳湖生态检察室正式挂牌成立，部门成员就只有两位大老爷们。检察室的主任李定华是水上执法的骨干力量，也是我从心底里敬重的人之一，他稳重厚道，谨小慎微，多年的执法生涯让他具有一颗秉公执法的仁义之心。

要想提高湖区渔民们的法治意识，没有一朝一夕的速成法，也不是靠打击震慑就可止住源头。普法航行的过程虽然艰辛，但两个人涉水的背影其实并不孤单。因为在他们的身后还站着一群身穿检察蓝的法律工作者。"守护一湖清水"，这是每个检察人未说出的心声与共识，也是一股永不止息的清流。

为保护水中生物的正常生长与繁殖，每年的3月20日至6月20日是我县的禁渔期。受利益驱使，总有人在不断以身试法，这些年湖区中非法捕捞营利算计的陋习似乎从未中断过。精明的执法人早已发现其中奥秘，渔民把改装过的渔船换上大功率吸螺机，白天停码头，晚上非法捕捞，有的甚至利用机械吸螺，使用大型底拖网在湖区进行作业。一艘吸螺船一天能吸一两吨螺蛳，他们以每公斤两元内的浮动价卖给从外省过来的收购者，近似疯狂的模式与暴利实在令人为之震惊。

在鄱阳湖，螺蛳真的是个好东西，它可以净化水质，也是鱼儿和鸟儿们的饲料与美食，如果过度捕捞，将会严重破坏渔业资源和生态环境。倘若出现多米诺骨牌效应，我们的母亲湖也终将会失去生机，成为一潭死水，这是每个人都不愿意看到的。为加大非法捕捞震慑力度，两年前，一面红旗庄重地插到了湖区的深处，由我县综治办成立的巡逻队正式进驻棠荫岛水域。水上查，岸上堵，查到非法渔具及时收缴、销毁，遇见捕螺网便割网流放。

红旗在湖风中来去巡回，普法的声音也在来去巡回，全方位的巡逻执法创新了湖区治理新模式。从每年的6月到10月，巡逻队的战斗力不分昼夜始终保持在最高峰，这由十一个涉水部门组成的队伍里，生态检察室便是其中之一。检察室的人员轮番上，换来换去都是两个大男人，但一群汉子们聚在一起乘风破浪的豪情却是旁人无法感同身受的。

湖区治安一向复杂，为争夺渔业资源，刑事案件多有发生。都昌的棠荫岛水域位于三市四县的交界处，是鄱阳湖上一座占地0.8平方公里的孤岛，岛上村民较少，代代捕鱼为生。那里曾是朱元璋和陈友谅鄱阳湖大战的主战场，也是自古以来水运交通的重要航道，因离湖岸远，棠荫岛的水文资料极具代表性和重要性。鄱阳湖东部的长山岛属鄱阳县双港镇管辖，与棠荫岛毗邻相望，也是湖中重要岛屿。而说起那桩闻名湖区的围岛事件，知情人恐怕又要绘声绘色描述半天。三年前的初夏，长山岛渔民与棠荫岛的渔民因捕捞龙虾剑拔弩张，冲突一触即发，在县领导的及时召集下，检察室联合两县的渔政、水上派出所及武警同时奔赴棠荫岛，进行劝和与安抚工作，一场大规模的湖上械斗终于被及时制止。

看着剑拔弩张的两岛渔民，李主任紧蹙了眉头："吵架归吵架，这矛盾总得化解吧。"

为详细了解两岛渔民的生活作息情况，李主任带着他的部下多次踏入湖区进行走访，通过促膝谈心及时捕捉各种讯息，主动问询渔民们对司法机关的批评和建议，给他们逐条讲解湖区法制条例及处罚办法，帮助他们解决实际困难。公正虔诚的友善必定会赢来更多的尊重，湖区的法制观念已在潜移默化中逐步树立，渔民代表们的态度明显发生了变化，从最初的抵触、冷淡到主动询问各种法律事宜，再到最后他们的喜逐欢颜：鄱阳湖上一家亲，以后一定要学法、知法、用法，做湖区上守法的公民。

有付出就有回报，有好效果也有坏状况，这是一群人和另一群人之间的斗智斗勇，也是一场永不松懈的持久战。打击非法采砂、非法捕捞，围湖开挖航道，整改砂石场，割天网护候鸟，植树护林，检察人向前的脚步从未停止过。保护青山绿水，我们的法制宣传一直在路上。

在湖区，生态检察室就是一面迎着湖风飘扬的旗帜，它的红正辉映着朝阳晚霞，辉映着小城的每一片水域、每一张黝黑的脸庞。

别问我为什么说起湖泊时，我的胸中总有无限深情在涌动。

我很欣慰。因为我孩子的父亲就是生态检察室中的一员，有时候他站上舱头的背影真的很伟岸。

对 峙

陆露

七月流火,我与父亲跋涉在逶迤曲折的漓江两岸,隐藏在漓江深处的浪石古村就在眼前。千年旷野,万籁俱寂,水天一色,倒影如镜,叫人分不清人间还是仙境。

"你看!"父亲指了指眼前的浪石古村感慨道,"二百多年的历史,小家碧玉般的婀娜婆娑,却藏在深山无人识。这跟我们的鉴定职业多像啊!"

我的父亲与新中国同龄,是一名退休检察官,有着二十多年的文书检验经历,见证了检察机关文检事业从无到有、从有到盛的过程。他毕生精力都投注在书写时间鉴定的研究中,曾获得"自治区检察系统技术能手"的称号,退休后又继续默默奋战在司法鉴定的第一线,不断攻克技术难关,成为国内以"热压转印法"运用准确仪器检验数据展示结论的第一人,接连获得"自治区优秀鉴定人"和荣立三等功的荣誉。回顾父亲的检察生涯,他的工作是挖掘真相于方寸之间，他常常说：文书检验技术人员付出的心血是看不见的，但它都藏在一桩桩公诉胜利的案件中。

正浮想联翩之际，只见远处草滩上的牛犊斗架，两头相顶，八蹄翻腾，有趣至极。看到此景，父亲突然饶有兴趣地问我哪边会赢，我说狭路相逢勇者胜。父亲哈哈一笑，给我讲了一个他与一名犯罪嫌疑人对峙的故事……

1992年，当时我在梧州市人民检察院技术科担任科长。90年代初，正逢检察机关文检事业蓬勃发展，梧州市检察院也专门购置设备，建立了检验室。

仲夏的一个上午，检察官小吴和小沙抱着几卷案件卷宗，急步闯入检验室，还没见人便大喊："陆工程师，快帮帮忙！"还未等我回过神来，哗啦一声，案件卷宗已撒满三米多长的检验台。小吴飞快地翻找页面，而小沙则一把拽住我，语气急促地向我介绍着案情。

展现在我面前的是一张欠条，字体结构松散，书写速度较慢，书写嫌疑人是李某。这是一起敲诈勒索案，公安机关早已对欠条做了笔迹鉴定，认定是李某所写。然而多番审讯下来，李某自始至终不愿承认自己写过欠条，不仅如此，他还大喊冤枉，要求重新鉴定。案件已到了起诉阶段，证据链条必须完整，哪怕一个小小疏忽，都可能让检察官陷入被动境地。

我立刻对公安局技术科的笔迹鉴定进行审查。鉴定机构、鉴定人资格、鉴定程序和鉴定方法都没有问题，字迹特征比对有符合点的论证，也有差异点的分析，虽然还有一些尚未提及的关键点和搭配关系，但结论依然是科学的。

"就是李某所写。"我对着两位翘首以待的检察官点了点头，他们竟高兴地击掌相庆。至于李某强烈要求对欠条重新鉴定的问题，为了尊重其本人意见，同时也为了寻找突破口，我决定亲自去见见他。

在看守所的五号审讯室，一阵夹带着纷乱的拖沓鞋声由远而近传来，李某被两位警官带了进来。三十多岁的李某，看起来安静斯文，但当他看到我们几个身着豆绿色制服的检察人员，突然一个疾步上前喊道："不服！不服！我就是不服！"

我吓了一跳，两位警官急忙把他按稳在坐椅上。"凭什么说这张字条是我写的，凭什么？！凭什么？！"李某情绪激动，小吴双手频频下压，试图让他安静下来，然而李某却是涨红了脖子直嚷嚷："字条上的字这么差，是我写的吗？我要求重新鉴定，不行就到自治区，再不行就到北京去！"

十几分钟后，李某终于喊累了，他斜靠在椅子上，目光游移，嘴里还在不停呢喃着。我凝视着他，开始单刀直入："我是市检察院的文检检验工程师，是你本人要求对欠条进行再次鉴定吗？"话刚落音，李某飞快地瞟了我一眼，慢慢挪直了身子。

"希望检察官能秉公执法。"李某说。

"你还没有直接回答我的问题。"我逼问。

"……没错，我要求重新鉴定。"李某翻了个白眼。

"你的字很有个性，以前练过书法吧！"我边说边把档案袋里的材料掏出来搁在桌面上，这些都是他本人在家里的生活记账本。"这都是你本人的笔迹吗？"我把其中几份在李某眼前晃了晃。

　　李某有点愕然自己的生活记账本被翻了出来，尽管有些装模作样，但还是隔着栏杆凑近身来辨认，最终点了点头，表示认可。

　　根据材料显示，李某是一名车间统计员，高中文化，曾经因为模仿单位领导人签名报销单据被处分，证明其本人具备一定的书写能力，而这类人在故意降低自己的书写水平时，通常会放慢书写速度，打散字体结构。想法是好的，然而也会留下明显的伪装痕迹，正如欠条上的字迹。

　　"公安局的鉴定结论看了吗？"我继续问。

　　"看了，不服。"李某耸了下肩。

　　"好，那我们来探讨一下。"对于这样的顽固分子，除了伪装的字迹，还得把其他证据一一列明，才能有突破口。

　　"你念过书，老师教我们写作文，段首一般要留几格？"突如其来的发问让李某愣了愣，他快速骨碌了下眼，似乎在思考如何回答，最终他吐出两个字："两格。"

　　"那你留几格？"我隔着栏杆向他展开他本人的生活记账本，页面上的字迹密密麻麻，但每个段落还是分得清清楚楚的，而且，段首只留一格。

　　李某不以为然："我不一定都是留一格的！"对于这个回答，我接连在他眼前翻了十几个页面，只见每个段落的段首都是只留一格，无一例外。李某把头一歪，不再吭声。

　　"你再看这张欠条的段首留了几格？"我不失时机地打开了案卷中的欠条原件。

李某终于明白过来，有点生气，大声说："这个世界上不止我一个人留一格，这是偶然！"

"那好，来看你的'0'字写法吧。"我毫不气馁，伸手拉出早已准备好的"0"字扫描放大件，端在他眼前。"起笔点都在十点钟方向，收笔点落在十二点，你看看与欠条上的写法有差别吗？"

李某闻言伸长脖子，瞪着双眼在两份"0"字扫描放大件页面上扫来扫去，足足停留了十分钟，眼看着他开始坐立不安，两手掌在无意识地互搓。我憋足了一口气，继续进攻！

"'币'字是横画起笔有回锋。"

"'叁'字是短笔内弧向上挑。"

"'陆'字是字部之间左高右低。"

"'到'字更离谱，插刀旁两竖均不到位。"

……

连珠炮似的讲解让李某有些招架不住，他的目光不停地在生活记账本页面和欠条页面上转来转去，继而皱眉、眯眼，最后干脆一手托腮，拒绝再看，一副你奈我如何的表情。我也不急，闭了嘴，直勾勾地看着他。

时间在一点点地过去，空气安静得令人窒息。

"给我一支烟。"李某终于说话了。

我把一支香烟点燃递了过去。李某狠狠吸了几口，那一闪一闪的烟头，仿佛让我看到了硝烟中插上高地的红旗……

烟吸完了，李某再次发话："我要上厕所。"我知道，李某的心理防线开始崩塌了。

但我没有给他喘息的机会。五分钟后，李某回到五号审讯室，刚落座我便向他递去了一本半旧的笔记本。他狐疑地看着我，皱了一下眉头。

"放心吧，没有陷阱。"我说，"只是验证一下你的书写速度是不是跟你的记账本字迹速度一样。"我摇了摇手中的生活记账本："就按你在家记账时的书写速度，随便写点什么东西，明白了吗？"

李某点了点头："要我写什么？"

"随便，什么都行。"

那一刻，我感觉到他的笔在犹豫。为了放松他的警惕，我开玩笑地提议，让他给我写个欠条，就写某年某月某日欠我一个人情，准备某年某月某日还。果然，李某听完嗤笑一下，情绪倒是有所缓和，思索了一下，便开始动手写字了。我心里长长地舒了一口气，这是至关重要的环节，绝不能有差错。

笔落在纸上沙沙地响，看李某笔锋移动的速度，我判断这是他的正常书写速度。一张大约二十多个字的字条，按此时的速度应该两分钟内书写完毕。我的心在怦怦地跳，默数着时间，七、八、九……我在期待着他的一个动作。

李某并不知道此刻我的心情波澜起伏，他木然地运行着笔杆，直至流畅地写完最后一个字——那一瞬间，我屏住呼吸，两眼圆睁直盯着笔尖落纸。"嘀"一声微响，李某完成了最后一笔，此时胜利已然定局。

我把笔记本拿回手里，仔细检查后，默不作声，只把刚写完的那一页字摊开在李某的眼前。突如其来的诡异气氛让李某茫然不知所措,五号审讯室内寂静无声,我与他,犹如两尊石刻雕像,一动也不动地对峙着……

端详许久,终于李某如梦初醒般地拍了拍脑袋,懊悔地"哎呀"一声,颓然跌坐在囚凳上。

"你有每月一结的签名习惯吧?"我用手指轻轻地点着笔记本,"你的生活记账本内共有七十八个签名,其中有七十三个签名的最后有顿点动作,你也看出来了,这个习惯一直延续到刚才你的书写。而那欠条上最后的签名也有顿点动作,再结合笔迹特征分析,你觉得这说明了什么?那张欠条是不是你写的?"我连珠炮似地解答,李某无话可说,他心中的防线终于全部崩溃,点头承认了欠条就是他所写。这场检察官与犯罪嫌疑人的对峙终于有了结局……

"你说狭路相逢勇者胜,然而勇者相逢智者胜。"父亲讲完故事,又接回了我的话。是的,每一个与犯罪嫌疑人对峙的检察人都有一颗勇往直前的心,同时他们也有一颗智慧的头脑,竭尽全力将案件真相的迷雾拨开,将公平正义的真谛付诸行动。如今我也是一名检察人,继承着父亲的衣钵,不管岁月如何更迭,这颗检察初心始终如一!

午后的阳光冲破了重重云雾,洒落下缕缕金光。村舍顶上的袅袅炊烟伴风弥漫,水牛脖上的朗朗铃声随雾飘散……

郑上慧：自行车上的温情蓝

赖东梅

四十年前，这辆凤凰牌自行车，算是家当了，黑闪闪，亮堂堂，它的主人是我单位的"老郑"——郑上慧。每天老郑骑着它上下班，骑着它将民声奔走相告。老郑，一位见证检察发展历程的开检元勋，一位守护初心的温情检将。

1979年，老郑作为第一批高考"落地生"被招录到邵武市人民检察院，那年老郑十八岁，正青春。检徽在身，老郑高擎公平正义、立检为民的旗帜，默默付出，坚忍守护。初到检察院，老郑被安排在经济侦查科，也就是之后的反贪污贿赂局，之后由于工作需要，调岗至控告申诉科，这一干就是四十年，一声检察一生情。

"兢兢业业的老黄牛"

在领导心中，老郑就是一头"兢兢业业的老黄牛"，话很少，埋头做，默默干。2006年，邵武市人民检察院控告申诉科首次获得"全国文明接待室"的荣誉，这一获就是连续三届。另还连续四届被福建省文明委评为省级"文明示范窗口"。邵武市人民检察院控告申诉的工作在老郑手里树立了品牌。不说老郑有多大的能耐本事，就是单单看他在邵武市检察院控申科的工作手记百余本，我们不禁感慨勤能补拙，真是"业精于勤荒于嬉，行成于思毁于随"。十五年来的控申工作对于中层干警来说即是全部，而对老郑来说，十五年的控申工作只是二十五年自侦工作后的另一个小伙伴，追随检察的步伐从未停歇或减缓。控申工作最是与民鱼水情，当一时执拗的来访者遇上郑老黄牛，也会和他一条条摆起道理了。

2013年，个体工商户张某夫妇持续近两年到邵武市检察院来访的事情，最终以一纸息访协议书完美收官。当问及老郑什么事情让你觉得应该黄牛到底，老郑提起了这件事。2009年至2010年间，钟某采用欺骗的手段引诱张某投资虚构的商业项目，致使其297.6万元被骗。检察院原决定不起诉。信访人张某夫妇不服，多次来我院信访，要求检察机关以合同诈骗罪追究钟某骗取其全额297.6万元资金犯罪事实，并追究刑事责任，维护其合法权益。老郑接访后，了解相关案情，认真审阅张某夫妇递交的申诉信访材料，在一杯杯的茶叙中与张某交换意见，并针对性地审阅案件相关材料。

接访数次的老郑，这次终于缓慢地举起水杯，说道："案件具有证据补充完善的可能性和可取性。"从这天起，一方面老郑将该起接访案例向检察长请示汇报，另一方面老郑不厌其烦地安抚张某夫妇的情绪，张某夫妇的态度也逐渐发生了转变，从哭闹缠访到清晰表述、理性沟通，到学会等待。多少个日日夜夜，老郑骑着自行车里里外外沟通协调，不为什么，只为心中公平正义的光辉，这道光辉照耀在老郑自行车踩得实沉的一路上，与晨曦，与夕阳，交相辉映。

功夫不负有心人。针对该案事实、证据情况，老郑积极协调公安机关和检察机关办案人员，一同补充、侦查、完善证据，并提起公诉。根据在案的事实和证据，邵武市人民检察院将指控的涉案金额一百多万元移送法院审理判决，经审理，由法院认定钟某构成合同诈骗罪，并依法追究其刑事责任，判处钟某有期徒刑十三年六个月。

司法救助，与群众相互的等待

老郑心里明白，自己就是张某夫妇一直的等待，终归会等到这一天。可是有一天，控申窗口这头是老郑长长的等待。本来老郑和张某约好的接访时间早早地到了，又等待了一会儿，老郑拿起电话，可是电话那头始终传来："对不起，你拨打的电话暂时无人接听，请稍后再拨。"老郑咯噔一下，心里犯嘀咕：张某今天到底出了什么事情？多方打听后，才知道在来检察院的路上，张某的妻子不慎遭遇车祸不省人事，好心人帮助张某将他受伤的妻子送至医院治疗。老郑知情后，转了个身就已经在他自己的自行车上了，平时连轴转的脚踏板这次更快了，"呼"的一声往医院方向驶去。老郑带了慰问金和慰问品到张某夫妇面前。这次，老郑不说案件的事情了，他一边看着张某受伤的妻子，一边听着张某的感谢和哭诉。虽然法院将钟某定罪量刑了，但钟某名下无财产可赔偿给申请人，申请人向法院执行局申请执行，也无法执行到位。张某夫妇被骗的297.6万元多是银行贷款、住房抵押贷款、民间高息借款，每月利息要还两万余元。现在妻子出了车祸，左肾被部分切除，已基本丧失劳动能力；儿子十二岁，患有先天性心脏病，现无钱医治；女儿五岁，正在上学；家中房产已委托中介销售；家庭经济十分困难；其岳父近期被查出胃癌晚期，无钱医治。真的是祸不单行啊。张某恳求检察院能在他家里最困难的时候给予帮助，让其走出困境。

老郑离开时说了这么一句话："你家里目前的困难我已经充分了解，我们将进一步搜集有关证明材料向领导汇报，多方努力给予帮助。"

带着这句承诺，自行车上的老郑，缓慢而坚定地踏着，一路转到单位。眼中的民情、耳中的民声与夕阳交相辉映，老郑恨不得这是朝阳，可以让他继续新一天的工作。朝阳最守约，第二天起，鱼肚白的天空下，仍然是自行车上的温情蓝，一路向检。

老郑一方面关心在医院的张某妻子的伤情，另一方面搜集相关证明材料向院领导汇报。根据国家司法救助政策的有关精神，老郑积极建议协调有关部门给予经济帮助、思想疏导、宣传教育等多种救助。为了解决更多救助资金的来源问题，老郑和检察长走访市委政法委、信访局、土地局、财政局等部门，充分争取到政府有关部门的支持，经市委信访联席会议召集有关部门进行专门研究，通过财政对被害人以其他渠道解决资金70万元进行司法救助，张某夫妇对检察机关彰显司法人文关怀的行为非常感动，感恩的泪水泉涌而出。在收到70万元救助款项后，张某夫妇签订了息访协议书。

"多管闲事的科长"

"多管闲事"？是谁这样评价老郑的？原来，是控申科的小宋同志。小宋同志自参加工作以来就分配在控申科。控申接待窗口也就是邵武市检察院的检察服务中心，小宋上班大部分时间都在这里，每天配合老郑接待群众来访，做好接访笔录，进行线索初排摸查，满满当当一天，干货满满。而且经常是同事们都下班了，检察服务中心还灯光亮堂，进去一瞧，呦，来访者还在呢！原来，老郑和小宋在给来访者修改法律文书。再一问，这还是前两天老郑指导小宋草拟的。难怪小宋会评价自己的科长"多管闲事"。上班时间接待来访群众，下班时间给群众改法律文书。老郑心里想的是给群众"省钱"。老郑说："一份法律文书，花钱请律师写至少一百元，但是来访者大多家境困难，对他们来说还是一笔大钱。帮他们写一份文书也算法律服务，有些明理的群众也会感谢检察院。一份法律文书出去，很可能就少了一例久访不息的涉法涉诉案件，甚至缠访的案件。"

带上检察宣传单，踏着单车走街串巷，"叮叮，叮叮……"老街坊们探出头来，开心地招呼着，老郑又来啦！王老二说今天房子租出去了，老郑帮忙看个合同吧；沈大妈说今天村里选举，自己也投了一票；林大力说前几天和隔壁邻居土地界限有争议，这不,老郑来得正好,快来评评理。当老郑遇到一时自己解决不了的法律难题时,在附近的律师事务所门口肯定能找到老郑的自行车。群众的事情都不是小事,更不是闲事,老郑在街坊邻居里的背影,有些佝偻,但却无上光辉。

"我没事,就想找你唠唠嗑"

这一天,一上班,老郑就看到之前的来访者小许坐在控申接待窗口。老郑还没签到就先问:"小许早呀,你今天来又有什么事情要反映吗?""老郑早呀,我没事,就想找你唠唠嗑。"小许回应道。小许将村里的事情和老郑分享了几分钟就走了,老郑便继续开始黄牛耕作的节奏。

小许是邵武市的村民,去年他来访反映其在村级换届选举期间与村民交流换届选举的事情,无意中透露自己没有投票给时任村主任胡某,后被胡某知道。当天晚上十点多,小许自己一个人在家,胡某和其堂弟破门而入,从一楼追着小许猛打到二楼,打得他几乎昏厥。一个小时后,小许的朋友打来电话,他才稍微清醒,经朋友鼓励报警。民警赶到后陪同他到邵武市市立医院检查治疗。公安机关经过调查,对胡某行政拘留五天,罚款两百元。小许对这个处理结果不服,认为胡某私闯民宅殴打他人属于犯罪行为,要求检察机关立案侦查。接访后,老郑认真翻阅着小许递交的材料,第一时间和我院侦查监督科对接,分析事实和证据,协同院侦查监督科做好证据的补充搜集。在证据充分搜集到位后,老郑请示领导召开了检察官会议,依法向公安机关发出要求立案通知书一份。后胡某被邵武市人民法院以非法侵入住宅罪判处有期徒刑。

这件事情之后，小许村里一些地痞村霸的违法行为也渐渐少了，更多的老百姓知道村主任犯了法，检察院也能主持公道。老郑明白，中央扫黑除恶专项行动开展以来，各级部门上下一气，通力协作，自己检察服务窗口的工作量加大了，任务也重了，但是看到扫黑除恶宣传深入人心，成效叫人拍手称快，人民群众生活的幸福指数提升了，老郑心里美滋滋的。

风风雨雨检察路，和骑自行车一样，有平路也有坎坷，有上坡，也有下坡，得意淡然，失意坦然。随着人民群众公民权利意识和法律意识的提高，遇事找法、有事信访成为必然，有的还相当执着。自行车承载着检察温情蓝，寒来暑往连轴转四十载，变的是越发成熟的法治社会，不变的是老郑的初心。老郑常说："你把群众放在什么位置，群众就把你放在什么位置。真心实意为民办事，才能取得老百姓的信任。以诚相待，问候正义。"

你们依然是我的牵挂

赵娟

我"放了"难以原谅的犯罪嫌疑人

"砰"的一声巨响,两位本来马上可以退休享受天伦之乐的阿姨,却因重度烧伤,命运被彻底改写……这是我从检第二年遇到的一起重大劳动安全事故案件,事发地点是犯罪嫌疑人薛某的喷涂厂,事发车间是犯罪嫌疑人马某的喷涂车间。想必大家要问了:犯罪嫌疑人薛某和犯罪嫌疑人马某是什么关系?其实薛某是马某的房东。马某做喷涂生意,但苦于没有达标的车间、设备,难以办理营业执照,就租赁了薛某喷涂厂内的一间房子,并以薛某喷涂厂的名义对外经营。而薛某看中可观的租赁费用,也默许了马某的行为。然而马某的喷涂车间显然存在极大的安全隐患,而这个安全隐患也在短时间内以一声巨响的形式最终爆发……事发突然,事态严重,舆论哗然,在公安机关紧锣密鼓的取证侦查下，当时正在侦查监督科的我收到了这起案件的报捕卷宗，连夜审查，仔细推敲。我发现在严重后果背后却隐藏着重大证据疑问。虽有消防大队出具的该事故系一起因局部爆炸燃烧引起的人员伤亡事故的说明，但是引起爆炸的原因、最初的着火点却没有相关证明，难以排除个人吸烟、线路短路、雷击等引发火灾的可能。关键证据的缺失让我难以批准逮捕犯罪嫌疑人，但事态的严重又让我不能一拒了之。经过深思熟虑后，我向领导汇报了我的意见：一、对犯罪嫌疑人薛某、马某做出不批准逮捕的决定；二、指导公安机关对该事故中起火的原因进行专业鉴定，待得出专业鉴定结论后立即再次进行审查逮捕；三、安抚被害人及家属，积极协助推进赔偿事宜……五个月后，我再次收到了对犯罪嫌疑人马某的报捕卷宗，而对于公安机关为何没有对犯罪嫌疑人薛某再次报捕的原因也了如指掌，原来在我院第一次对薛某做出不予逮捕的决定后，被变更强制措施的薛某回到家中积极筹措资金用于对被害人的治疗与赔偿，村里、政府也竭尽所能提供帮助，使得薛某能够在短时间内将自己名下的厂房和一套住房进行转让，尽最大努力筹措资金对被害人进行赔偿，从而获得了被害人的谅解……

我"拿了"烧伤被害人的八宝粥

在第一次办理完对犯罪嫌疑人薛某、马某的审查事项后不久，我因岗位调整来到了公诉科，而入职新岗位一个月后我竟然收到了公安机关移送审查起诉的犯罪嫌疑人薛某、马某重大劳动安全事故案的卷宗，现在想想，我是在四年前就有幸践行了"捕诉一体"的办案机制呢！因为这起案件我经手了两次，对整个事情十分清楚，但是因当时被害人正处于治疗期间，所以未曾当面接触被害人。鉴于当时被害人的身体状况，公安机关提供的询问笔录也十分简单。在审查起诉阶段，我得知被害人已出院回家，便要求办案民警与我一起去被害人家中再次了解情况。而电话那头的办案民警语气却有些奇怪，欲言又止，不过还是答应和我走一趟。快到被害人家中的时候，全程沉默的民警忍不住说："一会儿见到被害人，你可能会承受不了。"我顿时明白了民警的顾虑，更明白了这个事故对被害人造成的伤痛。我不断调整心态，告诉自己一定要情绪稳定，才能安抚好被害人的情绪，才能顺利了解案情。来到第一个被害人家中，映入眼帘的是一座整洁的院落，院子里站着一位伯伯，他是在特地等我们，但却显得手足无措。这位伯伯就是受害阿姨的丈夫。"阿姨呢？我想和阿姨聊聊。""她自从回家后就没有出来过……怕吓到你们……"伯伯犹豫着说出了阿姨不露面的原因。我听到后不由得一股抑制不住的情感涌上心头，这么善良的一对夫妻，为什么会遭受如此厄运？"没关系的，让我见一下阿姨吧！"我坚定地说，并小心翼翼地向里屋走去。阿姨听到我进来显然有些紧张。我叫了声阿姨，走到她面前。重度烧伤的阿姨已经面目全非。我真的被吓到了，内心很震撼，但是我告诉自己不能让阿姨感受到我的恐惧。再次镇定后，我拿起床边的一把扇子，边给阿姨扇风边聊天："这个房间还比较凉快的，回家这段时间感觉怎么样……"话匣子打开后，阿姨用声带严重受损的声音和我艰难地聊着。慢慢地，我试着去触碰阿姨的手，试着把她扶到堂屋。当我扶着阿姨走出来的时候，我看到了伯伯眼里的泪花。伯伯转头掩饰着情绪去给我们拿了八宝粥。我和民警都谢绝了，继续和他们聊天，慢慢触及案情，对事发现场情况进行详细的了解……当我们要离开时，伯伯执意要我们拿着八宝粥。我和民警推托后疾步出门，但阿姨却依然用烧伤的手指着留在桌上的八宝粥示意伯伯……我们的车启动了，伯伯追着将两罐八宝粥塞到了车的后座……"你还挺厉害的！"同行民警消除了来时的顾虑，信心满满地带我直奔另一位受害人家中……民警同志不知道的是，我其实没有那么坚强，回家后我难忍情绪哭了出来，而直到现在我想起可怜的阿姨，仍然会流泪……

我"斥责了"一夜白头的在押人员

时光流转，我再次调整岗位到了刑事执行检察部，我想我终于不用再办理一起起触人心弦的刑事犯罪案件了。然而，我错了，因为驻所检察的需要，我更加深入地了解到了犯罪嫌疑人、被告人的心理状态及案件对他们造成的难以挽回的影响。褪去了指控犯罪的岗位职责，我对在押人员的诉求有了更深刻的感受……站在监区的铁门外，我看到长长的走廊里，管教民警正带着一名在押人员向我走来。这名在押人员戴着手铐的双手不时抬起，擦拭泪水。他就是我今天约谈的对象——犯罪嫌疑人王某。他在事发后十分悔恨自责，几乎一夜白头。见到我后，他激动地涌着泪水叫了声"赵检察官"。"王×，上周我们去你的家里、店里查看了相关情况，也和你老婆交流了一下。关于你申请变更强制措施的事情，我们去村里、街道征求了意见，也跟现阶段的公诉人沟通了相关情况……"我的话还没说完，王某就"扑通"一声跪地，连说感谢。王某的行为让我感到心酸，除去犯罪嫌疑人的身份，他更是一个年过五旬的长辈，怎么可以向我下跪？我抑制住自己的情绪，严肃地说："王×，站起来，坐到座位上！我们每个人都是平等的，对你进行羁押并做必要性审查，也是我的工作职责所在！"王某立马起身连连点头，解释道："我作为一个外来务工人员，在这边一点人情关系都没有，自己又确实做错了事，你们还这样帮助我，我真的不知道怎么表达自己心里的感谢。赵检察官，这段时间我想明白很多，真的很后悔我以前做的事，我诚心悔过了，你们检察机关如果给我取保候审的机会，我肯定会完全配合检察机关的工作，绝不逃避！"王某的案件仍在审查，但鉴于王某的认罪态度良好，社会危险性基本消除，于是我们建议公诉部门给予王某取保候审的机会，并得到了同意。当我看到王某在看守所门口与妻子、儿子、女儿、孙女一家人喜极而泣的时候，我想今后的日子中王某应该会更加珍惜生活中平平淡淡的幸福，不会再冲动犯错。

你们依然是我的牵挂

虽已三十而立,虽已从检近五个年头,但在看到一起起刑事案件的被害人、犯罪嫌疑人时,我依然会深受触动。有人说"我们办的不是案件,是他人的人生",而我却更深深地感受到,是他们,是每一个被害人、犯罪嫌疑人在我心中刻下了深深的烙印,成为我人生旅途中不可磨灭的一部分,成为我埋藏在内心深处的牵挂……

不知不觉,走到了2019年,即将迎来我们新中国成立70周年。站在这个历史的新起点上,我回顾过往,看到了每个兢兢业业的检察人的努力与奋进;我凝视现在,看到了检察机关职能调整后的使命与担当;我展望未来,看到了检察机关内设机构改革后的朝气蓬勃。我将努力奋进,将对群众的牵挂化作工作的动力,将对祖国的热爱化作奋进的检察事业。

二 叔

李焕年

"手术中"三个赤红色的大字,在医院狭长昏暗的廊道里显得格外触目惊心。手术室外,空气似乎已经凝固。我连轻微的呼吸都要准确计算好,生怕因为我一不小心,那扇冰凉的铁门后会发生哪怕一丁点差错。

二叔,已经被推进去几个小时了。

我一个人孤独地把肩膀靠在医院冰冷透骨的白墙壁上。墙上很冷,冷得直入肌骨。我瑟缩成一团,手脚都在不停地颤抖,心跳也变得出奇的快,像是快要蹦出嗓子眼了。周围沉寂无声,却像是有千军万马。恐惧和慌乱,又如同一头头凶猛的怪兽,嘶吼着,咆哮着,要吞噬掉我的全部。突然,地板上,一个老旧的黑色硬皮便笺本闪入了我的眼眸,啊!这是二叔随身携带的记事本。它静静地卧在地上,等候着正在手术的主人,沉默,却又有千言万语。

我走上前去，轻轻捡起。

二叔一直在市检察院工作，曾担任多年纪检组长。听二叔说，他主要负责受理社会各界对检察人员利用职权进行违法办案、越权办案、吃请受贿等违法违纪行为的举报受理和查处。并通过检务督察、审计等形式，加强对检察机关领导班子、领导干部和执法办案活动的监督等工作……很多，很繁杂。

小时候，我顽皮，总是爱哭爱玩爱闹，二叔总是不厌其烦地一直哄我。我打小就爱跟二叔玩，二叔也喜欢照看我。每当这时候，母亲总是笑着说："你二叔工作忙，别老去打搅他。"二叔也只是笑笑，继续低头帮我扣上衣服上的扣子，嘟囔一句："不要紧，没关系的。"

我那时当然不懂。可是后来二叔的咳嗽愈来愈厉害了。再后来等我稍长大些，才听母亲说，二叔作为市人民检察院里的带头人，一直在为党和国家的检察事业忙前忙后。

仔细打量着眼前的硬皮便笺本，黑色的漆皮已经磨得干裂脱落，透着二叔一股子严谨认真的韧劲儿。

小心翻开封皮，只见便笺本首页上一排大字赫然映入眼目："提高工作能力，向当事人，向人民群众，向社会提供优质高效的法治、检察产品。"这是二叔半辈子的价值追求，也同样是二叔多年从事检察工作的真实写照。

继续翻动纸页，只见上面密密麻麻地标记着二叔的工作安排：会议，执法监察，走访巡视，开展青年干部"不忘初心、牢记使命"主题教育活动……看到这儿，二叔那兢兢业业、勤勤恳恳的工作精神，那一幕幕，仿佛全部融在了这黑色硬皮便笺本中，此刻它似乎在发光发热……在这冰冷的无底深渊般的医院走廊里，我感到寒凉彻骨，孤独无助。

是啊，是一个个像二叔这样为人民服务的检察干警撑起了检察事业的脊梁！他们心中有理想，有人民，有公正，有对党和国家的使命担当。

黑色硬皮便笺本属于二叔，它静静地等候着它的主人，就这样沉默、沉默……我紧紧地把这便笺本握在手里，只想抓住这手中最后一丝温暖，心底为二叔祈福。

外面，天慢慢复苏了，阴郁的藏青色染透了整片天。万物还带着似醒非醒的迹象，星光淡去，狰狞的弯月也逐次模糊了。子夜之后，是晨曦初露，继而大地明亮开来。

"手术中"三个大字，蓦地灭了，灭了！

医生说，肿瘤是良性的，病魔放过二叔了。

病床被缓缓地推了出来，我再也撑不住，"扑通"一声跌倒在了二叔的病床边。二叔还处在麻醉状态，他的脸色是苍白的，嘴唇是灰白的，关节略肿大的手指耷拉在身体两侧，双眼紧闭，眼睫毛偶尔痉挛似的抽动一下。因为它我轻抬起二叔微凉的手，将我手上的黑色硬皮便笺本，缓缓地塞到二叔的手里。我懂得，检察事业是二叔心头最放不下的，凝结着所有检察干警的使命和责任。我懂得，全都懂得。

我趴在二叔旁边，握紧他的手。那黑色硬皮便笺本，带着岁月的积淀，静静地躺在二叔逐渐恢复血色的手心上。便笺本，便笺本，我对着它，对着二叔做着最虔诚的祈祷，就像二叔对待自己的检察工作一样，无私奉献，任劳任怨，埋头苦干……

其实，有许多和二叔一样平凡而普通的检察干警，他们无时无刻不展现着新时代检察人的新气象、新精神。

今年第九号台风"利奇马"登陆后，携带着劲风骤雨，一路北进，猛卷山东，导致山东多地突发洪涝灾害。我知道，二叔一连好几天都没回家。二叔所在的检察机关全体干警未雨绸缪，即刻行动，吹响防汛防台风的响亮集结号，无数检察干警迎难而上，充分发挥检察职能，维护了受灾地区的社会稳定和老百姓的生命财产安全，及时疏导和化解了矛盾纠纷，在抗灾救灾工作中贡献了检察机关的力量……

新时代，新征程，在新中国成立70周年节点，很多人，他们同二叔一样，凝结着人民检察干警的使命，为我们的人民检察事业燃烧自己，发光发热，坚守在他们的岗位上，守护着责任与担当，展现着新时代人民检察干警的风采！

老宋和高一帅

吴咏虹

说到心中的检察官,一百个人有一百种答案。而我,很想跟你们说一说以下这两位。虽然他们并不是詹红丽、李斌式的英雄人物,却一样有着自己独一无二的故事和人生。

老 宋

见到老宋是在一场特殊的婚礼上。

婚礼之所以特殊,是因为新郎、新娘都是缓刑人员。一个二十六岁,一个二十四岁,花样年华,却年少失足。但与人们听闻的大多市井故事不同的是,监外执行期间,两个年轻人既没有躲在家中避不见人,也没有自暴自弃消极沉沦,而是在监管检察官的指引下痛定思痛,回归正途。现在,他们不仅诀别了过去,更开启了新生。看着他们年轻的面孔,除了欣慰,我更好奇,是什么样的机缘让这两人走到一起的呢?

这个机缘就是担当证婚人的检察官——老宋。当他身着晴天般蔚蓝的检察制服出现在舞台中央致辞时,也给这场特殊婚礼增添了更多特别的感动和温暖。其中有些话令我印象颇深。他说,人生如同一张白纸,等待你用青春尽情描绘。谁都希望这张纸能流光溢彩,但如果偶有笔误也无伤大雅。人生有无数的可能,就看你如何把握,会不会珍惜。

显然,这段话是说给两个孩子听的。我看到新娘的眼眶一下子湿润了,而新郎则握紧了她的手。一旁的亲友告诉我,两个孩子都是可怜人,实在没办法才去做些小偷小摸的事。而老宋了解了情况后,不但向主办检察官建议对其实施非羁押诉讼,让他们获得缓刑,还跑前跑后为他们申请困难救助,帮忙联系工作,现在连媒人也是他!这样的好人真不多了。

老宋是一名驻所检察官。所谓驻所检察官,就是检察机关长期派驻在看守所进行刑事执行监督工作的检察干警。他们一年四季基本都在看守所待着,用玩笑话说,和坐牢也差不多。这种活,没几个年轻人耐得住寂寞愿意去做。但老宋,干了整整二十六年。

"我叫宋运民,我是驻所检察官,有什么困难和问题尽管告诉我!"在看守所的二十多年里,这是老宋对在押犯人说得最多的一句话。

20世纪90年代初,老宋从部队转业到地方,进了检察院。当时他的家在乡镇上,老婆身体不好,女儿刚满周岁。为了方便照顾,他主动申请到离县城偏远但离家近的看守所上班。这个看守所位于偏僻山地,山路十八弯,从老宋家到所里,骑摩托车最快也要半个小时，耗时间不说，一个月下来油钱也费去不少。要是碰到刮风下雨的日子，就更加崎岖难行了。

开始那些年，老宋每天五点起床，洗洗弄弄，送完女儿上学再到所里，冬天也能出一身大汗。所里事多人少，除了每天早中晚三次惯例巡查，还得督导在押人员劳动，了解民警看管情况和在押人员思想情况，审查在押人员档案和相关法律文书……待他回到家里，常常过了饭点，每天都像在打仗。后来女儿上高中了，他就和老伴商量，中午不回家了，带一盒饭在所里吃，一能省车钱，二也省时间。省下时间干什么呢，老宋就大量翻看在押人员的资料，找他们谈心，打电话给他们的亲友了解情况。这些在别人眼里极其琐碎的事，却让老宋掌握了大量信息，为提升监所人性化管理水平提供了很有价值的意见。今年，他把公民道德教育也引进了班房，给他们上道德课，播放励志影片，从精神上引导他们改恶从善。

工作的时候，老宋很投入，对着电脑两三个小时不挪窝。看守所条件简陋，夏天闷热难耐，蚊虫苍蝇又多，等他想站起来伸个懒腰，才感到衣背已然被汗水浸透了，再一细看，腿上鼓的全是山蚊子咬的包，奇痒难耐。到了冬天，这里就特别湿冷，早早地下起了雪，院里的小姑娘上来提审都自备着暖水袋，即便这样，也不敢多待。三九严寒，滴水成冰，尽管穿得很厚，一通资料看下来，老宋的两条腿还是冻得僵硬了，他的风湿病就是这样患上的。

晚上看守所里惯例的值班会轻松一些，但要是碰上突发状况就不一样了。打架、疾病、自然灾害……都是无法预料的，而且责任重大。奔命似的忙活一个晚上,老宋累得浑身散架了般,一身衣衫早被野外的寒露打湿了。

但这些都不是最难的,老宋最怕过节。监所工作的特殊性在于,越是中秋、除夕等重大节日,驻所检察官越要坚守岗位,确保安全。他的女儿曾在作文里写道:"爸爸是一个常常缺席团圆的人。"老宋看了,满眼辛酸。

我望着眼前这位年过半百的检察官,他的头发已经花白,皱纹深刻,腰背也不像年轻时那么挺拔了,但他脸上总是挂着笑容,很有点慈眉善目的味道,让人容易亲近。我忍不住问他:"每天和罪犯打交道,怎么还能保持好心态呢?是不是你对谁也不会生气?"

"可恨之人必有可怜之处嘛!但是谁没点脾气呢?"老宋话锋轻转,面对那些无德无良、屡教不改的人,他发起火来比谁都厉害。上个月他的监区来了个倒腾假币的犯罪嫌疑人,专门骗那些老眼昏花又做点小生意的老人家。有一个老太太,快八十岁了,就靠卖一点青菜过日子,被他骗了一百块,老人发现后气得急火攻心,一下子就倒了。老宋听闻后专门找到这个犯罪嫌疑人,狠狠地批评教育了一顿。那人反正一副死猪不怕开水烫的样子,倒把老宋气得不行。

寥寥几句,一个军人疾恶如仇、爱憎分明的本色却充分体现出来了。

席间新人来敬酒,特意多敬了他三杯,新娘子更是再三挽留老宋留下来住几天,老宋笑得很温暖:"今晚有班呢,下回吧!"

末了,老宋把别人敬他的几根烟用塑料袋小心地包好,带走了。他说，回去用铁匣子装起来，过年待客用。他女儿在北京读研究生，正是需要钱的时候，夫妻俩平时能省则省。

酒宴结束，我和他一起走过集市，忽然有人叫："宋检察官！"回头一看，是个精瘦的汉子，正在卖鱼。近前一说，原来也是所里待过的，他麻利地装上两条鲜鱼，硬要塞给老宋。老宋坚持没要，但那汉子的一句话我记得很清楚："不为什么，就为了你把我们这些人当人看！"

结束采访的时候，我问他，有没有什么最想做的事？老宋缓缓地说："有啊，马上退休了，最大的愿望就是和老伴去北京。租套小房子，守着女儿，把以前欠她娘俩的时间补上。"

他的目光柔和又深邃，遥遥地穿越了远方起伏的山峦，让人动容。

高一帅

之前就听好多人说起过他。

见时，他正在低头专心地看着一卷案卷。晌午过后阳光正好，他眯着眼睛伸了一个大大的懒腰，说："这么好的太阳，咱们待在屋子里简直太可惜了，去出出汗才爽呢！"

要是不用办案，我想他大概一刻也坐不住。

他不是运动员，却经常参加各种体育比赛，每年跑几次马拉松是家常便饭；他不是主持人，却有着非一般的口才，可以用起诉书将法庭上所有人念哭了；他不是喜剧演员，却幽默风趣妙语连珠。

他就是"90后"青年检察官代表——高一帅。这当然不是他的真名,不过,在男士偏多的检察院能够得到这样的绰号,其颜值也可想而知。

高一帅是典型的公诉口"单身汪"。判断他最近生活如何很容易,若哪天他一扫平日的不修边幅而把自己打扮得干净整洁、人模人样,那你基本可以确定,要么有情况要么没案件。

但这种时候极少。

大部分时候见到他时,他就如从土星上回来一样,胡子拉碴,头发凌乱,脸色暗沉,一看就知道刚刚出差办案回来,或者又连续加了几天班。听同事说,因为不注意形象,高一帅还闹过一次笑话。那也是连续在外出差大半个月了,因为急着把案件的尾巴扫完,他脚不沾地直接回了院里。没想到进门的时候被叫住了,回头一看,是刚来没多久的保安大叔。他礼貌性点点头继续走,岂料那保安跑上来拦住他说:"你哪的?要找谁?这里是检察院知道吗?"高一帅愣了愣,明白了,把头发拢拢,将眼镜擦擦,打起精神:"你不认识我?我是公诉小高啊!""小高?"那可爱的保安大叔疑惑地凑近看了又看:"我知道小高,可他们都说他是个大帅哥呀!你真的是小高?"

洗了个澡,剃去胡楂,穿上干净球衣的他立马不一样了,高高的个子和清朗的五官,居然有点帅气逼人的意思。我跟着别人叫他"高一帅",他一边歪着脑袋暗暗窃喜,一边略有害羞地直摆手:"哎呀,你不要乱叫!"

关于单身的原因,我有点好奇。都说人帅工作好,对象不愁找,他怎么就"剩"下了呢?一帅略微羞涩地说:"哪有时间啊，女孩子要人陪的。"听说不少人给他介绍过，基本没成。比较戏剧性的是，曾有一个女生起初对他印象颇佳，可高一帅相完亲就出差了，整整两个月的任务，调查、取证、提审……三班倒的轮休，每天累得倒头便睡。待任务结束，高一帅想着回来寻她，却黯然发现那女生已经被别人捷足先登了。

当然，除了没有时间，房子也是很关键的问题。身处山区基层检察院的高一帅从检六年，去年刚刚提任副科，每个月满打满算拿到手不过四千来块钱，除了人情开支，根本所剩无几，买房什么的几乎成为遥想。而他那些当律师的同学现在大多已经有房有车，成家立业。一个自己开办律所的师弟多次劝他转行，说给自己开车的司机也比他的工资高。他不是没有心动过，但思索再三，还是留了下来。

"唉，说起来都是泪！"他挠着脑袋苦笑一声："但是公诉干警就是这样，每一个案件的成功办理，都需要许多人的默默付出和奉献。你不能去计较付出多少，是否回报，因为这就是你的职责。其实，身边很多人比我敬业。局里的一个老干警，退休前一天还在加班取证；和我同组的师兄，因为工作太忙，把他的婚期一改再改。内勤李姐念大四的儿子暑假回来，可她刚好在外地执行任务，领导特许她回家两天，她却咬着牙愣是没回来见儿子一面。看看人家，想想自己，便觉得都不是事儿了！"

趁他起身倒水，我悄悄环顾他的办公室。小小的空间里几乎堆满了案卷材料和法律书籍，还有两台电脑，24小时不关机，以备随时要用，小桌上的饭盒里残留着吃剩的泡面，椅背上混搭着不知是干净还是穿脏了的衣服和袜子，几双散着鞋带的球鞋和一个篮球并排在墙角,门后的垃圾桶已经被废纸填满了,地上还留着昨晚点蚊香余下的一圈圈灰烬的痕迹。

今年院里公诉案件特别多,尤其是扫黑除恶的力度更大了,出差加班早已是家常便饭,他索性把自己的洗漱用品都搬到办公室里,过起了以院为家的日子。

我说:"你是有几天没有离开院里了?"他很不好意思,擦干净椅子让我坐。我这才看到桌上难得的几片吊兰,也是瘦瘦长长的,看起来营养不良。确实,人忙得都没时间照顾自己了,哪还顾得上养植物?

一年几乎半年在外面提审办案,余下半年写审查、诉讼材料,这是工作常态,也折射出基层一线业务口人员紧缺、任务繁重、时间紧迫的现状。但对于高一帅而言,这种高强度工作是家常便饭。来公诉以前,他在反贪待过,早已"历经沙场"。"在一线工作,需要攻坚克难的智慧,也需要挑战极限的胆魄。反贪工作的特殊性,就是上了案件必须抓住战机,及时搜集、固定证据,防止嫌疑人逃跑、毁证、串供。"高一帅谈起工作来头头是道,"这和公诉是异曲同工的,要求办案人员不仅熟悉案情,还要审时度势,斗智斗勇,从不同的信息源里捕捉案件线索和涉嫌犯罪行为。"

乘胜追击扩战果,于无声处见端倪。他曾经从一封匿名信入手,强化初查,细心研判,挖出了官员受贿百万的特大案件;也曾创新方法,利用科技手段搜集证据,有力打击涉农惠农领域的"大老虎"和"小苍蝇";现在,他更是提前介入,顺藤摸瓜,从一件"零口供"案件挖出涉及二十余人的黑恶势力犯罪案,并深挖细查，打伞破网……多年来，高一帅所在办案组严肃查处了电信诈骗、毒品犯罪等一系列社会影响大、老百姓关注的案件，肃清了社会风气，得到了群众的认可。

高一帅说，每当一个罪犯俯首认罪，每当一起案件顺利办结，苦和累就都烟消云散了！这是属于一个检察官独有的荣光与骄傲！

正说着呢，电话响了。他一边起身收拾材料一边说："抱歉，手上的案件有一个新线索，马上就得走！"我赶忙追上他："就这么急吗？"他两手一摊，双肩一耸，可怜兮兮地说："谁都期待一场说走就走的旅行，可是我们只有说来就来的任务啊！"

"那我问你最后一个问题，有什么想实现的愿望吗？"

他似假还真地笑说道："有啊，完成任务，睡个好觉，供套房子，余点钞票，找个老婆，美得冒泡！"

说完，潇洒一摆手，头也不回地下楼了。

这个家伙！我真是哭笑不得了！不过，望着他憔悴的背影，忽然有点心疼。都说检察官体面又风光，但其实，风光背后，万般艰辛，外人难懂。

离开的时候，看到检察大楼后边的几株紫薇正落落盛开，似乎并不在意人们知它多少，怜它几何，只是安静淡然地为此天地点一抹颜色，添一缕清香。

愿人如其花，初心不忘。

愿你的童年被岁月温柔以待

苏伊凡

1998年，冬，天气阴沉

北方冬天的风似乎总带着愤怒的情绪，呼号声之下预示着一场暴雪即将来临。临近放学的教室里已有一些同学轻声细语讨论放学回家要播出的动画片，也有些同学整理起书本和当天的作业。

"胖妞，快把你的作业借我抄抄！"

"我才不是胖妞，借作业你休想！"

后排座位的女孩子和男孩子开始了争吵，这场景几乎隔三岔五就会出现，只不过今天的争吵引来了更多同学加入。

"哈哈，二鹏你又欺负胖妞了。"

"你要借作业还叫人家胖妞，人家会借给你才怪！"

"都说了我不是胖妞了！你们不要乱叫，好不好？"

脸上有点婴儿肥的女孩子气得大哭起来，引得周围的几个男同学哄笑起来，嘲笑二鹏又欺负他的同桌了。放学的铃声响了，我做完值日，打扫完教室，发现那个女孩子还在自己的座位上哭泣，看起来十分伤心，而其他同学都已经陆续离校回家了。

"不要哭了，放学快回家吧。"因为要锁门，所以我催促女孩早些回家。女孩子看到我在等她，迅速擦干眼泪，露出两颗像桃子一样的眼睛，背起书包跑出了教室。放学时候下了一场暴雪，我觉得天气更冷了。第二天，女孩子没来上学，后来听说她转学去了很远的地方，从那以后再也没有了她的音信，就仿佛她从未出现在我们短暂的集体学习生活中一样。

从那以后，我总在想，如果班级里她有几个好朋友安慰她，可能被欺负之后她也不会那么决绝地转学；或许那天晚上我应该追上她和她一起走，也许三两句安慰的话会让她没那么伤心。但事实上并没有那么多如果和或许。面对这种校园里的欺凌，似乎大多数人只能做到沉默和不参与，哪怕心里多么的不赞同也没有勇气正面去回击，因为我们担心自己同样被欺凌被孤立，被视为与被欺凌人是"一伙儿的"。有时候我们恨自己内心深处的懦弱和自私，可更多时候我们为自己找寻了"那我也是个孩子"的借口和理由。面对校园欺凌，我们能做什么？我们应该怎么做？这一道题目的答案，或许只有时间能给我们。

2018年，冬，天气晴朗

广州的冬天虽然算不上冷，但起风时依然觉得有些寒意，好在今天的阳光和晴朗足以抵挡住冬日的萧索。赶到晨光小学的校园时，已有三五成群的学生们午休后返校，女同学们讨论着下午语文课上要诵读的课文，男同学们聚在一起研究着下午体育课上如何分组，不畏寒冷的孩子们快速跑进校园，边跑边呼唤身后的好友快速跟上，爽朗的笑声让校园迅速地热闹起来。

几个高年级的同学看到我后小声讨论："是警官吗？""是检察官姐姐吧。""下午有法治课上吗？"我认真地和她们打招呼："同学，你们好，请问四年级一班的教室在哪里？""在四楼第一个房间，我们带你去吧。"在两名热心同学的带领下，我很快找到了下午要上法治课的教室。

"同学们，有其他同学给你起过外号吗？或者你有给其他同学起过外号吗？"

这是一堂关于预防校园欺凌主题的法治课，不少同学对于校园欺凌都有基本的掌握，课堂互动氛围良好。在讲到关于校园"冷暴力"的问题时，我站在讲台上连续两次发问，很多同学小声嘀咕"没有"，也有一些同学沉默不语，若有所思。坐在后排的一个男生犹豫了一会儿鼓足勇气举起了手："检察官姐姐，其实我有被同学叫过外号，虽然每次我都在笑，但是心里很难过。同学们都叫我'乌鸦嘴'，我希望以后同学们不要再这样叫我！"

小男孩说完有些不好意思地坐下了，我的脑海里突然出现了那个被叫作"胖妞"的小女孩哭泣的身影，不知道她现在身在何方，是否已经释然了童年里这段并不快乐的经历。

"同学们，相信大家都明白'己所不欲，勿施于人'的道理，每一个同学都不希望别人用一些侮辱性的字眼称呼自己，那么同样我们也不要给自己的同学起外号。对于这样的不文明行为，同学们有没有什么好的解决办法呢？"

"当然是不理那些同学，认真学习！"

"告诉老师和家长!"

"找个时间和那些叫我外号的同学谈一下,告诉他'己所不欲,勿施于人'的道理。"

"我会通过自己身边的好朋友一起抵制这种叫外号的行为,让朋友发动朋友一起去抵制,逐渐消除这种不文明行为。"

同学们纷纷举手建言献策,虽然一堂法治课不能治愈小男孩受伤的心,但是通过一堂专题讲解这种不文明行为的课程并号召同学们想对策和办法,能给予所有遭受言语暴力的孩子以慰藉、鼓励和希望。孩子们采用什么方式面对挫折,在于我们传递给他们什么样的价值观念,从他们认真说出"我不愿意被人称呼外号,请尊重我"这样的句子开始,就表明我们在他们心底种下的一颗法治的种子已生根发芽。

"这位同学,刚刚大家提供了这么多的办法,下一次再遇到这种情形,你会选择一种办法去解决吗?"法治课结束以后,我问刚刚提问的小男孩。

"我试试吧,虽然不知道有没有用,但是我要告诉那些人我不喜欢!"小男孩思考了一下认真回答我,一股正气的力量也感染到我,走出校园只觉得午后的太阳更温暖了。

二十年前,我是一名面对校园暴力只能沉默的三年级小学生;二十年后,作为一名检察干警,我站上讲台为同学们讲授法治课程,曾经让我觉得迷惑的问题也随着时光的流逝而终于有了答案。法治教育和法治文化传播正应从孩子开始,让法治意识和法治思维陪伴他们一起成长,这才是整个社会形成良好法治氛围的基础。

今年是中华人民共和国成立70周年，在未成年人检察工作中我见证了祖国的日新月异，见证了社会主义法治国家的建设与发展。未成年人检察工作已经历了三十四年的变迁，但不变的是未检人对孩子的"初心和使命"，愿我们每一次精心准备的"法治进校园"活动都能够为法治文化传播添砖加瓦，愿在我们的努力下不要再让外号和欺凌成为孩子们童年里的伤痛。

"这一期的选题有什么想法？"收到报社编辑发来的信息，我意识到，又到每月一期漫画普法栏目的撰写时间了。

"这一期做校园欺凌的主题，被欺负了我们该怎么办？怎么样？"转眼"检察官寄语"的专栏已陪伴同学们三年时光，希望我们这样的默默相伴能守护你的童年，让你的童年被岁月温柔以待。

草根创业者的三段往事

徐歆

初见华若中，是在作协组织的采风活动中。记得那次，作协主席带着我们一行十几人来到了位于无锡市锡山区的兴达泡塑有限公司，在这里，我第一次见到华若中。

朴实，是我对他的第一印象。若不是主席介绍，我根本无法相信面前这位衣着简单，说话毫无架子，与共和国同龄的长者，竟是位董事长，他所创办的泡塑企业在全国甚至世界都排名前列，被称为"泡塑大王"。

可我实在是好奇，那些企业家不该是电视中那种出门豪车、装扮奢华的吗？不是应该被打扮时髦的美女秘书围绕着的吗？怎么连个接待室都是如此简单低调。而坐在我们这群人中间，他更是显得无比普通，仿佛就是相识已久的邻家爷爷，和蔼可亲，毫无距离感。当我终于耐不住性子问起他那些人生的过往，他微笑着想了想，给我讲了三个故事。

1992年的一个冬日

这是他第一个说起的日子。回忆起这一天,他的脸上洋溢起兴奋的神采。

"回想起来,那一幕仿佛就在眼前呢。"他说。

那天,连日的冬雪给江南铺上了厚厚的一层白絮。想着第二天要早起,他一晚上都没睡着,一大早就赶到了厂里,而厂里的其他人竟也不约而同地早来了。大家把道路上的积雪扫到了路边,又把红红的鞭炮挂了出来,大红色的鞭炮在大雪过后的门墙上显得格外鲜艳夺目。等定好的时间一到,大家就点起了鞭炮,在一阵祥和喜庆的鞭炮声中,一块"无锡县兴达泡塑材料厂"的牌子在简陋的厂门柱上挂了出来。

"就这样开工啦。"他跟我说,"其实心里也有过担心,毕竟还欠着银行的二十万贷款哟。"

那时,刚建厂,条件很差,华若中带着七八个工人,食堂是临时搭的工棚,有时候饭都不够吃,一锅饭只能做成两锅泡饭,他竟然和工人们一起吃了几个月的泡饭。

"没关系,有吃的就行了。华厂长,我们相信您,您一定能带领我们创业致富的。"工人们一边吃着泡饭一边打气。大家都是干劲十足,一点没有觉得苦,觉得累。而工厂的发展也正如大家所愿,产品一推出便广受好评,客户甚至在门外排起了队伍。那一年,华若中带领职工生产产品1000余吨,盈利将近百万元,在乡镇企业中创造了当年建厂、当年生产、当年获利的奇迹。第二年，工厂产能扩大到8000吨，并成为东亭第一家产值超亿元企业。

"初中毕业后，正遇上特殊时期，我就只得回家务农了。那时候人多地少，一年干下来填饱肚子都够呛，为了解决贫困的状况，县领导就冒着被打成走资本主义道路的风险发展了社办厂。"回忆起那段岁月，华若中依然对那时县领导的这个大胆决定充满了钦佩。

正是这个决定，华若中被镇里招进社办厂务工。他凭着农民的吃苦耐劳精神，努力学习和磨炼技能，十年间从工人成长为独当一面的技术骨干，从科员做到了厂长。在努力拼搏下，他成功地将连年亏损的机械厂扭亏为盈，在当时的无锡县一度传为美谈。

"那时候，知道自己要去厂里干活了，我兴奋了很久呢。要知道，在田里干活盈利很少，家里有一个人干工人的话，不说富裕，全家都不用挨饿了啊。"华若中说着，他的眼里闪烁着光芒。

而他显然没有止步于此。在一次出差途中，邻座的乘客下车时将杂志留在了座位上。华若中随手打开来看，里面一篇《"赤膊"家电等衣穿》的文章吸引了他的眼球。文章说，目前由于国内缺乏泡塑包装材料，很多家电只能"赤膊"在仓库里等待发货。回来后，他做了一番市场调研，发现市场上对EPS材料的需求极大，而由于国内生产极少，大量的泡塑材料只能依赖进口，不仅进价高，还远远不能满足国内需求。

"为什么我们的工厂不能生产EPS呢？就在那一刻，我跟自己说,扬民族志气,自己生产EPS替代进口,满足家电包装。"听着华若中的话,我仿佛透过岁月看到那时的他,站在办公室的窗前,在心底暗下决心。那一刻的窗外,一阵阵温暖的春风从南方徐徐吹来。

三顾茅庐的日子

接着,他回忆起办厂的经过,给我讲起了他三顾茅庐的故事。

要办厂,就得有技术,那时候只能按照传统的方式去国有企业请工程师周末过来指导。但在当时,全国仅有三家大型国企生产EPS,那里的工程师并不相信一个无锡的乡办厂也能自主生产泡塑粒子。

那些大公司基本都在上海、南京和北京这些大城市。那时交通并不十分发达,别说卧铺票了,坐票都很难买,大部分时候只能买到站票,或者是上车补票。若是去上海,那也得半天,要是北京,那就得好几个晚上。实在熬不住了,华若中就只能找个地方窝一下,甚至是钻座位底下。为了请到工程师,华若中是一家家公司地跑。

跑了一圈下来,他惊喜地发现上海塑料厂用的钣金冷却设备正是自己社办厂里安装的。他通过这层关系,联系上了塑料厂的工程师李师傅,但他刚说明自己的来意,就被李师傅一口回绝了。李师傅只觉得好笑,几个工人,没有像样的设备也没有技术,竟然想生产泡塑产品,这简直是天方夜谭。要知道,他们的设备可都是高价进口的,技术也是出国深造学来的。他没等华若中说完,就把华若中请了出去。

"你怎么又来了?不是跟你说了,不要来找我了吗?什么无锡,我是不会去的。"工程师李师傅说。这是他第二次回绝华若中。这一次,华若中再来的时候,直接就被拒之门外了。然而,当他下班的时候,在门口还是遇到了一直等在那里的华若中。

"李师傅,请听我说完,我有信心。现在市场对泡塑材料的需求很大,目前除了几家大型国有企业,其他的泡塑产品只能依靠进口,价格又高,又不能满足市场的需求,大部分的家电产品因为缺乏泡塑包装,只能待在仓库里等待发货。这样不但不能促进家电产品的销售,还会影响到百姓的生活啊。我做过调研,这块市场是很大的。而且我是工人出身,我能学会技术,你们大公司能做的,我们也一样能生产!"华若中坚定地跟李师傅说。

李师傅听完这些话,开始对华若中另眼相看,但是想到无锡县那么偏僻的地方,他又摇了摇头,把华若中甩在了后面。

第二天上班,李师傅意外地在厂门口又遇到了等在那里的华若中,这回华若中什么话也没说,只是礼貌地对着李师傅打了个招呼。但李师傅的心里却开始对面前这个工人模样的壮汉渐渐有了好感。到这天下班,不出意外,他老远就看见了那个熟悉的身影,这次,不等华若中开口,李师傅就答应了华若中的请求。

就是这样一次次地坚持,华若中请来了一个个工程师,利用星期天休息日前来厂里做技术指导。在他们指导下，兴达泡塑厂生产的产品，几十年来一直质量优良，产品畅销全国30个省市自治区的3000多家用户，国内市场占有率超过33%，屡次在业内获奖。兴达工厂生产出的EPS更是被应用到国家重大项目的路基垫层和沪宁高速拓宽工程、南水北调、河床防水垫层等大项目。

"一个企业的发展，关键就是要靠人才。"华若中跟我说，他最重视人才的培养。后来，他对公司的人事制度进行改革，从高级管理人员中选拔优秀青年进入董事会，大大提高了职工的干劲。2011年，他被评为"全国关爱员工优秀民营企业家"。

与温总理握手的日子

讲完了前两个故事，华若中又开始微笑起来，带我从会议室里走到他办公室里。

他的办公室很简单，就一张办公桌和一张沙发。办公桌的右手边是窗户，后面是一个书架，放满了各种书，有企业管理经营方面的，有EPS等专业技术方面的，有世界时事新闻方面的，还有些名家散文书。

"别看我长得像个粗人，我也是很爱好文学的。怎么样，我的藏书还行吧？"华若中微笑着问我。

我不住地点头，想起自己之前一直误以为生意人会抽着烟端着酒杯去各色会所，就觉得很不好意思。

"丫头，等你出了诗集，第一个就要给我哟。"华若中恳切地说着。

我心里一热,转头看见左手边的墙上挂着很多照片,有发表演讲、上台领奖的照片,有在灵山大佛公园的合影,有陪同时任无锡市委书记视察工厂的照片。

"这张照片,这是温总理吧?您是去北京了吗?"我指着其中一张照片问道。

"是啊,那是温总理来无锡的时候。那又是一段难忘的往事啊。"华若中说。

2009年8月7日,时任中共中央政治局常委、国务院总理温家宝到无锡调研,他召开了企业家座谈会,邀请无锡的企业家到会座谈,华若中就是受邀的企业家之一。在会上,温总理与大家一一握手,并与他们合影留念。

照片上,温总理和华若中都身着白衬衣、黑西裤,一脸微笑。

"每次当我看到这张合影,我都会心潮澎湃,感到温暖和力量,让我更加坚定实业报国的志向。"华若中看着照片,陷入沉思。

在那次座谈会上,温总理鼓励大家要拓宽思路,做大格局,走出国门。温总理还说,企业家要勇于承担社会责任,造福百姓。也是在那次座谈会后,华若中逐渐将目光放在了周边,不断拓宽布局,两年后,大庆锡达石油化工有限公司奠基开工。兴达公司从太湖之畔,逐步走向常州,走向西部、东北、东部和南海,书写了走向内陆、海洋的新传奇。兴达公司的生产基地遍布全国,产量产能也形成了行业龙头,企业的基本实力得到夯实。多年来,兴达公司始终名列中国制造业企业、中国民营企业500强,中国化工企业100强,中国建材企业20强。2016年,兴达公司启动上市程序,在"新三板"挂牌上市,并着手向主板上市转变。

企业飞速发展,华若中的心底记着温总理的话,要做一个实业报国有担当的企业家。多年来他担任省、市人大代表,履职中,提交了关于政府对土地集约化管理及对民营企业发展的融资渠道、政策扶持等,尤其是对外来务工人员子女上学保障等多项建议,都得到了政府及有关部门的重视。

这时,同行的一位女作家看我们这边聊得热切,便也走过来,跟我说:"我跟华董都在微信群老照片俱乐部里面。某天,群里发了个募捐信息,说锡山区查桥有个白血病小女孩急需医疗费做手术,当时大家都是几块几十块的捐助,只有华董默默地就和另一位企业家联手解决了医药费,使女孩及时得到了救助。"

"那时我们都觉得华董慷慨助人,并且帮了人还不喜欢到处说,总是默默地做。我也是听别人偶然间提起,说2008年的时候,华董在报纸上看到一则关于鞍山小女孩被狼狗撕咬了半张脸的新闻,新闻说,因为没有钱,小女孩只做了简单的包扎就回家了。华董看到后,立即电话指令公司在鞍山地区的业务经理送去1万元给孩子治疗,并告诉孩子父母若医疗费不够,后续会再送去,使得这个小女孩得到及时良好的治疗。你看,这张照片就是华董被评为'中华慈善突出贡献人物',上台领奖时所拍。"女作家指着墙上的另一张照片说。

"我小时候家里很穷,上学的时候常常吃不饱饭,到放学时饿得都头昏眼花了。那时,我就跟自己说,以后一定要记着帮助别人,做对社会有用的人。你看我身上的衣服,都是很普通的衬衣,还可以穿很多年。我不喜欢用名牌,衣服能穿就行了啊。"面对我再一次露出的惊诧表情,华若中淡淡地说,"我喜欢做一些事,但不想被人知道,也不愿提,尤其是那些荣誉。"

事实上,早在2007年,一向节俭的华若中就出资200万元设立了无锡首家特殊教育基金,给地区一家智障学校年年捐款帮助;2008年,他向锡山区慈善基金会认捐2000万元,设立"兴达爱心基金",同时给无锡市慈善基金会认捐1000万元,为慈善事业贡献力量。在常州分公司所在地同样向当地慈善基金认捐,促进当地慈善事业发展。在四川汶川、青海玉树等地发生地震重大灾害时,他更是及时伸出援手,踊跃捐款。

而就在今年7月,华若中被评为中华人民共和国成立70年最受尊敬的苏商实业家。此刻站在我面前笑容亲切,衣饰朴素的邻家长者,他用自己的行为,向世人传述了"敢为人先、坚韧刚毅、崇德厚生、实业报国"的内涵。

那一天的采风,我收获颇多,不止是因为结识了一位朴实、心系祖国的实业家,更是为他身上那种艰苦奋斗、引领企业发展、报效当地百姓的锡商精神所感动。

离开的时候,我看见兴达公司大院里的紫薇花开得正盛。粉紫色的小花朵簇拥着,枝干缠绕盘旋,想来,已经生长多年了。

"90后"检察官小丸子的七年网事

胡雨晴

今年是中华人民共和国成立70周年。作为一名1990年出生的检察官,我与祖国已经同行29年,以检察人的身份与祖国同行也已7年。

2012年,我以应届毕业生的身份考入浙江省仙居县人民检察院。去检察院报到前,为了更好地了解司法实践工作的真实情况,我在微博上关注了很多法官、检察官博主。当时有很多法官、检察官在微博上"晒"工作中的经历,为我了解司法实践工作提供了一个很好的窗口。所以,在正式工作之后,我想着我也可以做这样的博主,为关注、关心检察工作的网友,为有志于成为检察官的年轻人提供一个了解检察工作的窗口。于是,我开始运营我的个人微博"@假装是检察官的小丸子"。我对自己微博的定位是"立足个人,宣传检察",要突出职业身份。但我在刚开始玩微博的时候还没被任命为检察官,所以本着严谨的态度,就"假装是检察官"。又因为身边的小伙伴们都叫我小丸子,因此就有了这个微博名。

"身着笔挺的制服,在庄严的法庭上唇枪舌剑,义正词严地指控犯罪……"这是公众脑海中检察官的形象。但是在严肃、理性、专业的背后,"90后"检察人也与这代人一样有个性,有朝气,"接地气"。我用微博向公众展示真实的检察官是怎么样的,刷新了公众对于青年检察官的认知。

不会写段子的检察官,不是好的法律博主

作为一个不是很严肃的人,我在大学时就爱在人人网上写段子分享法学生的日常,总结课堂上老师和同学们的搞笑语录。这种活泼中带点幽默、真实而不做作的语言风格,也延续到了我的微博时期。

审讯原本是一件极其严肃的事情,但有时还是会遇到一些不靠谱的当事人,发生一些啼笑皆非的小插曲。比如说有的嫌疑人沟通能力差,总是答非所问;有的嫌疑人N次"进宫",核对笔录后根本不用提示就自觉准确无误地签字、按指印;有的嫌疑人屡教不改,多次触犯同一种罪名;还有的嫌疑人江湖义气,认为检举揭发他人犯罪是出卖朋友等等。这些素材被我编成段子发到微博上,在不泄露办案机密的前提下生动活泼展现了检察官审讯实况。

出庭是公诉人工作的"重头戏",我的微博也会时不时地提及庭审的那些事儿。比如某被告人不知事情严重性,开庭还想自拍发朋友圈;又比如另一被告人发表了慷慨激昂的最后陈述,鉴于其是初犯，我姑且相信其是真心的；再比如不太会用方言讲书面语的我在法官的带领下用蹩脚的方言全程参与庭审的尴尬经历；还有那些港剧看多了的被告人穿越到"英美法系"的场景等等。这些素材在庭审结束后经整理，也成了我微博上的段子。我在不违反法庭纪律和办案纪律的前提下，向人们展示了偶尔"跑偏"的庭审。

法官、警察和律师是检察官工作中最常接触的职业群体，自然也免不了时不时被我在微博上"cue"（网络流行语，这里指爆料——编者注）一下。比如爆料警察"蜀黍"的心酸办案经历，在办理电信诈骗案时打电话给被害人，却被当成骗子挂断电话；又比如审判席上的法官和被告席上的被告人出现沟通障碍时，坐在公诉席上的我恨不能给他们做翻译；再比如在法庭上被学院派律师"上课"等等。

这些"现身说法式"的段子为公众揭开了检察官的面纱，让外行更主动、更直观、更有兴趣地了解检察工作，让同行在苦闷的工作之余开怀一笑，也让我成了网友口中那个"检察官中最会写段子的，段子手中最懂法律的"。

关注公共事件，是检察自媒体的公共担当

在公共事件发生后，与普通网友相比，检察自媒体凭借其较高的粉丝群体和舆论关注度、理性专业的分析和通俗流利的表达等优势，往往能起到四两拨千斤的作用。作为检察自媒体，在检察官、法律人的身份标签下获得一定的公众关注之后，也要用好

公众影响力这个公共资源，积极在公共事件中发声，引领正确的"吃瓜姿势"。

我经常通过微博在舆论热点事件，特别是涉及检察工作的热点事件中发声，把我了解到的真相、我的观点和分析理性地表达出来，让网友们知道还有另一种声音存在，纠正公众因为不了解事实或法律对公权力机关产生的不公允的评价。比如在"醉驾免刑"舆论热点事件中，越秀区检察院在轻微醉驾案件中引入社会公益服务考察项目，遭到了舆论几乎一边倒的反对。我因为自身的专业背景和工作经历知道网友们对"犯罪情节轻微""相对不起诉决定"等相关法律知识存在认知误解，于是进行了理性的释法说理，分析检察机关该做法的合法性、合理性及进步意义。此外，在"内蒙古呼某案""快播案""人大雷某案""鲁山案"等热点事件中，我也以检察官视角积极理性地发声，引导舆论客观看待。

虽然有时候因为在热点事件中的发声招来了一些不理智的骂声，但我的发声也消除了部分网友的误解，这就是我们作为公职人员在舆论场上发声的意义，也是我认为检察自媒体应有的公共担当。

不断总结，打造"小丸子从检记"IP

在检察院工作的时间里，我经历了政治处、基层检察室、公诉科、民行部、办公室等多部门的锻炼，办理过各类案件——刑事、民事、行政、抗诉、公益诉讼，写过各类稿件——宣传稿、信息稿、讲话稿、调研文章和论文，同时还担任过单位新媒体小编，可谓"履历丰富"。我的经历某种程度上来说是这个时代青年基层检察官成长历程的一个缩影。我觉得我的经历值得被分享，于是就以此为蓝本，创作了《小丸子从检记》。该作品讲述了90后检察官小丸子从懵懂的法学生，一路拼搏，一路成长，最终成为检察系统的"网红"，并晋升为单位最年轻的中层干部的励志故事。在讲述检察故事的同时，我也不忘为读者呈现有趣实用的法律知识点。

《小丸子从检记》在我个人微博上连载后，总阅读量达到了500多万。由于国内反映90后基层青年检察官的成长励志类作品当时尚处于空白，我的作品很快得到了资深图书策划人的青睐，并于今年上半年在法律出版社顺利出版。实体书自上架以来多次跃居当当法律新书榜前三，被最高检新媒体平台多次推荐，同时还在2019年上海书展社科精品馆展出。

但是，最令我开心的还是，我的作品受到了很多读者真实的喜爱。我在微博上经常会收到读者的私信或"@"，很多网友说因为看了我的作品更加了解检察官这个职业，更加喜爱青年检察官这个群体，还有多位法科学生表示因为读了我的作品更加坚定了检察官的职业理想。本书的推荐人、最高检信息中心主任赵志刚曾预言："这本书的面世，会让更多的人了解检察官，也会让更多的年轻人想成为检察官。"当预言成为现实，我既感动又欣慰。

时至今日，我投身微博已经7年，陆陆续续攒了32万名粉丝，连续三年获评"全国检察自媒体20强"，也成长为每个月阅读量过千万的微博"金V"。正如我在接受新华社人物专访时说的,"不够完美才真实",我向公众展示的"90后"检察官也不是完美无瑕,但是足够真实——我们不人云亦云,呆板沉闷,我们有着自己独特的个性;我们有自身的缺点和局限,还经常磕磕碰碰,但我们在勇敢地做自己,在很努力地成长。当然,在祖国的怀抱中,90后青年检察官还有足够的时间空间和大好的环境形势去成长、成熟。

与时俱进的90岁老人

侯龙柱　佘海燕

父亲今年91岁，母亲90岁。父亲是老党员，解放战争扛过枪，抗美援朝跨过江。父亲经常对我们讲，那个时候，在枪林弹雨中舍生忘死地打仗，为的就是建立新中国，过上"楼上楼下，电灯电话"的生活。他一生都在做着他美好的"中国梦"。

父母共养育我们兄弟姊妹五人，随着岁月的流逝，我们陆续长大成人，各自走上自己的工作岗位，又各自结婚成家，一年中也就是在过年或者长假才能和父母团聚那么一两天。

为了能在外地及时和父母联系，20世纪90年代，我给父母安装了一部固定电话。有一次，我拨打电话，可是过了好久那边也没有传来熟悉的声音，我开始胡思乱想。一直到母亲接起电话，我悬着的心才放下去。这场虚惊，让我产生了给父母买手机的想法。可是，我们村坐落在一座大山的深处，一直没有无线信号，给父母买手机的愿望一直没有实现。新世纪初，我们村东边山头上矗立起了移动信号塔，我们村里终于有了无线信号，我决定立即给父母买手机。一个卖手机的朋友告诉我，有款手机方便老人使用，我马上赶到现场。这款手机按键号码大而清晰，还设计了常用短语，单键快捷拨号，我马上为父母购买了一部。

二老虽然年事已高，但是自从使用这款手机以后，能随时和我们联系。一天我正在上班，忽然收到一条短信："我有急事，请速回电话。"一看是父母的号码，吓了我一大跳，惴惴地拨过去，那头传来父亲"嘿嘿"的孩子一般的憨笑："老三吗？你大哥给我手机设计了四个紧急号码发送短信，还真管用。"我被老父亲孩子一般的纯真逗笑了，安心地扣了电话。不一会儿，电话又响了，一看还是父母的号码，我连忙接起电话，是母亲的声音："是老三吗?"我连忙答应。母亲乐滋滋地告诉我，大哥还给手机上设置了儿女亲情键，找老大按1，找老二按2，找老三按3，省下了以前戴着老花镜照着写在纸上的电话号码按键的麻烦。母亲还告诉我，有一个紧急键是村里医生的。自从父母学会了使用手机，他们像小孩忽然得到新鲜玩具似的爱不释手，经常给我们几个在外地工作的子女拨打电话。吃饭的时候，他们会打电话问我吃什么饭，也告诉我他们正在吃什么饭。冬天的时候，他们会打电话说老家天气变冷了，问我所在的城市冷不冷，嘱咐上班注意安全。有时候忙碌的时候，会觉得父母有点唠叨，但是过后一想，那份长辈挚爱，人世间有什么能够抵得上？"人到八十有个娘好"啊！

今年回家过年，大年初一五更时分，在外地的哥哥姐姐打电话给父母拜年，看到父母争着接听电话的情景，真像一对老顽童呀，我的心里乐开了花。我想，老人"楼上楼下，电灯电话"的梦想已经变成现实，现在又玩起手机，可见精神世界也发生了很大的变化，心态越来越年轻。这是社会进步的缩影。通信技术的飞速发展是"中国梦"在逐步变成现实的一个有力佐证。

我们的征途是星辰与大海

尤萍

风吹过夜的隧道，走过七十年的历史，见证三十一年前民行检察的呱呱落地，一代又一代检察人在法治的道路上砥砺前行。年华似水，匆匆一瞥，多少岁月轻描淡写。一晃十年，此去经年，那个懵懂无知的姑娘长成了坚强的女战士。也曾嘲笑昔日的嫩涩，也珍惜彼时的质朴，更庆幸岁月荏苒、光阴似箭，法律人的情怀如绿水青山依旧还在。

一 专业才是赢得尊重的王道

考入检察院，分到民行科，一切从零开始。第一天上班，师傅问我：在学校是学霸吗？不等我回答，就指着桌上半人多高的资料说，都领回去好好钻研。我偷瞄一眼：有民法、民诉法、行政法、行政诉讼法、合同法、侵权责任法、公司法、环境保护法……看我默默数了好几遍，师傅笑了：是不是晕了？

我们这个科室要学习的部门法最多,要学会在知识的海洋里游泳。作为法律监督部门,在专业上你得有过硬的本领,要变成专治疑难杂症的专家,要不然我们哪有底气监督别人呢?

二 经历了职业生涯的各种"第一次"

一堆厚厚的案卷,看得我"一头雾水"。遇上申请人颠来倒去述说自己的"冤情",或者双方各执一词,就完全被绕进去了。

第一次参加再审开庭,举证质证之时,手忙脚乱、页码打错,心内一片惶恐。

询问当事人,他可能无故缺席、无法联系。遇到关键的争议焦点,可能答非所问、避重就轻。整个案件陷入僵局,不知如何扭转。

第一次给当事人做息诉工作,我把每个字都咬得字正腔圆,把法律条文念得掷地有声。师傅说我有做播音员的潜质——这当然不是夸奖。

三 审慎与客观是我们必备的素养

一个科技公司因为房屋租赁权与银行抵押权的冲突,可能面临着被法院强制执行的局面。走投无路之际,公司负责人老李找到了我们。他握着我的手:检察官,我把身家都押给你了。那一刻,我内心非常确信他受到了不公正的对待。师傅却给我泼冷水:一切都还是未知数呢。

几个月后,鉴定报告出来了:老李才是说谎的那一个。师傅语重心长地提醒我：审慎与客观是我们必须具备的法律素养。

在后来的检察工作中我学会了多问几个是什么、为什么，渐渐知道先入为主的偏见、对当事人过分的情感带入是法律人的大忌，任何人的主张与说法都需要证据支撑。见识了人性的黑暗与复杂，才能更加客观地审视每个案件。在法律监督的道路上，我开始走得越发从容与坚毅。

四　总会有高光的时刻

用支持起诉为农民工讨回了血汗钱，他们笑得合不拢嘴，纯朴的他们非要给我老家的土特产，我执意不收，拗不过提出给他们钱时，他们却一溜烟跑没影了。

一个劳动争议案件，当事人因为工伤赔偿款四处维权，讨要说法。经过仔细核查，我找到了一个切入口，用检察建议维护了当事人的合法权益。有时看似一个很小的点，却要花上很多时间和心思才能琢磨透。在拿到法院再审改判判决书的那一刻，我体会到民行监督工作的价值和意义。

五　也有一些不顺遂的时刻

一个民事案件的关键证人在监狱。跟着何检察官去提审，简直可以用翻山越岭来形容。

背着电脑包、打印机从苏州风尘仆仆赶到南京，办好各种手续后被告知不可以带电脑。

好不容易见上犯人了，留给我们的时间只剩下两小时，还是个特别难缠的主。

我负责温柔的红脸，何负责严厉的黑脸，用尽了洪荒之力，好不容易撬开一个小口，终于在规定时间做好笔录。

末了犯人签字的时候又开始整幺蛾子，在上面写："以上笔录与我所说有点一致。"有一种前功尽弃的崩溃。

六　除了情怀，还是情怀

一个案件全科室讨论了一天都没有达成一致。

无论是法律关系、过错分析还是法律依据，三个人各执一词，谁都没法说服对方。像进行了一天辩论，口干舌燥却精神亢奋。回家瘫倒在地，已然是电量不足了。

晚上八点何电话我，就几个争议点交换意见，随后他发了法律分析意见书在群里。

本来像一条死鱼，立马像打了鸡血，洗把脸开始整理案情始末，终于在凌晨的时候理出了一点头绪。

群里有人冒泡：哎呀，你们都不睡觉的吗？

何说：因为打了鸡血呢。

有人和我说：你们很热爱这份工作哦。

对啊，全靠情怀硬撑呢。

七　释法说理不是一件容易的事

这是一起涉嫌虚假诉讼的房屋买卖合同纠纷案件。张姐花费了大量的时间和精力取证，证据清单厚厚一摞。找到我的时候,她说:我的人生都在里面了。

我不敢有丝毫大意,阅卷、调查、核实,每个证据都进行了详细的推敲和琢磨。最后的结论是证据不足,那一刻我感到深深的无奈。考虑到案件诉讼时间长、跨度大、当事人情绪激烈,我决定在民事领域首次采用公开答复的形式来释法说理。在会上,我对案件焦点、疑点进行逐一说明,并耐心解答她的问题。这个为了维权几乎放弃了自己生活的当事人,听到不支持监督申请决定后,表示接受,她红着眼说:谢谢你们愿意接我的案子,愿意一遍遍听我的意见,有这么多人关心我,我很感动。

民事监督案件,息诉罢访在某种程度上比提出监督更难。有时候老百姓缺的只是一个让他们陈情的场合,不带偏见的倾听和关心才是消解他们抵触的良药。只是情理和法理的界限永远都不会太过清晰。

八 得有一个好身体

开始办理公益诉讼案件。三天两头跑现场、摸排线索,反复多次调查取证。由于是新增的职能,很多时候没有任何可以参照的先例,无论是法律关系、起诉对象还是侵权责任的分配,我们都是摸着石头过河。经常是集体讨论后,将原来的决定全部推翻重来;经过一个晚上的深思熟虑,我们又重新刷新原来的推理。问题不断地深入,整个框架的模型不断地重建,抽丝剥茧般理清了头绪。很多时候我们找到了解决的方向,也有一些时候我们无功而返、白费功夫。可你若问我们花费这般精力是否值得，公益就是不问值不值得。

九　我们的征途是星辰与大海

从早上开始就在一路奔忙。和电话那头的各色人等讨论工作事宜，开会之前赶出一篇信息，快速结掉一个案件。会后又马不停蹄地参加案件讨论。觉得自己像一台精密的仪器，插上电就要高速运作，下达的每一个指令都要立马精确执行，每一项任务都不能出错。经常是上一秒还沉浸在复杂法律关系的分析中，下一秒就跳到了外出调查取证，回来还得重拾心情写结案报告，然后又被告知马上停下手中的活，有一个更紧急的事情。

经常是费了九牛二虎之力，跑了无数个现场，询问了一圈当事人，分析了一大堆法律争议点，结果却是无疾而终、无功而返。

这份工作千头万绪，涉及面极广，没有专业技能都不好意思说自己是民行人。可是除了专业，我们还需要更多的技能：与人沟通，释法说理，智商情商，能言善辩，耐心与专心……每每都觉得自己不够好，离想要的结果还差一点。

只是总有很多无言的时刻：想拼尽全力为当事人主持公道，但是证据不足；想努力证明我们工作的价值，但是不被外人认可。也经常憋着一肚子气，拼着一股不服输的劲儿，偶尔很丧，也会安慰自己：运气也是实力的一部分啊。

偶尔泄气，看着群里的队员们还在努力，也是要坚持着在耗尽电量之前不拖累他们。

更多的时候，我们积极向上，互相鼓励，一直奔走在前进的路上。毕竟我们的征途是星辰与大海。

十　总有一种力量激励我前行

单位里每年都有年轻人考进来，望着他们青涩的面孔，好像看到十年前的自己。时间呼啦啦地飞走，这十年是一个人最好的青春年华。朴树在《清白之年》里唱：心里像有一些话，我们先不讲，等待着那将要盛装出场的未来。

这十年，从青涩到成长，从个案纠错到维护公共利益，接待过的每个当事人，挑灯夜战的每本案卷，伏案写作的每个报告都是我成长的必经之路。回看这段历程，就是民行人对人性、公平与正义的自省。

家是最小的国，国是最大的家。一个国家浩大的梦，正托起这个国家阔步前行。我们常说，法治梦是让人民群众在每一个司法案件中感受到公平正义。为此，既要有直击犯罪、执法如山的浩然正气，也要有以民为本、司法为民的职业情怀；既要有让繁花之上再生繁花的情怀，也要有走过荒凉河岸仰望夜空的底气。总有一种力量激励我前进，在法治建设的路上，检察人前行的脚步不会停歇，民行人的故事一直在继续。

我和祖国的青春岁月

曾启秀

七十年风云激荡，七十年波澜壮阔，时代的巨变深刻改变了中国，改变了每一个城市、每一个家庭、每一个人。七十年，对于一个国家而言，正值青春年华。我庆幸我出生在祖国最好的时代里，紧紧跟随祖国母亲的步伐，在我成长路上的这些青春岁月里，经历并见证祖国的逐渐强大。

1987年，全球人口达到了50亿，这一年我也为此贡献了一个数字。母亲在那年夏天生下了我。作为标准的80后一代，我比母亲要幸运得多，因为我出生在改革开放的大时代里，国家经济正突飞猛进。

母亲在月子里吃了三只鸡，差不多一百枚鸡蛋，这在当年的农村，已经算好日子了。要知道在外婆生母亲的那个年代里，中国农村实行集体经济所有制，贫穷是普遍问题，大多时候只能解决温饱——外婆生母亲的时候，连二十枚鸡蛋都没吃到。

包产到户后，家家都丰收了，粮食吃不完就卖给粮站，还可以养鸡鸭，养猪，搞副业。坐完月子后，母亲也买了两头猪，养了一些鸡鸭，日子逐渐好了起来。据当年 8 月 27 日新华社报道，中国改革开放九年来，城乡居民收入翻了一番，中国开始摆脱贫困状况。

那年年底，在父母的努力下，家里终于买了第一台黑白电视机。母亲说，在那个年代，只要调出"雪花"，大家就很激动，哪怕看"雪花"，也是很好的享受。

调出影像后，就可以看了。两个按钮，上面的是调台的，虽然频道多，但是台不多；下面的按钮是微调，如果不清楚，可以扭几下。天线则用木棒架在外面，如果影像不清楚的时候，就出去转动一下天线的位置。

母亲说，她记得当时很受欢迎的《射雕英雄传》，每天晚上播几集，院子里的邻居早早就来我们家守在电视机前。一屋子人嬉笑着看电视剧，拉家常，特别亲切。

也就是差不多那时候，父亲从电视里得知改革开放初期很多人都南下打工，那里有很多就业机会。但遗憾的是爷爷病重，父亲只好留在家里照顾，后来因为种种原因，父亲也没有南下。

1997 年，我在镇上的小学上三年级。父亲从亲戚那儿借了点钱，买来了一辆二手的小货车跑运输，主要负责帮县城里一家屠宰场运输猪肉，虽然都是一大早送货，较为辛苦，但挣得不算少。

那一年，我们家里添置了电风扇和洗衣机。母亲爱听音乐，父亲还给她买了一台收录机。她喜欢听邓丽君的歌，为此还专门买了她的磁带，每天早上起来都要听上几曲。

为了庆祝香港回归，我们学校选拔了包括我在内的60名同学，到县城参加了文艺演出。站在冉冉升起的五星红旗下，我第一次感受到了祖国的强大，第一次感到骄傲，骄傲我是一名中国人，身上流淌着祖国母亲的血液。

那一年我们家仍旧是黑白电视机，我还记得夜里和父母围在电视机前看香港回归直播，没有什么绘画基础的我，还动手画了一面国旗和香港特别行政区区旗。村里家家户户都做了好吃的，守在电视机前看直播，那种喜悦的场景至今让我印象深刻，感动不已。

也是在这一年，党的十五大举行，大会把邓小平理论确立为党的指导思想，提出党在社会主义初级阶段的基本纲领。他所倡导的"改革开放"及"一国两制"政策理念，改变了20世纪后期的中国，也影响了世界。

2008年，我已离开家乡，赴省城上大学。到了大学我才知道，读书是最好的出路之一，哪怕你家境贫寒，只要愿意读书，也可以申请助学贷款，完成你的梦想。于是，在大学期间，我浸泡在知识的海洋里，几乎每周都要在校内图书馆借书，我想用知识改变自己的命运。

春末夏初的5月12日，四川发生了举国震惊的"5.12"汶川大地震，我所在的家乡四川绵竹更是遭受了重创。直到如今，我想起我在地震后两天赶回家，看到满目疮痍的家乡时的场景，内心还是难以平静。

当时整个绵竹死亡人数上万人，我在倒塌的医院大楼前的空地上，终于找到了被好心人背到医院治疗的奶奶。虽然无助，但在天灾过后，更多的还是感动。

汶川大地震区别于1976年唐山大地震的是，救援非常迅速，国家地震灾害紧急救援队在地震发生后不到12个小时，就已赶到都江堰中医院和聚源中学两个重灾点投入救援。温家宝总理代表党中央国务院也在第一时间亲临灾区指挥抗震救灾工作。而当年的唐山大地震发生后，开滦煤矿基层干部李玉林等人，冒着余震，顶着风雨，驾车飞奔六个多小时，才将灾情报告至中央。汶川大地震，几乎是在地震发生的同时，国家地震局就获悉灾情监控报告。

那个暑假，父母从外地赶回来照顾受伤的奶奶，我则当了一名志愿者，和那些从世界各地赶来的志愿者一起，帮助家乡灾后重建。

经过了5月的悲痛，8月应该都是喜庆的，北京奥运会开幕，电视里，每个频道全被兴奋的人群的欢庆镜头所充实；连从来都不看体育节目的母亲也被激情感染，流下了激动的泪水。我们一家人坐在帐篷里，看着中国运动员获得一枚枚奖牌，紧紧相拥。

一瞬间，屋外响起了震耳欲聋的鞭炮声，空气中弥漫着一阵阵浓郁的喜气。

2019年，十年灾后重建，四川的发展已经今非昔比。曾经满目疮痍的灾区在发展之路上焕发出勃勃生机，基础设施根本改善，城乡面貌焕然一新，群众住上了好房子，过上了好日子，书写了从灾难走向新生、从恢复重建走向发展振兴的壮丽篇章。

如今，借助乡村振兴的"东风"，我所在的家乡也搞起了

"乡村游",甚至包括在国内颇有名气的中国年画村。沿山一带,借助得天独厚的清新空气和自然风光,农家乐里不仅可以吃饭,还可以游玩、住宿。周末和节假日,几乎都是人气爆棚,都得提前订位置才行。据说中国的第一家农家乐也诞生在四川,在位于成都市郫县(现为郫都区)友爱乡农科村的农家院落里。我想这也是四川农家乐发展如此之好的背景吧。

得知家乡发展得很好,父母也阔别了多年的打工生活,回到了家乡,在家门口做点小生意。

在我的指导下,父亲学会了网购。农村淘宝的发展,带来了很多便利,货物直接送到家门口,十分便利。日子富起来了,父母更加注重他们的身体健康,每天都要在附近的健身跑道上走走,锻炼身体。父亲经常感叹,十多年前,家门口的这条路还是泥泞的羊肠小道,下雨天出行都不方便,没想到一转眼已经修建成了宽阔的水泥马路,还修建了健身跑道,村里也投放了健身器材。以前到城里骑个自行得个把小时,现在开车十多分钟就到了,哪里交通都非常便利,这在以前想都不敢想。

年中我休年假的时候,带父母去了趟深圳,站在"世界之窗"大门口,我给他们拍了很多照片留念。除了惊讶于如今国家迅猛发展、日新月异的变化,父亲还是多少有些遗憾,后悔当初没早点南下,没早点来深圳,没跟上改革开放的步伐。不过他总是拍拍我的肩,笑着说,你还正值青春年华,祖国有大好的机会让你去奋斗。

是啊,青春是一曲永不褪色的诗篇,每一章都是因为祖国而迸发出耀眼的光辉;青春是一条滚滚向前的江海,所到之处的大地熠熠生辉；青春是一曲激动人心的乐章，每一章都跳动着为祖国建设做贡献的火热心情的音符……作为祖国最有活力的新生一代，我们应无怨无悔地把最大的资本投入到祖国的建设当中，用我们的青春为祖国赢得更美好的明天。

第三辑

一个时代的憧憬和梦想

我家三代人的梦想

曲京溪

一个人可以非常清贫、困顿、低微，但是不可以没有梦想。梦想是有魅力的，她像黑夜里的一盏灯火，照亮人生前行的路；犹如严冬里的一堆炭火，给人以温暖与慰藉。一个时代的人有一个时代的憧憬和梦想。

父亲的梦：五亩地、一头牛，老婆孩子热炕头

父亲生于1927年，他最大的梦想就是能拥有属于自己的土地。我爷爷这辈弟兄五个，爷爷排行老三，家里人多地少，穷得没有隔夜粮，吃了上顿没下顿。穷家是非多，1926年农历腊月二十四，二十七岁的爷爷赶完年集回家之后，与他的四弟五弟大吵了一架，受了委屈的爷爷，一气之下走了绝路，撇下年轻的奶奶和奶奶腹中的我父亲，第二年四月三十，父亲出生了。家族长辈为了能让我父亲这根独苗长大成人，就给了我奶奶一亩二分地，

还有三间低矮的土草房。那地是刮风就走沙,旱涝都不收,遇上风调雨顺的好年头,一亩地也打不上二百斤粮食,奶奶和父亲一年有半年多的时间,靠啃树皮、吃野菜来打发饥饿的肚子,勉强支撑活着。听奶奶讲,那时候,她常常饿得前胸贴着后脊梁,路走不动,甚至连坐起来的力气都没有,只得躺在炕上干喘气。稍大些,整天吃不饱饭的父亲想,家里要有五亩地就好了,一年能打个千八百斤粮食,就够一年吃饱饭的了;再买头牛代替人耕地播种。为了这个梦想,父亲十三岁就到青岛的一个亲戚家,学习木匠手艺,指望着能学成回家,挣钱买地。

父亲出生的第二年,也就是1928年的农历九月十四日,母亲出生在山东平度一个贫困家庭里。母亲的娘家,在我们村的西南方向一座丘陵脚下,离我们村只有八里地。姥爷姥娘都是老实巴交、安分守己的农民,家里也穷得时常断顿儿。半大孩子,吃穷老子,姥爷姥娘实在养活不起五个孩子(我有两个舅舅、两个姨),在我母亲十二岁那年,就把她送给我奶奶当了"童养媳"。母亲十六岁时,与父亲圆房成亲,奶奶家里又添了一张嘴。可父亲学了三年木匠也没出徒,连个像样的板凳也打不出来,更别说靠手艺挣钱养家糊口了。所以,家里的土地,多少年也没增加一分一厘。

那三间草房,是刮风透风,下雨漏雨,落雪时,雪花被寒风送进屋。每到难熬的冬季,奶奶就从锅灶里掏出些带着火星的草木灰,倒进一个瓦盆儿里,上层蒙些谷壳,自制火盆,放在土炕上取暖。1948年冬,我两岁的大哥蹒跚着去戳弄火盆时,一头攮了进去,烫伤了眼睛,得了破伤风,因无钱医治而夭折了。父亲的梦像一缕炊烟似的随风而去了。

新中国成立后，土地归集体所有，父亲虽然在生产队当农民，天天跟土地打交道，但因为土地不是自己的，父亲对土地没有多少亲切感，犁地、耙地、耩地（播种）这类的摆弄土地的手艺活儿，父亲一样也不精通。直到20世纪70年代，我去生产队干活时还发现，队里那些会扶犁耕地、照耧播种、使耙耙地、用耢耢地的人，多数是中华人民共和国成立前家里土地较多、家庭"成分不好"的人。

分田到户之后，父亲已步入老年，庄稼地里的活儿干不动了，活了不到七十岁就走了。父亲生前属于他自己的土地，是两本房产证上的，那上面写着他的名字。父亲去世后，属于他的土地，就是一块骨灰盒大小的地方，父亲长眠在那里，那是父亲的"私产"，没人跟他去争，也没人与他去抢。

如今，不知地下的父亲，是否还做着那个与土地有关的梦。

我的梦：商品粮、跳农门，有个城镇户口本

我是20世纪60年代初生人，刚出生就遇到了三年困难时期。记忆最深刻的，除了小时候挨饿，就是老家那破旧不堪的模样：一座一座的土墙草屋，像极了一幅幅黑白照片。进院，猪拱天井满地坑，鸡跳锅台拉屎尿；屋内，烟火熏得四周墙壁总是黑黢黢的。奶奶头上的黑色帽子，身上的灰色裙子，青色的绑腿布，总是落满灰尘，洗也洗不净的样子。雨天，村路上，男人披着蓑衣，戴顶斗笠，女人扯块红的、蓝的或黄的塑料布挡雨遮

面，人来人往，不大会儿工夫，村里就没了路，天地一片混沌。无月之夜，村庄被扣在一口大铁锅里似的，黑得严严实实。夏秋季节，在街上玩泥巴的光腚小儿，一个个活像泥猴儿。

夏夜，我跟大人们到生产队的场院里乘凉，躺在半截麻袋片上，手不停地驱赶蚊子，眼不眨地瞧着北斗星，期待亮晶晶的北斗星，能给我指出一条光明的路。

十五岁那年，因参加全县的文艺汇演，我第一次走出老家，进了县城。县城的一切都是新鲜的，没有泥土的马路，三四层高的楼房，黑夜里亮着的路灯……我看傻了，思绪好像脱离了躯体，飘浮起来。我开始怨恨父母，为什么把我生在农村，而不把我生在城里。你瞧城里上学的教室是多么的宽敞，活动操场多么的大。放了学不用薅猪草，不用起猪圈，可以尽情地打球、练武，骑着自行车满城逛。

一个生长在农村的孩子，能够顶替父母进城上班，宛如鲤鱼跳过了龙门，也像是土鸡变成了金凤凰，不是我们这样三代农民家庭的孩子所能望其项背的。我在村办中学上中学时，全班四十几位同学，就有五位同学的父母在外边上班，有的在烟台，有的在青岛，还有在本县的。其中一位同学，中学还没毕业，就提前终止学业接班去了，她在我们邻近公社的供销社当了营业员，成了公家人，吃上了商品粮。她每天上班、下班都要从我们村经过，晨曦中，晚霞里，那崭新的自行车、锃亮的辐条，似一道道金光流淌在乡间的土路上。这光亮，晃得我们这些将当一辈子农民的男同学眼花缭乱，心里隐隐作痛。心里憧憬着，我哪天也能离开这令人厌烦的农村呢？

1979年冬，我迎来了人生的第一缕曙光——参军入伍。我服役的是装甲兵部队，我被选拔为坦克驾驶学员。驾驶坦克，是用操纵杆控制的，拉直一根操纵杆要用25公斤力。坦克行驶的路线地形复杂多变，忽而爬坡，忽而涉水，两根操纵杆不住地来回拉推，对体能的要求很高。最让人难挨的是天气热。南京是我国著名的"四大火炉"之一，这里的伏天，气温高达35摄氏度以上的天数，可连续三四十天。尤其是我们轮到下午驾驶时，中午十二点之前就要到达练习场。练习场一般在山坳里，松树不及一人高，四周密不透风。头上，太阳直射，又毒又白；地上，沙土滚烫滚烫，都把解放鞋的鞋底烫透了。战友们个个头顶上都冒汗，工作服上除了渐湿了的，就是一块儿一块儿的盐斑，像地图似的。

　　为了心中的那个梦，我克服了各种困难，一门心思地学理论，练驾驶，学习坦克故障排除。宿舍门前，有棵法桐树一搂多粗，我去时，才刚刚吐出灰茸茸的嫩芽，它与我做伴，无言地见证了我在它的遮荫庇护下刻苦发奋的影子，当它叶片彩霞般绚烂时，我以四科全优成绩毕业，被评为优秀学员，获得嘉奖。

　　上中学时，我曾做过文学梦，但文学种子没有发芽。在部队里，凭着对文字的热爱，我学写起了新闻报道，经过上百次投稿失败的磨砺，终于从废稿堆里爬了出来。一个周六上午，我去军人服务社的路上，遇见了在通信教研室当教员的老乡姜永畔，他对我说："你不是喜欢写报道吗？前两天参谋长带着我们七十多名教员，到苏州、无锡去旅游了一趟，大家反映挺好的，这个可以写一写呀。"那时，全国都在提倡尊重知识，尊重人才，这个事无疑具有新闻价值。于是，我又问了姜教员他们旅游的一些细节，就写出了篇稿子投给了军区的报纸，不久，《八三四七〇部队尊重知识分子，让教员旅游开眼界》的稿件，就在三版刊登了。不想，这篇只有四百六十来字的小稿子，引起了部队首长的关注，参谋长王本荣把我调到了机关工作，这篇稿子就成了我人生转折的一个节点。到了机关后，我如鱼得水，先后在《解放军报》《新华日报》《人民前线》报和《人民装甲兵》杂志等报刊发表新闻稿件一百余篇，两次荣立三等功，1985年转为志愿兵，终于有了吃商品粮的非农户口。有的战友问我，你们老家经济比较发达，生活挺富裕的，你还转志愿兵干吗？我说，转户口呀，这是农村人的梦想哪。

1992年，我服役期满转业回到家乡，被安排到城市建设部门工作，户口也落到了城里，领到了粮本。你瞧，我终于跳出了"农门"，当初的梦想变成了现实。

这些年来，农村发生的变化是我始料不及的。走近村头，往日的沙土路，变成了平平坦坦的水泥路，路边安装了路灯。进入村子，我瞧见养老院盖得挺高档，村民活动广场宽敞明亮，各种健身器材一应俱全。遇见发小，到他们家里坐坐，瞅瞅他们新盖的房子，新买的冰箱、空调、空气净化器……城市人家里有的物品，他们全都有，甚至有些城里人没有的生活用品，他们家里也有。孩子上学放学，校车上门接送，全没有城里接送孩子上下学的苦恼。有的人家，连上坟祭祖都是开着轿车去的。他们的日子过得很是惬意恬静自在，一点儿也不比城里人差。在他们面前，我作为城里人的优越感霎时被一阵风吹走了，消失得无影无踪。

在村里我是局外人，再想朝望炊烟升起，晚瞧牛羊归栏，过过那种田园生活，那已经是奢望了。

儿子的梦：大房子、小轿车，还要有份好工作

儿子出生于1990年，过着吃肉肉不香、吃糖糖不甜的生活。我从部队转业回到家乡后，妻儿也进了城。那时单位住房紧张，商品房还没有开发，我们一家只好在城中村里租房住，四年时间，先后换了五个房东。每搬一次家，心里便愈发不是滋味，特别是随着儿子一天一天长大，住房问题可真的成了我的一块心病。2001年，单位统一购买商品房，我的积蓄不多，就找父母，求亲戚，借战友，七家子才凑齐了购房款。这些年来，我一直没搬进新房子去住，而是把房子留给了儿子。

日子好过了，光有房子不够，还得有车。这不，儿子2014年大学一毕业，就催我给他买车。但我没有马上行动。按说如今城市、乡村到处车轮滚滚，你瞧那慢车道、人行道、商店超市门前、住宅小区道路、住户楼下到处都是车满为患，有辆车已不稀奇。何况这几年省吃俭用，家里亦有点儿积蓄，买辆档次低一点儿的车也用不着借钱贷款。儿子鼓动，妻也动了心，妻跟她的外甥女一说，外甥女、外甥女婿和他们的儿子，一家三口开着两辆车进了城，拉上妻儿去了4S店，不到两个钟头就选好了车，是儿子喜欢的一款白色雪佛兰车。车款加上办理各种手续的费用，差不多花去十二万元。

房子早有了，车也买了，就差份工作了。国家实行了招工必

考制度，给我们这些普通公民的孩子也提供了公开竞争的平台和机会。儿子天天在网上搜索招考信息。他报考的第一个职位，是本地的乡镇事业编制人员。由于不限专业，不分地域，报名考试的真是人山人海。结果，儿子考试不中。接下来，儿子的行李包几乎是不再离身。乘火车，坐汽车，哪儿有考试去哪里。儿子参加了一家银行的招聘考试。四天后，儿子通过面试，成为一家银行的一名职员。

  让我没想到的是，就在我们装修房子，准备给儿子结婚的当口，儿子居然嫌新房太小了，他要换套大房子，着实把我和妻子吓了一大跳。儿子说，你们不用为难，咱们凑钱交上首付，我用按揭贷款买房，自己负责还贷。2018年初，儿子在市区一高档楼盘买下了一套140平方米的房子，说准备过十来年再换一套。我和妻子都吃惊得大眼瞪小眼，以为他是在说梦话呢。是的，儿子赶上了好时代，所有的梦想都开花啦，他过上了梦境般的生活。

  梦想是有色彩的，那是时代巨笔着的墨。梦想的生长与实现，一方面凭借个人经验，另一方面则是依赖社会环境的。如今，父亲已离开我们多年了，我亦年至花甲，已经过了爱做梦的年龄啦。儿子三十而立，正处在梦似繁花的年纪，不知他现在做着啥样的梦。不过有一点可以肯定，儿子的梦境一定会比眼下更精彩，更有诗意。只是我得让儿子明白一个道理：坚持是实现梦想的不二途径。生活中的情况往往是，我们不是看到希望再坚持，而是坚持了才能看到希望。只要在山穷水尽时还能坚持梦想，那迎来的一定是柳暗花明、景致日新。

时代三迁

郑骅

医疗的变迁

现在总是在网上见到一些别有用心的人说,过去怎样怎样好,好像我们改革开放几十年都是走了弯路;也老是有人说,美国怎样怎样,日本怎样怎样,好像中国一无是处。这样的人不是目光短浅,就是故意视而不见。其他不说,光是卫生医疗水平这块,我的亲身经历告诉我,没有祖国的强盛,没有经济的发展,没有科技的进步,没有政府的支持,就没有高质量的医疗保障,就没有现代化的健康生活。

我的父母出生在1952年的利川县(现为利川市),是生在红旗下、长在新中国的一代,也是经历三年困难时期、"文化大革命"、上山下乡的一代,可以说经历的苦难最多,感受到的变化最大。父亲常常告诉我,过去的生活和现在没法比,不光是吃不饱、穿不暖,更多的是有病没得治。1952年底,我父亲出生那年,由于我奶奶当年已经42岁了,没有多少奶水,父亲也比较瘦弱。那时候家里已经有六个孩子了,多一个不多,少一个不少,大人普遍的观念就是能活就活,不能活就拉倒,小孩的夭折率很高。有一次,父亲发高烧,几天不吃东西,那时候也没什么医院,就找村里大夫看下,看不出问题就在家躺着。现在的小孩一病,家里上上下下急得不得了,去最好的医院,找最好的大夫,那时候也没有这个条件。

还好父亲命大,靠着奶奶喂的一些米汤,硬是挺了过来。这就是20世纪50年代初农村的医疗水平和卫生观念,那时候也没有所谓的医保和社保,农村人不敢去看病,也怕去医院。

虽然国家穷,百废待兴,但是仍然建立了一些初级医疗体系,老百姓有了最基本的医疗保障。试想中华人民共和国成立前,那更加是医药无门、举步维艰。1947年左右,我的爷爷当时得了疟疾,俗称打摆子,一会儿热一会儿冷,眼看就要不行了,当时也没有太多医疗条件,这个病中医没办法,只有当时的特效药盘尼西林有用。奶奶打听到县里有个诊所有这种药,但是要价特别高,打一支盘尼西林要两担谷子,这对一个农村家庭来说,无异于天价。为了活命,奶奶一咬牙把陪嫁的首饰卖了,好不容易托人打了一针,捡回了爷爷一条命。这就是当时的医疗状况,人命不值钱,看病比登天还难。

当然,就是新中国成立后,哪怕是改革开放之前,我们的医疗水平还是很低的,至少最底层的老百姓是很难享受到的。20世纪60年代中期,我的外公在镇上补鞋,当时得了咳血症,现在来讲就是肺结核，已经不是什么大毛病，但是当时的医疗水平和卫生条件差，这点小病最终要了外公的命，让他撒手离开了四个嗷嗷待哺的孩子和苦苦支撑的外婆。还有我的爷爷，70年代得了白内障，这在今天只需做一个简单的小手术，换个晶片，当时确没有办法，最后眼睁睁瞎了。说起这些陈年旧事，不禁让人唏嘘。

斗转星移，日新月异，今天的中国早已不是当年那个积贫积弱的中国，今天的中国，经济力量雄厚，医疗科技发达，社会保障完善。就拿我母亲来说，2007年发现得了糖尿病，最后慢慢发展为尿毒症，需要依靠透析维持，而且为了方便照顾母亲，我把母亲从老家接到中山，一直在中山透析。透析费用高，时间长，每次透析全额五六百，一周三次，还有辅助药物，一年大概要七八万，如果没有越来越好的医疗技术和医保政策，如慢性病治疗政策、异地报销政策、大病补助政策等等，很难想象我母亲已经和我一起生活了五年。虽然辛苦，但好歹我母亲还在，我母亲在，我们这个家就在，人生尚有来处，这一切都要感谢这个伟大的祖国和这个伟大的时代。

今年，马上就要迎来中华人民共和国成立70周年，改革开放也已经走过了40年，我们的国家、我们的民族在方方面面都取得了令世人瞩目的成就，但是作为老百姓，我们更多感受到是那些身边事、身边人的变化，尤其是医疗条件的改善，给老百姓带来了更多实实在在看得见的实惠，而这一切又反过来印证了祖国的繁荣和富强。这样的变化，不正是铁一样的事实吗？这样的变化，不正是最好的宣传吗？这样的变化，不正是最真实的记录吗？

唯愿祖国母亲更加强大，唯愿我的母亲身体健康，唯愿中国百姓共享幸福和谐。

通信的变迁

今年，我们伟大的祖国即将迎来70年华诞，回看祖国母亲走过的这70年风风雨雨，中华大地日新月异，万象更新。如果要说变化，可以说方方面面都取得了翻天覆地的变化，无论衣食住行，还是卫生环境。但是我想说的，也是和我们老百姓关系最亲密的，就是通信了。

很多人认为通信是小事，但人和人是要交流和通信的，无论是古代还是现代，通信一直是我们生活不可或缺的因素。古人讲：烽火连三月，家书抵万金。由此可见，通信是多么宝贵啊，特别是在过去那些资讯不是很发达的时代。我的孩提时代是20世纪80年代初，在我们儿时的印象里，电话不是随便可以打的，一定是有重要事情。一般人家也是没有条件拥有电话的，可能整个单位就那么一两部电话。一般都是有人接了电话就扯着嗓子大声喊，听到才过来接电话。

如果还有更加紧急重要的事情，就要去邮局拍电报。电报可能是那个年代最快的通信方式，也是最昂贵的通信方式，据说电报是按照字数算钱的，标点符号也算，大家都尽可能用最短的字概括最多的内容，后来就有了"电报体"的说法。那时候，谁家要是去邮局拍电报，一定是发生了重大而紧急的事情，不出一顿饭的工夫可能就会传遍整个家属区。

再后来，大概到了90年代初，一些有条件的家庭开始安装电话了。那时候安装电话要初装费，我记得我们家的电话初装费是3000元。这在当时可是天价，很多人是不会花这么多钱去装部电话的，即使装了也没有什么电话接进来。后来随着社会的发展，90年代末，固定电话初装费一降再降，甚至免费安装，后来很多人都不再使用固定电话了。因为这个时候，手机已经开始登上了历史舞台，通信方式已经不可逆转地进入移动通信时代。

我是1999年进入大学的，那时候的大学生还流行写信，特别是流行交笔友，如果没有几个笔友，都不好意思和别人说。但是，和家里人就很少写信，都是打电话。大一时候，学校宿舍条件太差，只有一楼宿管那里有两部IC卡电话。可能现在的大学生都不知道这是何物，仿佛出土文物，可那个时候真是排队打电话的。有几个哥们儿一早去排队，通常要个把小时才能等上。刚打电话，后面就有几个人在催，这么多人等着、听着，也不方便说太多，这可苦了那些正在热恋中的小情侣。我亲眼看见，有人因为打电话打起来，最后砸烂了电话。还好，这样的艰苦时光很短暂，大二以后就在各个寝室都安上了电话，方便了大家，也挽救了不少异地恋。

非常诡异的是，有一阵特别流行BP机，不仅价格贵，而且收费高，另外还要到处找电话拨回去，现在估计找也找不到了。我有一个同学家境不好，看到别人在用，省吃俭用、勤工俭学，咬咬牙也买了一个，平时没事就别在身上，没事自己找个座机呼自己，说是听听铃声，就怕别人不知道他买了BP机。可是没几年，这个BP机就被快速地扫进历史的垃圾堆。

再后来，我们整个国家、整个社会进入了手机时代。手机不断升级换代，功能不断完善更新，从模拟机到直板机，再到智能手机，特别是网络购物、手机新闻、移动支付、电子游戏、微信朋友圈等的出现，手机能够完成的事情越来越多，手机参与我们生活的方式越来越紧密，直到今天大有不可或缺之势。君不见，大街小巷人人拿着手机，或发微信，或刷朋友圈，或导航定位；君不见，餐厅会议室人人拿着手机看，甚至面对面也不发一言，却和远在天边的人聊得挺欢；君不见，人们买菜购物、网上下单也是手机一刷，甚至都不用带钱出门，小偷也不得不转行。就连我比较传统的父亲也学会了用手机上网、收包裹，我的岳母之前老是数落我们光看手机不吃饭，现在也是抱着手机刷个不停，真是不得不佩服手机功能的强大。

面对越来越便捷的通信，很多人觉得这是好事，但有的人不这么看，不过，这的确是颠覆性的改变。时代在变，我们的通信方式在变，无论你想不想改变，无论你愿不愿意改变，它都深深改变了你，改变了你的人际关系，改变了你的生活，改变了你和你周围的世界。

踢翻的煤饼炉

时光飞逝，一晃改革开放都已经四十多年了，新中国也即将迎来70年华诞，我自己也即将迈入四十不惑的年龄。说来惭愧，刚刚还在怀念小时候与伙伴们一起玩游戏、过家家的日子，转眼一看，孩子都已经上小学了，父母也已经快七十岁了。

小时候，总是盼望长大，总是希望有一天能摆脱父母的唠叨，但是时间总是过得很慢，日子总是很长，可是不经意间，真的那一天到来了，来得那样猝不及防，那样悄无声息。时间就像一列飞驰的火车，一趟永不回头的旅程，有的人上车了，有的人下车了，真正能陪伴你的时光太匆匆了。短短几十年，这个时代的变化太大了，有的事情记不得了，有的事情忘不了，有的事情只能怀念，有的事情又很好笑。那些生活中的点滴往事早已留在了我们记忆的深处，成为一串串晶莹的珠花。

那是20世纪80年代初，我刚从老家镇子上来到父母身边读小学。那时候父母都在工厂上班，大家都很穷，都过着集体生活，吃大锅饭。父母刚刚从单位分了一个平房宿舍，有两个房间、一个客厅，后来又在外面垒了一个柴房。为了照顾我中午回来吃饭，爸妈从市场上买来了一个煤饼炉，这在当时还是条件不错的，很多人家还是烧柴火。但是，煤饼炉要提前生火，需要用刨花、松针等引燃，因此每到周末我就和妈妈去后面的小树林收集松针，但是因为天气的原因，松针往往很容易受潮，而煤饼炉本身也不容易生火。

妈妈那时候在工地上的加工车间上班，中午从工地骑车赶到家属区生炉子做饭，吃完饭又要赶回工地上班，时间本来就很紧。有一次，刚好下了雨，柴房漏水了，松针受潮了，妈妈想了很多办法，怎么也点不着炉子，我也过来帮妈妈生火，可是炉子就是冒烟不着火。就这样弄了半个小时，眼看时间不够了，我和妈妈也被熏得一脸黑烟，我们相互看了看，又好气又好笑，活像两只大花猫。妈妈一来气，一脚把炉子踢翻了，看着炉子在地上翻滚，我们哈哈大笑，总算出了一口恶气，但是那天中午也只好挨饿了。

现在想想也真傻，干吗和一个炉子较劲，不行就再买一个，换一个煤气灶、微波炉多好呀，可是，当时整个中国就这个条件，很多人就指望这煤饼炉做饭做菜呢！至于煤气灶，那是后来才有的事，电磁炉、微波炉更是听都没有听说的东西，简直天方夜谭。

随着改革开放的深入推进，时代在不断进步，1988年左右，市面上有了一款燃气灶，当时轰动一时，畅销全国，很多人为了弄到一个燃气灶，托关系走后门。弄到的，得意扬扬；弄不到的，垂头丧气。当时父亲在厂办工作，托了好多关系才比较早地分到了一个燃气灶。妈妈和我别提有多高兴了，一打就着，再也不用着急上火地去生炉子了，也不用担心下雨天了。父母用东西本来就很省，对这台燃气灶就更加爱惜，不知不觉竟然用了二十多年，80年代产品的质量真是没的说。

燃气灶虽然好用，但有一个问题是要换钢瓶。以前住平房还好说，那时候爸妈也年轻，有的是力气，钢瓶都是自己搬，自己换。后来搬上了楼房，年纪也大了，就请人搬上楼。后来，我给父母买了有电梯的新房，房间通了管道煤气，并且买了电磁炉，现在使用管道煤气，别提有多方便了，一打就着，也不用担心换气的问题。看着父母满意的微笑，我又想起了三十年前的那个下雨的中午，想起了那两张黑乎乎的脸，想起了那个被妈妈一脚踢翻的煤饼炉。

我想妈妈那一脚，踢翻的不仅是一个煤饼炉，更是那个贫困而无奈的生活。妈妈那一脚"预示"了改革开放的巨大改变,也见证了我们国家幸福而美好的进步。

灯光的蝶变

晓宇

从我记事起,家乡丽水农村的照明工具就是以煤油灯为主。那盏风中摇曳着的瘦瘦的小油灯,昏黄的芯焰忽明忽暗,若即若离。我就是在那盏小小油灯下,捧着书本一字一句读出书来的土生土长的农村伢子。

那时候我还很小,根本不懂什么是洋油。读过初小的母亲自然知道它的来历,她告诉我灯里的洋油就是煤油,以前是从外国进口的,所以老人们都称它为洋油。还有洋火、洋布等。条件好的人家会从供销社买回成品煤油灯,玻璃的,带有透明的灯罩,可以防风。中间还有一个小旋扭,转动起来可以升降灯芯,用来调节灯焰的大小。条件差一些的人家那就只能自制油灯。很简单,找来一个用完了墨水的空瓶洗净,于上面放一块剪成圆形的小金属片,中间打一个小孔,灯芯从中穿过,这就是油灯了。灯焰大小要用缝衣针挑动灯芯来控制,当然是不能防风的。

那时候煤油可是紧俏货，要凭票供应的，定量又很少，每户分配到的煤油根本不够一家人使用。家里只有在做饭和孩子们做作业时才能点煤油灯，这两件事之外，则要换成棉油灯。就是一个小碗盛些棉籽油，上面放一根粗棉线（好多根细线合一根）做灯芯。光亮小，暗得很！有时，风从门缝吹进来，把灯光吹得一跳一跳地闪动，灯光就像散落一地的碎银子，光怪陆离，如真似幻。这时正在灯前做针线的妈妈一边做针线一边拿起拨灯棒把灯芯向上拨一拨，拨出一截捻子后，灯光就会明亮起来。有时灯捻子上长了灯花，灯焰叭叭作响，妈妈就会把灯花拨落，灯就更加明亮起来。

我清楚地记得家里最早使用的煤油灯是母亲用一个空墨水瓶制成的。这种简易、朴素的自制油灯灯光如豆，看书写字时必须把头凑近灯前才能看得清楚，而且冒出的一缕缕黑烟不仅熏得眼睛痛痒，鼻孔也黑乎乎的，稍不小心还会燎着头发或眉毛。为此，父亲省吃俭用买回来一盏带有玻璃罩子的煤油灯——罩子灯。

罩子灯的光线比自制油灯光线亮了许多。有了这盏灯，我们天黑写作业就更加方便了。秋收时节，夜幕降临，满天星辉，罩子灯被放在堂屋里那张高大的八仙桌上，跳动的灯火发出清白的光亮。一家人围坐在小山似的玉米堆旁剥玉米。我们学着母亲的样子把外面那几层老玉米皮撕开蜕下，只留下最里层的两三片，然后反方向将它们捋直编织成串，挂在墙壁、屋梁上，闪烁的灯光和晶莹光润的玉米相互辉映，显得温暖而祥和。

再后来，父亲又用微薄的工资给家里添置了一盏更为新奇时尚的煤油灯——马灯。这是一种可以手提且防风雨的煤油灯，因骑马夜行时能挂在马身上而得名。它难得停留在锅台灶角，而大多时间在户外游走，与居家的罩子灯组成灯的家族，一个主外、一个主内，就像是灯中的夫妻。母亲特别珍爱这盏马灯，除了我们学习时或者要为乡亲们赶制新衣、缝补自家人衣服外，一般不会拿出来使用，更不会让我们轻易碰触。母亲虽然不识字，但心灵手巧，绣得一手好花，也做得一手好缝纫。在无数个寂静的夜晚，家里总会传出母亲踩踏缝纫机那"嗒嗒嗒"的声音。母亲将马灯挂得高高的，在灯光的辉映下，一双巧手轻柔地理着布料，轻轻扬起的胳膊就像是在跳舞，朴实安详的脸上泛着淡淡的金色光芒……

在那个年代，不管是雪花飞舞的黄昏，还是凄雨霏霏的暗夜，只要望见窗户里散射出的灯光，寒冷和孤独就会在瞬间离我远去。曾记得，在无数个寒冷冬季的夜晚，我坐在昏黄摇曳的煤油灯下听长辈讲故事，做猜谜游戏，或是用灵巧的双手不时在糊满旧报纸的墙壁上摆出五花八门的手影，惹得大家哈哈大笑，整个屋子充满了温暖和幸福。

20世纪80年代初，当改革开放的春风吹遍神州大地时，家乡开始有了电灯，一根根木电杆在村子里竖了起来，细细的电线牵进木房里，15瓦的白炽灯泡也安上了。每到傍晚，我们就盼望着屋里的灯泡能发出光来，那电灯的开关拉绳不知被拉断了多少回。如果在某个月朗星稀的夜晚，开关绳被拉下后，房间瞬间亮了，心也跟着敞亮起来，我们就高兴得又蹦又跳："灯亮了！灯亮了！……"然而，如此幸福的场景并不能持续多久。有时会停电，大人只好又找出煤油灯来点上。一阵风吹来，灯光摇曳，火苗舔着玻璃罩，升起一缕缕黑烟。尽管如此，大家还是期盼那些叫"电"的家伙能沿着这些木电杆和细电线翻越千山万水，带着源源不断的力量点亮村村寨寨、千家万户。人们深信：总有一天，"楼上楼下，电灯电话"的生活梦想一定会实现。

90年代末，记录着我童年点点滴滴的小乡村正发生着翻天覆地的变化，国家很多中小型水电站工程建设如火如荼地进行，到处一片繁忙景象。电力设备设施开始有了质的飞跃，电压越来越稳，灯光也越来越亮。

如今，那一盏盏曾经照亮了昔日乡村，点亮了千家万户的煤油灯早已被日光灯、水晶灯、LED灯等琳琅满目的现代灯具所替代。从灯光如豆的煤油灯到昏黄黯淡的电灯泡，再到光鲜耀眼的各式灯具灯饰，折射出的是时代的变迁、社会的进步，中华人民共和国成立以来，丽水农村发生了天翻地覆的变化，老百姓的心情也如同璀璨的灯光一样亮堂起来。

我教母亲学支付

张君

如今母亲和父亲均已年过六十，生活水平的提高也让他们的身体一直健健康康，尤其是母亲这个早期的初中生，对祖国四十年来的变化亲身体验，记忆犹新，每次谈及，她印象中最明显的变化就集中在电气设备、交通工具、家用电器等，特别是现在的智能手机让母亲非常震撼，她说四十年以前想都不敢想。母亲平时非常喜欢接触新鲜事物，有了智能手机后，我便给父母一人买了一款智能手机，主要是为便于随时联系到他们，更重要的是想着让他们学会使用手机微信和支付宝支付方式，这样可以不用随身携带现金，赶集上店支付方便，而且可以避免找零钱的麻烦。母亲脑子聪明，学得很快，支付宝和微信两种方式没几天就掌握了。说实话，一开始她是对这种支付方式持怀疑态度的，觉得钱还是攥在手里踏实，所以需要用钱时，母亲还是要去银行取，购物时依然用现金交易。我们怎么劝，她都听不进去，也许是她习惯了这样的生活方式。为此，我改变了策略，把一部分钱打入母亲手机的微信和支付宝，只要听说母亲外出购物，我就赶过来陪着。至今我还记得母亲第一次使用手机支付时的情景。那次我陪母亲去超市买一桶洗衣液，价格是26元。起先母亲是想用现金支付的，在我的劝说下，母亲答应尝试用手机支付。我让母亲拿着手机操作，我一步一步说给她流程，手把手教她：打开微信，找到"发现"一栏，点击"扫一扫"……点击"完成"。支付完成后母亲还是怀疑地说："这东西行吗？"同时盯着手机屏显示的信息左看右看。特别是听到店主手机语音提示交易成功时，她才有些放心地对店主说："这就算结完账了？真是太神奇了。"以后我又多次陪母亲出去购物，目的就是让她多熟知一下这种支付方式。渐渐地母亲认可并喜欢上了手机支付，而且是微信和支付宝都会操作，有时和左邻右舍聊起手机功能来，他们总是说母亲是一个时尚的人。

从那以后母亲很少再去银行取过钱，慢慢地还学会了用微信给孩子们发红包。这件事让母亲大为感慨，并让她想起贫穷的年代。她告诉我：那个年代别说这样先进的支付方式，就是手头上现金也寥寥无几。20世纪70年代母亲和父亲结婚的时候，买东西要用各种票。买粮食要用粮票，买肉要用肉票，如果买其他日常生活用品还要有购物券、工业券等等。那时结婚要想置办一个可以生活的"家"，要凭结婚证明开具"购物证"，凭购物证去指定的商店才可以买到规定的用品，而且是经常买不上。因为有的商品根本没货，生产能力严重不足，需大于供。母亲记忆最深刻的，是家里当时准备购买一辆自行车。那个时代,像手表、自行车等大件商品十分紧缺,谁要能买到非常难得,最后还是父亲多方托人,终于分到了一张"凤凰"牌自行车的购车券。在那个年代自行车算得上是"奢侈品"了。这辆自行车也是在"排队"排了一个多月后才买到手。自行车到家后,全家人真是如获至宝,左邻右舍好一个羡慕。以后日子逐渐好起来,在党的好政策下,经济快速发展,人们手里渐渐有了钱。母亲说钱就是手头上的生活,多多少少、来来往往。直到现在科技飞速发展,支付方式也越来越智能化和多样化,各种商品都可以通过支付宝、微信及掌上银行等方式交易,足不出户可以订外卖,外出旅游可以预订宾馆饭店,亲朋好友需要钱可以手指一按就打过去,还可以通过支付宝的蚂蚁借呗、花呗等方式提前消费。现金交易方式也逐步被淘汰。如今母亲学会了手机支付,也跟上了时代发展的步伐。

灯，照亮人间美好生活

周玉成

清朝学者阮元有《羊城灯市》诗云："海鳌云凤巧玲珑，归德门明列彩屏；市火蛮宾余物力，长年羊德复仙灵。月能彻夜春光满，人似探花马未停；是说瀛洲双客到，书窗更有万灯青。"诗人对着一阑如水的月色、一窗氤氲的灯火，不乏闲情逸致，挑灯捧书夜读。月光伴着春色叩门而来，引檐而入，徐徐的灯火将书窗照得通明，如同照着一颗清澈的心。每当我懒懒地靠在床上，伴着柔和的壁灯读书看报；每当我坐在电脑前，在明亮的台灯下敲按着键盘，撰写文章，那感觉实在是一种享受。这种享受又常使我想起往昔在昏黄的煤油灯、闪亮的电灯、温馨的台灯下写作的情景，难以抑制住内心的感慨。

记得20世纪60年代后期，我降落到了人世。当时家中只有一盏煤油灯，又叫洋油灯，上面是个如同张开嘴的蛤蟆似的口，口里含着中间的玻璃罩，底座是个薄铁皮做的小"空碗"。手拎着很轻巧。转开玻璃罩，划根火柴点燃中间的灯芯，闪烁的火焰立即腾越起来，照亮我家的茅屋。我就坐在灯下读书学习，妈妈坐在一旁缝缝补补，做家务活。在那物资匮乏的年代里，煤油是凭票供应的，我们一家人很节俭地过着艰难的日子。

70年代中期，农村开始通电，全村人都很高兴，不知是什么"怪物"能让人间变亮，家家户户都很好奇。装电灯的过程其实很简单，走好灯线，安个灯头，接个灯泡，装个拉线开关，一来电家里就亮起来了。我的父亲在煤矿工作，在村里我家还算有点经济收入，第二批就装上了电灯。不过，当时供电并不正常，说停电就停电，一点准备都没有。远远望去，农村的夜里，灯光犹如萤火虫似的一闪一闪，并不是万家灯火的样子。

到了20世纪80年代后期，我光荣地当上了一名工人，感觉到用电再也不用"小里小气"了。再后来装上一户一表，买上几百度电，卡往表里一插，大可放心地用电。客厅、卧房、床头、写字台前，到处装上各式各样的灯，吊灯、筒灯、壁灯、台灯……把家里点缀得星光灿烂、漂漂亮亮。逢年过节，家人团聚，所有的灯都打开，满屋生辉，好不惬意。

现在的灯更是品种繁多，"高大"时尚。景观灯、庭院灯、荧光灯、湖边灯、LED灯、卤化物灯、钠灯、汞灯、太阳能灯等等，手机上也有灯，争奇斗艳，各展丰姿，点缀了时代生活和人文环境。到了晚上则是"火树银花不夜天"。我们的火车、高铁更是一路明灯一路情。

灯的变迁，见证了祖国发生的天翻地覆的变化；灯的变迁，见证了我们的幸福生活一天更比一天好；灯的变迁，也见证了中国人民团结一心为实现中华民族伟大复兴中国梦的"脚印"。

时光·印记

——通信变迁中的微幸福

赵 颖

在我小时候,书信是最普遍的通信方式,一枚小小的邮票、一个薄薄的信封,带着远方亲人、朋友的思念,实现了情感的传递。小学二年级,姑姑家搬到河南省定居,姑姑把对爷爷奶奶的思念都寄托到书信上。因为爷爷奶奶不识字,叔叔不仅承担小邮递员的任务,还要把信读给爷爷奶奶听,并负责写回信。叔叔当时读初中,正是爱玩的年纪,常常是读一遍应付了事,爷爷奶奶总觉得意犹未尽。于是,爷爷奶奶就把重任交给我,一有空闲就把信拿出来让我读给他们。我识字有限,常常是一边查字典一边读,一封信读下来弄得满头大汗,爷爷奶奶却听得津津有味,有时还回味无穷地问我,你姑姑信上说什么时候回来啊……和书信同时存在的通信方式还有电报,但发电报费用较高,按字收费,一个字两角多,人们没有重要的事根本不会去发电报,发电报也往往就是"速回家"三个字。那时候收到电报非喜即忧，准是大事。

我去县城读高中时住校。那时已经有了公共电话，但是还不普及，家里也没有安装电话。我会偶尔给爸爸妈妈写信，汇报近期的学习成绩和生活，和读中专的好友也断断续续地通信。多彩的大学生活开始后，我的通信时代才真正来临。大一上半年，貌似我把所有精力都放到和好友通信、联络感情中。那时，八角钱的万里长城邮票成为我的生活必需品，我乐此不疲地收信、寄信。

在那个家庭电话尚未完全普及的年代，价格高昂的"大哥大"是成功人士的标配，学生族只能望"洋"兴叹！当时能有一台BP机，就是身份的象征了，"有事，呼我！"成为最常见的口头禅。BP机的出现，加速了公共电话亭的建设，各种公共电话亭陆续出现在大街小巷。公用电话有的投币，有的使用预存款卡（磁卡、IC卡）。BP机一响，立马奔向公共电话亭回电话的情景，是80后难忘的记忆。

随着通信技术的迅猛发展，"大哥大"、BP机很快退出历史舞台，通话质量更好的功能手机出现了。大学毕业时我拥有了自己的第一部手机——直板的摩托罗拉，虽然只有通话和短信的功能，但已经是一种更便捷的体验，我能更清晰地聆听亲人、朋友的声音，及时地阅读短信。伴随时代和科技的进步，免费电子邮箱问世，为人们实时沟通提供了全新的方式。手写书信有见字如面的感动，但电子邮件的快捷是传统书信无法比拟的，传统书信逐渐成为一种情怀，成为时光印记。

我参加工作后的这十年，通信工具从技术积累期进入了技术爆发期，智能手机不断地更新换代。智能手机将通信从文字、语音的束缚中解放出来，给予通信更多的发展空间。微信成为互联网时代最流行的移动通信工具。我虽然无法常回家看看，但是可以和爸爸妈妈视频聊天，拉近距离，有了天涯咫尺的亲近感，幸福触屏可及。微信还可以用文字、图像、视频记录生活，将自己的美好完整地记录下来，将自己的精彩展现给更多的人。只要喜欢在朋友圈发布动态，远在千里之外的亲人、朋友都能够了解我们的喜怒哀乐，见证我们的微幸福。除通信功能外，智能手机有着更广阔的舞台，依靠丰富多彩的App，我们可以网购、支付、娱乐，享受着便捷的生活。

　　通信科技的日新月异改变了世界，改变了我们的生活方式，也为我们的生活刻下幸福印记。

农家的"能源史"

顾艳

我生于乡村。小时候相比于堂屋,每家都有锅屋,里面垒有锅灶,锅灶上有一大一小两口锅。通常大锅用来煮饭,小锅用来炒菜和煲汤。显然柴草是农家日常生活的"能源",每天都要消耗很多。

在还没有实行改革开放的年代,谷物和秸秆都是集体的。秋天打场后,生产队场上会堆有很长很高的秸秆。秸秆也和谷物一样,分到每家每户就不多了,根本不够用。因此,好多老年人走在路上,看到地上有柴草,总不忘拾回家。

后来农村实行包产到户,农民对土地有了自主权,生产效率也有了明显提高。相应地,秸秆也有许多,家家屋旁都有属于自家的柴草垛。

棉花秆是硬柴火,烧起来有火劲,是人们最喜欢的。冬天,棉花摘完了,棉花秆经日晒风吹,没了水分,农家人就会戴着手套,用专用的铁钩子把棉花秆子从地里拔起来,然后捆好挑回家，堆一个高高长长的柴草垛。

堆垛是很讲究的。棉花秆要一层层地理顺、踩实，最后堆成一个高大的圆锥体。还要在上面盖上一层塑料布，用砖块压着，再在上面加盖一层厚厚的稻草。最后，用一些树根、石块压在上面。草垛不能被狂风掀了，也不能漏雨。一旦漏雨，棉花秆就会腐烂，火劲大打折扣。

棉花秆是硬柴草，相应地，稻草和麦秸之类就是软柴草，火劲小，烧饭时和棉花秆搭配使用。在收获季节，谷物在场上晒干入仓，稻草或麦秸等在一边空地上晾干后，被堆成圆形的草垛。时间长了，发现往往外面好好的，里面的草却是烂的，还有臭虫。因此，常有烈日下把草垛放开来晒的往事。

不过在那个年代，土地贫瘠，农作物的秸秆普遍矮小，不够一年烧的。因此每到冬天农闲时节，人们还要去河沟里割茅草、去土坡上砍树枝作为补充。

时间进入20世纪80年代，随着改革开放的深入，农田里大量使用化肥，农作物也得到改良，农家人在享受庄稼丰产的同时，地里的秸秆也足够烧饭用了。每家屋旁的大草垛，象征着农家生活的富有。

随着三峡工程等国家重点工程的兴建，以及农村电网的建设，乡村家家都能用上电了。人们用电饭锅来煮饭，煲汤。乡镇又有液化气站，农家可以充液化气，用煤气灶做饭。这些清洁的能源，改变了农家用柴草生火做饭的历史，极大地便利了乡亲们的生活。柴草在日常生活中的重要性日益降低，柴草垛也变得可有可无。

后来，农村进行机械化作业，在收获谷物的同时，也让秸秆还田，农业发展进入了良性循环时代。

国家民用工业在突飞猛进地发展，厨房电器不断升级。电炒锅、电磁炉等设备不断地走进农家。农家做饭，比生火时代轻松百倍。同时，也不见天空中到处飘散的黑烟。人们在享受富足生活的时候，也享受碧水蓝天。

为我们的祖国点赞，七十年来乡村生活发生了翻天覆地的变化。

电视机的变化

路志宽

如今再说起电视,已经不是什么稀罕事了,但是在20世纪七八十年代,这电视机可是个稀罕得不能再稀罕的物件。那时我们总是弄不明白为什么这个小小的四方盒子里会出人出声音,我曾清楚地记得,村里的第一台电视机,是老支书家里的,是一台黑白的,连找台都要用手去拧一个旋钮,一拧就发出"啪啪啪"的声音,现在想起来,那声音还回荡在耳边,啪——啪——啪——

老支书家刚把电视买来时,整个村子都轰动了,这东西谁见过啊!于是,大家都跑去看热闹,将支书家不大的院子挤得满满的。屋子里装不下这么多人了,怕挤出个好歹来,就索性将自己家的电视搬到了院子里,放在一张大桌子上,通上电,找好台,村子里的男女老少就这样围着这电视机看个没完。

在那个年月,不只是电视机少,而且村里还时常停电。为了给城里节省电力资源,一般村里到夜里十点后才会来电。没电的时候，用一盏煤油灯或者一根蜡烛来对付。来电了自然就是另外一种景象了，一来电，我就会撒丫子往支书家里跑，有时我人已经到了，人家的电视机还没来得及打开呢！

打开电视，有时电视的画面上全是"雪花儿"，同时会发出一种"嚓嚓嚓"的杂音，这时支书爷爷就会让我们这些小孩子去转动天线杆子，边转还会边问："好了吗，清楚了吗？"屋里回答"没有"，等到对准了方向，屋里就会喊出一声"好"。这时回屋吧，电视就算基本上正常了，但是想想，和现在的电视画面相比，还是差着个十万八千里啊！也没法比，根本就没在一个档次上。

转动天线，电视清晰后，正当大家看得入迷时，一阵风吹来，外面的天线一动方向，屋里的电视剧就又出故障了，有声音看不见人影，或有人影但是没有声音，或者一会儿是一屏幕的雪花儿，一会儿是一条条的波浪线，无奈之中，就得开始新一轮的转动天线。

就这样，一台黑白电视机，村里人一看就是好几年。后来村里的一个在天津搞建筑的包工头，买来了村里的第一台彩色电视机，这又是一场轰动啊！那时我们都已经固定了这电视在我们心目中的形象了，就是黑和白两种颜色，想不到，这电视画面居然还有彩色的，相比于这黑白的，彩色的更具有吸引力。于是，老支书家来看电视的人越来越少，而包工头家来看电视的人越来越多。

一到晚上，只要有电，大家就会坐在包工头家一起看电视，一年四季不论严寒酷暑，都乐此不疲。大家一直看，一直说着话，直到电视机的屏幕上出现"再见"两个字时，才会恋恋不舍地回家睡觉。

曾清楚地记得，那时我最先看到的电视连续剧就是《渴望》和《封神榜》，前面一部是张凯丽和李雪健主演的，后面一部由汤镇宗、傅艺伟、蓝天野主演。一到电视剧开始的时间，你听吧，村子里的小巷里就会响起那首主题曲的旋律："悠悠岁月，欲说当年好困惑，亦真亦幻难取舍。悲欢离合都曾经有过，这样执着究竟为什么？漫漫人生路，上下求索，心中渴望真诚的生活……"或者就是封神榜的主题曲："花开花落花开花落，悠悠岁月长长的河。一个神话就是浪花一朵，一个神话就是泪珠一颗……"

那时，我们兄妹几人都渴望自己家能买一台电视机，这样就不用一看电视就往别人家里跑了，可是父亲总是以耽误我们学习为由拒绝了。一直到了20世纪90年代末，家里才买了一台彩电，长虹牌的。电视机买来时，我分明也看见了父亲脸上那抑制不住的笑容。

还记得1990年的北京亚运会时，一到晚上，刘欢和韦唯合唱的那首《亚洲雄风》就会在大街小巷里响起。这时的电视机多了，村里的天线也多了起来，它们一个个地举头望向天空，都在搜寻着属于自己的信号。

到了2000年的时候，村里的有线电视就开始普及了。有线电视的进村入户，改变了电视信号的接收方式，可谓是一场巨大的变革啊！过去那些密密麻麻的天线不见了踪影，而屋内的电视画面呢，却是格外清晰。不但画质好了，而且电视频道也多了，节目也越来越丰富多彩了，什么新闻、军事、戏曲、少儿、体育、科教……数不胜数。通过电视，我们觉得外面的世界真的很精彩；通过电视，我们知道村庄与外面世界的联系。

现在呢，弟弟去年结婚时，买的是五十六英寸的大电视，说是电视，倒更像是我们儿时看电影时的那个大荧幕似的。大电视不但个头大，而且音质好，画面更好，还有许许多多我都弄不太懂的功能，却被我十三岁的小女儿调弄得得心应手。

是啊，掐指算来，从改革开放到现在也只不过是四十年的光阴。四十年的时间，我们的生活就发生了这样翻天覆地的变化。就拿这电视机来说吧，从无到有，从黑白到彩色，从小电视到大屏幕，从大胖盒子到现在的超薄……电视节目的接收方式也发生了天翻地覆的变化，从当初的一根竹竿上绑着一个天线，到现在的有线、数字卫星传输技术，节目由当初的单一到现在的丰富多彩和二十四小时的播放，当初的"再见"那两个字再也不会出现了。而且现在的电视通过宽带连接后，不仅可以看电视节目，还可以将电视机当成电脑用。而这些在三四十年前，我们连想都不敢想。

四十年，对于历史长河来讲，只不过是短短的一瞬，是短得可以忽略不计的一瞬。可是对于我们伟大的祖国和我们的生活来讲，可是发生了翻天覆地的变化，以前那些连想都不敢想的事情，现在都变成了活生生的现实。从这小小电视机的变化，就可以窥其一斑。

通信方式的变迁

姜利晓

我是20世纪80年代初出生的,记忆中我们那时的通信方式,就是比较单一的写信。不管是多远多近,只要是不在一起,彼此之间的交流就只能靠这写信。一张信纸,一支笔,一个信封,一张邮票,写下自己心中的千言万语,之后叠好信件,装进信封,封好口,贴上邮票,丢进邮筒,最后就是漫长的等待了。

现在想起来,那时的等待是漫长的也是幸福的,像是期盼着一件好事,知道会来,但现在还未来,等待中充满希望,也隐含着一丝丝的焦急。

现在想起来那时的一句话,叫作"出门基本靠走,通信基本靠吼",这也算是乡下人家现实生活的真实写照了。那时别说汽车了,就算是一辆自行车,也不是家家户户都能买得起的。远些的,通信方式就是写信,近点的呢,就是放开嗓门大声吼叫了。那时,为了与外界,与在远方的亲人联系,总是一次次地期盼着那位骑着绿色自行车,车上还挂着个绿色兜兜的,身穿一身绿色制服的邮递员到来。因为他到来时，总能带来外面的消息。他一阵清脆的自行车铃声，就是最好的召唤，一听见这声音，我就会飞快地跑出来，等待着取到自己期盼着的信件。

写信就是为了日常的交流，如果遇到紧急情况，这写信就不行了，那是要耽误事情的，这时就需要拍电报了。和写信不同的是，拍电报是按字数收钱的，而且还有字数的严格限制。拍电报比寄信快，但也比寄信贵。

到了20世纪80年代末的时候，我家就装上了村里的第一部电话，就是那种在影视剧中看到的黑色"摇把子"电话。村里人看到这种电话，不明白其中的原理，只是觉得好奇：怎么摇把子一摇就能说话？而且话筒里的声音还不变音，几乎和真人的声音一模一样？最初安装上时，在村里可是被乡亲们稀罕了好一段时间呢！

慢慢地，这种摇把子的老电话就渐渐地退出了历史舞台，我家的电话机也换成了那种用手指转动号码盘拨号的电话机。相比于那种摇把子的老电话，这样的电话机拨号更加方便了，而且电话机的样子也好看多了。

到了20世纪90年代的时候，乡镇和村里用手机的人就开始多了起来。那时最初的手机叫"大哥大"，大大的个头，就像是一个长方体的砖头，上面的一根天线还可以伸缩。现在想起来，它的样子有些可笑，但那时这可是一件宝贝，更是有钱有身份的象征。就是这样的一件东西，可是价值不菲啊！不是什么人都能用得起的。几乎是与此同时兴起来的还有传呼机，低级一点的就是那种数字的，意思就是传呼机的屏幕上只能显现出数字来；高级一点的就是汉显的,就是传呼机的屏幕上能显现出汉字来。

那时的人,腰间挂上一个传呼机,等听到嘀嘀嘀的声音时,就会故意显摆似的拿出来,那种样子很是得意哟!

进入21世纪,各种各样的手机,真是令人眼花缭乱、目不暇接啊!手机的款式越来越多,样式也是千变万化,什么翻盖的直板的。手机的屏幕也由最初的黑白变成了彩色,手机的铃声也由最初单调的嘀嘀叮铃声变成了和弦音以及后来的各种流行歌曲。那时手机的功能,除了通信之外,还被一些年轻人用来听歌,这也许就是手机额外的第二大功能了。

随着改革开放的不断深化,随着我们国家科技实力的不断增强,手机的发展更是一日千里,一个个中国手机品牌应运而生,城里乡下的通信网络也越来越好。尤其是这些年,智能手机的出现,基本上改变了人们多年养成的生活方式,手机上网,可以通过QQ和微信的语音、文字、视频聊天,这样就算是彼此相隔千里万里,也能面对面地交流。手机还成了人们休闲娱乐学习以及获取信息的最有效途径。要问一个人身上最不能少的是什么工具,恐怕在众多的选项中,多数人一定不会落下手机这一项。

伴随着网络的发展,现代化的通信方式,除了手机之外还有电脑。那些年"伊妹儿"(电子邮件Email的中文音译——编者注),可是曾经大显过身手的。现在,在人们日常的生活和企事业单位的办公事务中,这电脑的电子邮箱收发文件功能,还被一直使用着。

如果说万水千山的距离有多远,有时候真的就是在指尖上或者鼠标上,只要在手机或电脑鼠标上轻轻一点,瞬间就能拉近彼此，让遥远的距离不再是问题。

掐指算来，我们的改革开放也只不过是短短的四十年而已，而就是这短短的四十年，却让我们的国家发生了翻天覆地的变化。今天眼前所展现出的现实的一切，是过去年月里我们连想都不敢想。这简简单单的一个通信方式的变化，就是我们国家飞速发展的一个最有力的见证。

通过这通信方式的变迁，我似乎看到了我们国家一个更加光明美好的未来就在不远的前方！

回想写信的那些年

路志清

随着科技的飞速发展，现代化的通信手段，已经让我们的生活发生了天翻地覆的变化。从最开始的写信到后来的固定电话，再到BP机大哥大，再到手机，到电脑的"伊妹儿"，到QQ聊天，到微信，总之都是那样的方便快捷。现在只要你身上带着手机，随时随地都能与外界联系，外界也能时时找到你。而这些事儿，在20世纪七八十年代连想都不敢想。那些年，我们的通信方式单一，主要就是靠写信，逢遇急事时才拍个电报。不像现在，想找个人或者说个事儿，发个短信微信什么的，几乎是一瞬间的事儿。而那时呢，写好一封信邮寄出去，在路上一般都要走上一周左右的时间，所以，那时的通信总会让人心中充满期待。

回想我读高中那年，自己心中有个喜欢的女同学。那时的我，初中毕业后选择了继续读高中，而她则选择了读师范学校。其实，说到真正的交往，是在初三那年开始的。那时我的一个好朋友喜欢她，让我作为中间人，替他给她传递一份情书。当我把情书交给她的时候,她用那种眼神看着我,从此,那眼神啊,一下子就住进了我的心里,让我忘不掉。至于她是怎样回复我的这个好朋友的,我不知道,但是初中毕业后,在高中读书期间,我却意外地收到了她的来信。当班里有同学将信件递给我时,我还在纳闷儿,这是谁啊,竟然会给我写信?当我迫不及待地打开那封信时,粉红色的彩色信笺、娟秀的字迹,让我一下子就看出这是一位女生写的。没看内容,先看署名,只见三个熟悉的字映入我的眼帘,天啊,竟然会是她!于是,我铺展好信笺,一个字一个字认认真真地读着,读她对我的爱慕,读她对我的思念,读她对我的情意。

从此之后,我们便开始书信来往,于是那时给她写信和等待她的回信,就成了我在繁重的学习之余最为开心的事情了。为了不至于太久收不到彼此的音信,我们商定每三天给彼此写一封信,这样我们收到彼此信件的时间就不会隔得太久太长。于是,每次写完信之后,我都会想象着她收到我信件时的情景,我想,一定会像是我收到她的信件时那样吧!

那些年我们写信,虽然很慢,但是在慢慢的等待中,那种幸福感也会慢慢地延伸,慢慢地浸润,现在想想,心中都觉得美美的。

伴随着科技的飞速发展、现代化生活节奏的加快,写信基本上退出了人们生活的舞台,现在很难再看见人们拿着纸笔,一笔一画地在纸上写信了。而我也只能在自己收藏的那些有些泛黄的信件里,回想那段写信的岁月了……

村 歌

朱仲祥

去年临近端午,一位不常见面的文学朋友突然联系上我,叫我务必为高坝村写首村歌。歌词我过去倒是写过一些,为某企业写,为某单位写,为某行业部门写,就是没有写过村歌。朋友见我有些踌躇,就说:"没写过不要紧,权当尝试,别再谦虚了,这首歌就你写了。"

对这个坐落在棉竹镇的高坝村,我并不陌生。年轻时喜欢到乐山游玩,就曾若干次经过这片土地。但那时的高坝,印象中和许多其他村子也差不多,并没有给我留下特别的印象。只知道它是乐山老城区的一个行政村,有青衣江绕村而过,竹公溪纵贯南北。放眼车窗外,村子里一半是山势起伏的浅丘,生长着常见的马尾松及其他杂树;一半是水网密布的平坝,种着水稻、小麦和油菜等庄稼,属于典型的纯农业村。汽车碾过村中省道106线补丁连补丁的路面,扬起一路烟尘和沙石。散落路边的农房,以砖混结构的平房居多,不时可见一两处茅草覆顶的土坯房。竹公溪上拦水而建的一座小水电站，算是村里引以为自豪的工业企业。高坝人沿袭几千年祖辈的生活，日出而作日落而息，春种一颗粟秋收万粒籽。百姓的生活谈不上富裕，最多混个肚儿圆。

那时人们从成都到乐山，高坝是必经之路。人们穿过夹江的云甘平坝，便钻进一条曲折蜿蜒的山沟，在沟中行不多久就是高坝的地界。不过到了高坝还不算到了乐山城，因为高坝距离老城区还远着呢，古老的郡城相隔在十公里之外。

后来情况有所改变，二十多年前我调来乐山，去高坝调研走访的时间多了起来，亲眼看到并深切感受到了高坝的悄然蜕变。首先是交通状况发生着变化。围绕成乐大件路主通道，修建了纵横交叉的通村通组公路。其次是高坝由纯农业村开始向二、三产业转型。村子里出现了不少小作坊式的乡镇企业，特别是公路两边，开张了不少经营餐饮的路边店。高坝人在春种秋收之余，还可进城或就地务工经商。虽然如此，高坝和别的村子一样，依然停留在温饱线上，村子里还有不少贫困户。

由于工作的原因，近年来去农村调研的时间少了。但每次经过这里，我都要格外留意村子的面貌，用心触摸高坝的每一丝脉动和蝶变。在我的印象中，高坝前进的脚步加快了，几乎每一次经过感受都不一样。特别是近五六年来，村子的变化可以用日新月异来形容。我知道，高坝人正在把握主城区北拓的机遇，不断加快城乡融合的力度，兴办了不少工商企业，兴建了一些街道楼院，以积极的姿态向城市靠近，以新城乡的崭新面貌出现在世人面前。

虽然如此，但我仍感觉对高坝的了解过于浮光掠影，算不得真切和深入。现在受托为村子写首歌，难免心里有些打鼓，怕写不好有负重托。

还没等我有个明确的回复，高坝的团支书易红梅就打来电话，说是为了配合乡村振兴计划的开展，区、镇两级都要组织一些活动，于是高坝村两委研究，决定写一首高坝村村歌，展示近年来村里的变化，歌颂高坝村人崭新的生活面貌，鼓舞高坝村人奔小康的信心和勇气。并说要得急，必须要抓紧，务请朱老师帮忙云云。每一条理由都十分充足，我感到无法拒绝。

很快，红梅就开着她的红色私家车，风风火火赶进城来接上我，说是先陪我观观景采采风，增加对他们村的再认识。她一阵风把我拉到了他们村子，然后就在高坝的地界里东南西北地四处转悠。从人潮涌动的万达广场到拔地而起的青江新区，从秧苗如茵的竹公溪畔到松竹葱茏的青衣江边，从规划建设的九百洞湿地公园到荷叶田田的金鹰山庄，从新修的住宅小区到宁静的村民新村，一路上，小易边驾车边介绍，说不完今天的美丽高坝，骄傲和自豪溢于言表。

随着车轮碾着路面的沙沙声响，以及小易生动现实的表述和指点，一幅城乡融合的幸福画卷在我眼前次第展开：大街笔直气派，公路宽阔畅通，高楼鳞次栉比，小区宁静祥和，乐山城区北拓的新气象迤逦而来。而那些丘陵间、水溪边的农家院落，绿水环绕，青山叠翠，村前村后稻花十里，瓜果飘香。一路的琳琅满目，一路的新奇惊讶，手机的内存里装满了一张张高坝村的剪影：清清溪水，诗意农家，飘香的果园，开心的鱼塘，繁华的商场，气派的街道，现代的社区，还有城际铁路、高速公路，还有高坝人奔忙的身影、自信的笑脸……而年轻时看到的二十里城乡间隔，早已被一条条街道、一片片高楼淹没。

易红梅还特别拉着我，从熙熙攘攘的乐山火车站转到车站广场旁边笔直的"高坝路"，并强调说，高坝路可是以高坝命名的路，是高坝村骄傲的地标，必须把这条路写进歌里去。我望望宽阔的大街，以及标牌上"高坝路"几个字，内心似乎有所触动。

又是城市又是乡村的，这一转悠就是两三个小时。而在我的眼里，却是跨越了一段沧海桑田的时空记忆。我心里不禁自问：这还是记忆中的高坝吗？这分明就是一只涅槃的凤凰，新鲜而美丽，欣然而向上，正迎着太阳起舞高歌。

最后我们回到高坝村村委会，见到了高坝当家人汪书记。这个20世纪70年代出生的农村汉子，不仅是崭新高坝的领路人，也是高坝数十年变迁的见证者和参与者。说起高坝的今昔自然感慨良多。

我请他谈谈高坝的历史变迁，汪书记侃侃而谈，从新中国成立初期的贫困境况到改革之初的逐渐起步，再到进入新时代后的凤凰涅槃，说了很多很多。但我只记住了两方面的情况。一方面是农民收入数字的变化，四十年前高坝的人均纯收入仅一千多元，如今已增加到了两万多元，而且前两年村里的贫困户就全部"摘帽"；一方面是高坝已从农业村成功实现向城乡一体的转变，目前全村十余个行政村，已有三分之二的村民小组变成了城市街道，还有三分之一是传统农业组。

对于今后的高坝，汪书记信心满满。他说得最多的是即将面临的"村改居"工作。一旦村委会变成居委会了，工作重心就将由农村转向城市。如何适应这一变化，继续带领高坝实现真正的小康，对领导班子是一个考验。特别是如何借村改居，把发展相对滞后的几个村民小组带动起来，也是需要思考的问题，也是面临的挑战。但有挑战才会有突破，我相信高坝人的勇气和决心。

易红梅还给我看了高坝的工作剪影，其中有重点项目竣工剪彩的，有村民采摘茶叶柑橘的，有村里开展文艺表演体育比赛的，有村领导慰问老党员的，可谓多姿多彩，异彩纷呈。每一张图片都是高坝前进的足迹，每一段文字都是高坝美丽的记录。

这一圈采风下来，创作村歌的事由受命于人到情动于衷，我有点手心发痒蠢蠢欲动了。一回到家就迫不及待打开电脑，手指在键盘上一阵敲打，我创作的第一首村歌便出现在了电脑屏幕上：

竹公溪畔美如画，可爱的高坝我的家。碧水绕芳村，青山郭外斜，稻香鱼儿肥，林丰果满柽。啊，唱不完家乡好山水，乡情温暖你我他。

竹公溪畔美如画，幸福的高坝我的家。村道变通衢，茅屋建广厦，空中飞铁龙，庭院开鲜花。啊，唱不完家乡好日子，感谢这创业嘉年华。

竹公溪畔美如画，奋进的高坝我的家。迈进新时代，建设新城乡，胸中有宏图，圆梦靠大家。啊，唱不完家乡好光景，扬鞭跃马再出发！

后来易红梅高兴地告诉我，村歌《美丽高坝我的家》交本土作曲家曾章琴谱了曲拍了视频,现在在高坝村的范围内已广为传唱。他们在节日里文艺汇演时唱,在平日劳动生活中唱。村里组织参加镇上的文艺汇演,合唱的这首歌还得了奖。红梅他们还为这首歌编了舞蹈,村民们几乎每天晚上跳广场舞,都要用这支村歌伴舞。听到这些反馈的消息,我这才松了一口气。后来红梅还发来一些相关的视频,在欢快的旋律中,高坝人放声地唱着,开心地舞着,意气风发地行进在奔向小康的大路上。

　　眼看着高坝人载歌载舞的场面,感受着他们对于新生活的由衷热爱,我禁不住眼眶阵阵发热。同时我也深感庆幸,庆幸我们生活在这个国家富强、民族复兴的伟大时代。我更清楚地知道:高坝的这首村歌,其实是高坝人用汗水和智慧写成的,是我们的时代用改革开放的大手笔挥就的。

老冰箱，新冰箱

曹祖兴

每一台冰箱对于每一个家庭来说，都有一个不为人知的故事。

家里的那台冰箱是20世纪90年代末买的，到现在十几年了，曾经为我们的保鲜和冷冻生活立下了汗马功劳。

那时候，我还没有结婚，一次回家，意外看到一台崭新的冰箱放在堂屋显眼的位置，张口就问妈妈多少钱买的，妈妈满脸自豪地告诉我说，两千多块！其实，我心里很清楚，当时家里并不富裕，父母买这台冰箱，肯定是经过一番咬牙加狠心的。那时我三天两头地相亲，这个可能也是为了吸引人吧，呵呵。

这台冰箱是上下开门的，上边是保鲜层，下边是冷冻层，平时保鲜层用途多，冷冻层由于不常用，爸爸就在空饮料瓶里灌满凉水，然后放进去，说是这么做省电节能，还能延长冰箱的使用寿命。呵呵，这个我还真是第一次听说。因为我平时不在家，爸爸妈妈在冰箱里也放不了多少东西，顶多就是农村常见的饭菜，比如粥、馒头、剩菜、大饼什么的，几乎没有其他的。

后来我们搬回家去住了两年，就是这两年，冰箱的用途才真正发挥出来。那时儿子两三岁了，好多吃的喝的都需要保鲜、冷藏，于是，冰箱的冷冻层也终于真正派上了用场，雪糕、冷饮、肉食和酸奶等统统塞满了每个抽屉，可是电费也噌噌噌地往上涨！小小的儿子每次偷偷打开冰箱的门，从里边拿了雪糕、酸奶什么的，怯怯地把小手背到后边的可爱样子，也带给我们几多生气几多喜悦。

说到这台冰箱的冷冻层，我不由得想起一件事。那年，妈妈把端午节时包的粽子冻进了冰箱，哪怕是实在没有别的东西朝冰箱里放，也一连几个月都舍不得拔掉插头，就为了让远在外地的儿子回来了能吃上她亲手包的粽子啊。真是可怜天下父母心！

一年多前妈妈不幸意外去世了，我和儿子在市里住，爸爸也去了工地看门，这台在我家承载了太多希望、付出了太多心血的冰箱上早就落满了厚厚的灰尘。每次回家，我都下意识地跟往常一样，顺手打开冰箱的门看看，然而除了有些刺鼻的异味，曾经装满希望和幸福的空间不知何时竟然变得那么局促和灰暗！

去年刚入夏的时候，我还想把冰箱弄来我这儿用一阵子的，因为我知道，电器这个东西还是经常使用着才能延长寿命，长期放置不用的话，坏得更快。可是我租的房子太小了，找不出合适的地方安置它，而且儿子见我有这个想法竟然提醒我说，哪天他爷爷回来了还用呢，意思是不让我搬来。想想也是，爸爸哪天回来了，一个人做的饭说不定能吃一天，因此他比我可能更需要冰箱。而我久居市里，出门就是菜市场和超市，买东西方便多了。于是，就在我的犹豫中和爸爸偶尔回来住几天的间隙，夏天不知不觉地过完了!

  每次回家进屋都会不经意看见独自伫立在客厅一角的冰箱,是那么安详,那么恬静,那么无言,可是我竟然觉得它也是那么的落寞!那么的欲语还休!难道它也有很多心事想要跟谁倾诉吗?转遍久不住人、没有生气和活力的每个房间,看看院里长了绿了又枯黄的杂草,想想煤气中毒意外去世的母亲,我禁不住悲从中来,潸然泪下。于是把冰箱所有的门都打开,免得下次回来里面滋生出更大更腐臭的味道来。过年了,爸爸回去了,我们也回家去做了短暂的停留。冰箱经过爸爸一番清洗,充斥了近一年的异味自然也消失了,里边也放上了一些过年备下的吃食。只是过了年后,冰箱和这个家一样,也会一下子空荡荡起来,岁月如飞刀,刀刀催人老,冰箱也会随着时光的流逝渐渐地老去。这个曾经带给我们欢笑、希望、盼头的冰箱啊,现在留给我们的竟然是淡淡的落寞和不尽的哀愁。

  去年"双十一"期间,偶尔得知某品牌冰箱特价抢购,平时1299元,现价888元,考虑到店里92升的小冰箱已经用了好几年了,正想买个大的放在店里,而这个小的可以弄回家去用,于是就立即点击抢购。很幸运,我果然抢到一台放到"购物车"里,就是没结账。第二天店家来电问我还买不买时,我忽然想起网购也可以分期付款,所以就随口问怎么办理,店家说需要取消现在的订单重新下单,选择支付方式的时候点击分期付款就行了。我照做了,选择了分期六个月付款,每个月从我绑定的银行卡上扣148元钱。于是第二天这个容积176升的双开门冰箱就送来了。次日下午我就把新冰箱打开装上东西,再把旧冰箱弄回家去。然而过不了几天我就后悔了,因为冰箱太大了,家里就我和儿子俩人,日常食用的东西根本没有多少,要是为了把冰箱装满而不断购物的话,不但几天吃不完,坏了也浪费,而且还白扔一笔钱。十月份开始天气冷了,很多食物不再需要放进冰箱里,我干脆给冰箱断了电。这样一来店里的新冰箱和家里的旧冰箱就都闲置起来。我才不禁想到,原先那个小冰箱也是能满足我们的日常生活的,只不过趁着"双十一"头脑一热就买了。俗话说有钱不买半年闲嘛,这还真是叫我后悔呢。不过话说回来,要是放在二十年前,想随便掏钱买这样一台冰箱,还是要多方考虑的。总的来说,还是这些年手头宽裕了,花钱也就有点不怎么在意了。

一把茶壶

刘千

我家有把霜气横秋的紫砂茶壶,是1949年春天祖父路过宜兴花了三块铜板换的。听说要建立新中国了,祖父撂下船上搬运工的活儿,带着这把茶壶和工钱回到老家,准备给儿子置办婚事。

为让儿孙们铭记新中国成立的大喜日子,祖父专门挑选10月1日这天,为我父母举办了结婚仪式,并送给父亲这把紫砂茶壶。这是有其深刻含义的。

"茶壶"与"搀扶"谐音,表达了长辈对晚辈婚后的期望,即要相互搀扶,彼此珍重,相依相伴,养儿育女,白头偕老;还意味着人生如茶,婚后男人对生活的一种把握和担当;更重要的是,新中国建立后,我家分到了两亩土地,生活有了基础,对共产党的感激之情都寄托在这把壶里。因此,父亲格外珍惜、呵护这把紫砂茶壶。

小时候,父亲常对我们姐弟几个说:"这把茶壶是祖父送给我的传家宝。看到它,就像看到了你们已故的祖父。可千万要小心,别打坏了。"于是,在我幼小的心灵里,那个棕色紫砂茶壶如同圣物。有时我似乎觉得它就是和蔼可亲的祖父,弥补了我没见过祖父的遗憾。

从小到大,我们姐弟几个常常依偎在茶壶旁,看着父亲从壶里倒出香喷喷的茶水。只见他轻呷一口,便以老茶壶为道具向我们讲述许多关于祖父的故事。有时我们听得泪水涟涟,也明白了父母劳动间隙所显露的疲惫和艰辛,感受着他们的头发像壶里泡的茶,由青变淡变白,他们的容颜也逐渐像紫砂茶壶了。

我们姐弟几个长大后,像离巢的鸟儿陆续离开了家,或求学,或嫁人,或工作,而茶壶依旧默默地坚守在老家旧宅里,陪伴着父母走过每个寂寞的日子。偶尔归来,走进家,看见桌上的老茶壶,好似和一位久别重逢的亲人相见,亲切、温暖和踏实感油然而生,也唤醒了我淡淡的乡愁。

可能是割舍不掉的国庆情结吧,在我二十四岁那年,父母也把我结婚的日子定在10月1日。结婚那天,父亲问我想要什么礼物,我回答说想要家里那把老茶壶。因为我坚定地认为,拥有那把老茶壶,就感觉祖父、父亲和母亲陪在我身边,就能时常想起家乡,让我觉得日子踏实温暖,格外有滋味……

从此,老茶壶就跟着我,忠实地守在我身旁,陪伴着我的岁月和年华。父亲去世后,母亲常来我家小住,每次来都会习惯性地看看摸摸茶壶,与壶"交流",每次触碰,她都觉得是最温暖的安慰。

眨眼间,老茶壶跟随我三十多年了。去年10月1日儿子结婚,看他一脸幸福的祥子,我也效仿祖父、父亲问儿子结婚需要老爸送他什么礼物。本以为儿子会说送车、送房，未承想儿子却说要家里那把老茶壶，其他的结婚后自己奋斗。听了这话，我含着泪把老茶壶交到儿子手里，释然了。

  伴着这把有生命温度的老茶壶，我家的住房也从茅草房到土坯房，到砖瓦房，到平房，再从乡下到城里，住上宽敞明亮的高档小区房……新中国从成立之日走来，经历了半个多世纪的沧桑岁月，像年长者见证了我家的喜怒哀乐、悲欢离合，也见证着我家的生活一步步走向美好，走向幸福的新时代。它储满的不仅仅是袅袅茶香，不仅仅是我家三代人选择10月1日结婚的方式庆祝新中国华诞的家国情怀，也不仅仅是无尽的乡愁和厚重的亲情，更是国人从站起来到富起来再到强起来的70年伟大光辉历程的缩影。

碎影流香

庞雷

行走在乡村松软的土道上，我觉得自己是幸福的人，拥有着幸福的生命。回想与自己曾同属一个概念中的一些人，我蓦然发现，他们也是幸福的人。每每与他们摆谈或擦肩而过时，他们脸上真诚的微笑让我感觉他们是那么快乐，对于现有的生活和通过努力可以创造的生活，他们心存感激。是啊，有这么一个好社会，我们还奢望什么呢？

一 打工：撞上好国运

小五是农民，高中毕业。

十多年前，他向亲戚、朋友借了一大笔钱，独自跑到南方，发誓不挣到钱绝不回乡。他从小爱画画，虽然文化成绩不好，但对美术却情有独钟，老师说他的画很有灵感与创意，这令乡村同龄孩子望尘莫及。到了南方，他白天到码头扛货，挣点苦力钱，晚上到当地一所很有名的美术夜大学习。他很勤奋，一边用心向老师学习，一边采纳老师建议买了大量专业书籍自学，不明白的就请教老师。老师很喜欢他这个学生，觉得他聪明又勤奋。这样，他白天打工，晚上学习，不觉三年过去了。

这天，老师对他说："你在码头打工太辛苦，我建议你去一些广告公司试试，搞搞广告设计与策划。"

几经辗转，他终于被一家广告公司看中。

由于勤奋，一年后，他还清了所有欠款。

乡村人都说："这孩子出息了。"

几年后，小五自己当老板，开了一家广告公司，现在他觉得自己什么都有了，但唯一感觉不足的还是知识，所以忙碌之余，他也抓紧时间学习。他说自己是沾了改革开放的光，撞了改革开放的好国运，不然，凭他当初的条件，无论如何都不可能拥有今天的一切。也许，他也只能和无数祖祖辈辈一样，日出而作日没而息，守着土地终老一生，那样，他又怎样为自己的孩子创造如此优越的成长环境呢？一直以来，他最想对人说也对人说得最多的一句话还是："碰上了国家的好政策，就是好啊，是它改变了我的命运！"

二　流浪汉的幸福生活

小刘是一位流浪汉，在我很小时便记得他住在岩洞里。那时，我和伙伴们还常去他的岩洞里玩呢。

因为他没有庄稼，又没有别的技术，所以便替村里人打短工度日。谁家活紧了，就去帮一阵，混口饭吃。他手脚勤劳，不怕吃苦，待人又和气，很受村人喜爱。

如今，小刘年纪大了，成了老刘。山里的路崎岖陡峭，上上下下都不太方便。恰逢这时，社会主义新农村建设开始了。老刘属于无房户，政府决定免费给他建房。这可把老刘乐坏了，他做梦都没有想到，自己有一天也能住上真正属于自己的房子。老刘在村里走来走去，成天乐呵呵，见了谁都能说上半天话。这个平素沉默寡言的汉子竟也变得开朗起来。

不久，房子建起来了，政府还给他置办了一应家具，为他办了低保，同时送了很多粮食给他，并且让他自由选择一份土地种。这样，他便不用为生活再发愁。

有房有粮有土地的老刘成天脸上都挂着笑，仿佛年轻了十岁。他逢人便说："中国历史上，哪朝哪代都不如今天的中国如此关心咱老百姓，还是党的政策好啊……"

"是啊，还是党的政策好啊！"多么朴实的话语。这么朴实的话语从老刘口中说出，愈显亲切、挚诚。这个不善言辞的老刘没有更生动、丰富的语言表达内心的感激之情，但唯其如此，人们才更加感受到他朴实言语中的分量。这位背井离乡的汉子来到这儿从不曾流泪，但这次在村民大会上发言时，他却流泪了。谁都知道，这是感念之泪、快乐之泪、幸福之泪！"以后的日子，我相信在中国共产党的领导下会越过越好，就像我们的国家一样，会越来越好！"会场上鸦雀无声，片刻之后，雷鸣般的掌声响彻全场，经久不息。

三　雨中

连日阴雨下得人心里憋得慌。这天气咋就这么怪？不下雨则罢，一下起雨就要下个够，否则便觉余兴未尽。

碰上阴雨天气，可不方便。田间小路不仅滑，而且灌满了泥浆，弄不好，一脚下去，泥浆冲天而起，便会溅你一身。我仔细盯着路面，小心翼翼迈步向前，就算这样，偶尔一不小心，裤子上还是会溅上泥。

平时步行到学校，只需半小时；这种天气，至少得多花一半时间。我一边埋怨着这坏天气，一边抬头望天。天空还是那么阴沉，阴沉的天底下雨雾弥漫，看这雨势，不仅不会打住，相反还会愈下愈大。

上学路上，大大小小的男生、女生们穿着雨鞋，撑着漂亮的雨伞向学校赶去。远远望去，那就是一片伞的海洋，在雨幕下移动着，煞是壮观。三三两两的学子，却并不因这雨的干扰而减却了高谈阔论的好兴致。有的在讨论学习上的问题，有的在探讨网络新世界，有的在交流国际要闻……其情其景，甚是热烈。

我心头一热，不由感叹时代就是不同了啊！回想昔日读书时，那个年代的学生懂个啥，真的啥也不懂啊。我们接受的就是教材和老师身上的知识，什么电脑，哪儿有啊？就是电视，那时在乡村也极少，哪个村有了一台黑白电视机，就跟听说了"外星人访问地球"一样新鲜，更别提什么彩色电视机、VCD、DVD。现在的孩子就是幸福啊，时代的飞速发展让我们每个人都打心眼里感到高兴。瞧孩子们一脸阳光，哪来这阴雨天气的不快？

走到学校，我忽然看见一个老大爷背上背着一个七八岁的小女孩，手里还牵着一个五六岁的更小的女孩。我纳闷地走上前，询问他为什么牵着这个小一些的女孩走，而把那个大一些的女孩背着走。老大爷笑了笑，道出原委。原来这个大女孩是邻居家的，邻居这几天有事不在家，托付他照顾，而这个小女孩是自己的孙女。他觉得自己的孙女弄脏了无所谓，而乡里乡亲，既然别人如此信任自己，总不能辜负了那一份诚意吧。

我呆住了，几乎不能相信他的话，但很快我又相信了。是啊，与人为善、真诚待人不是我们中华民族千年传承的"文明"吗？况且今天的中国，人们在丰富自己的物质生活之时，也没有忘记丰富自己的精神生活，尤其在构建美丽中国、编织美好梦想的今天，我们不是更应该将这种"文明"传承下去吗？瞬间，一种前所未有的自豪与荣幸涌上心头，这位普通的农村老大爷可以把善良与爱心送给这一个孩子，而我却可以把它们送给多少个孩子啊！社会给了我三尺讲台，这可也是我人生的大舞台。虽然我在这个舞台上的角色很小，但使命却并不小，因为那是一份份最最纯洁的信任与诚意！

雨还在下，我的心里却充满了阳光与微笑。

四　书摊

周末，我闲着没事，到镇上赶集。天边红云慢慢扩散，我以为自己来得挺早，没想到到处已是小贩、农人们的吆喝声，街上早有了些许购物的人流。

我来到东街的书摊。摆摊的老大爷正悠闲地跷着二郎腿，眯缝着双眼，乐呵呵地瞅着过往行人。

"老大爷，您早哇！"

"年轻人啦，坐吧。"

我随手端过一张小凳，坐下开始翻看各式各样的书籍。

太阳醉酒般红着脸，爬上了树梢。街上热闹起来，人们的脚步开始慢下来，抬眼望去，所有的空隙都被人填满了。看到张张绯红的笑脸和众多高谈的身影，你就知道人们生活在一个多么幸福的时代。瞧，那背着大背篓的老农民正挤在人群里打手机，眉间充满着喜色，好像在说，儿子又给我汇钱了，等着我去取呢……

"爸爸，我想看作文书。老师说我作文语言不丰富，我得多看看，加强积累！"一个少年说着话，和一位中年人往书摊走来。

"儿子，快高考了，看看这摊上新到的复习资料吧？"一位中年妇女指指书摊，对比她高两个头的儿子说。

"奶奶，我要买儿歌书。"一位六七岁的小女孩拉着一位老人走近书摊，稚嫩的笑容在脸上荡漾。

……

老人忙碌起来。

我抬起头，望望天，太阳金色的光芒拂在书摊上，也拂在农人们的脸上，熠熠生辉，宛如一段段金色的旋律，真好！

五　捡废品

今年夏天，我到成都探望亲戚，小住了几日。

亲戚在做饮食生意。我帮不上忙，闲着没事，便四处转悠。

这天，我正转得起劲，蓦然瞥见林立的高楼旁，一长溜低矮的简易帐篷整齐地排列开来。一位蓬发垢面的中年妇女正在帐篷前煮"荷叶稀饭"，阵阵清香扑鼻而来。我惊异起来，他们出来打工难道没钱租房子吗，就住这地方？况且几个人凑在一起租房子，也挺便宜。这究竟是怎么回事呢？

一打听才知道他们是来城里捡废品的。因为从农村来，没有文化，身有残疾，又没有一技之长，干不了别的，只有靠捡废品维持生计。他们捡废品，开始也怕人嘲笑，又怕染上什么疾病，但久而久之就习惯了。为了生活，别无所长的他们只能赖此度日。

是啊，他们肩上的担子也不轻啊。老人需要他们赡养，子女需要他们抚养，自己还得吃饭呢，个中艰辛可想而知。

幸好，他们的孩子都很懂事，小小年纪便学着做这做那，帮着照顾爷爷、奶奶。"穷人的孩子早当家"，是的，在这样伟大的时代，只要有了执着向上的顽强信念，相信他们未来的生活一定会越来越好！

深深地祝福他们——这群身有残疾，却追求美好生活的人儿！

六　这种快乐有个名字叫幸福

"感恩的心，感谢有你，伴我一生，让我有勇气做我自己。

感恩的心，感谢命运，花开花落，我一样会珍惜……"

走进一所特殊教育学校，正巧看见一大群孩子围在一起，跟着老师的引导，认真比画着这首《感恩的心》。

我的心开始莫名地颤动。这是一群来自农村贫困山区的特殊孩子，因为他们全都是聋哑儿童。尤其让我惊异的是，孩子们的脸上竟全无一丝痛苦的表情，一双双纯真而开心的眼睛告诉我：他们活得很幸福！我忽然又疑惑了，他们真的很幸福吗？

漂亮、大方的女老师告诉我，这些孩子有无数的好心人在帮助他们，"爱心捐赠"让他们渡过了重重难关，拥有了许多快乐的日子……我想，这种快乐有个名字，应该就叫"幸福"吧。而这种幸福不也是祖国的社会主义大家庭赋予的吗？"只要人人都献出一点爱，世界将变成美好的人间……"无形之中已然成了我们的道德准绳和优良传统，这于国于家于民都有无穷益处。这也是一种团结的力量。我们社会主义祖国在中国共产党的领导下，也是靠这样一种团结的力量才一步步走向繁荣、富强。这俨然已经成了中华民族的一种精神，这种精神在满天星空下必将熠熠生辉，璀璨夺目，折射出耀眼的光芒。

"感恩的心，感谢有你，伴我一生，让我有勇气做我自己。感恩的心，感谢命运，花开花落，我一样会珍惜……"

歌声又起了，我情不自禁跟着唱起来。

我想，这也是每个中国人的心声。

星空下，我默默祈祷，祈祷祖国所有美丽的梦想在今夜快快起航……

我家厨房变化记

刘志宏

转眼间，我们伟大的祖国即将迎来70周年华诞，作为一名花甲之人，有幸见证了祖国70年来日新月异的发展变化，尤其改革开放40年来所取得的辉煌成就，这一切让我感到十分的骄傲。如今每次回到高层住宅楼，看到厨房里天然气炉盘上跳动的火苗，心中不禁感慨万千，不由得联想到20世纪80年代初的生活情景。

记得那时，我所在的单位坐落在离县城10公里以外的吉石坝，交通不便，信息闭塞，出门很不方便，油盐柴米酱醋茶等日常生活用品都成了每个职工费心琢磨的事。那时我刚刚成家，由于单位条件有限，我和大部分成家的职工一样，在一间大约20平方米的小平房里过起了小日子。因为房子的空间有限，许多人都用煤油炉子做饭。这种炉子火力不旺，油烟又大，一般做饭时要搬到门口。如果天晴还好，要是碰上刮风下雨，吃一顿饭就很费劲了。最糟糕的是这种炉子用的灯芯是棉线搓成的，燃烧时看不到它的长度，有时在做饭最关键的时刻，灯芯够不上油面而熄火，那一锅饭就泡汤了。1989年中秋，家里来了远方的亲戚，我精心包了饺子，可在下锅后就出现了这种情况，让前来的亲友面面相觑，让我哭笑不得。发生了那次事后，我发狠把煤油炉子冷落到了记忆之外，请人砌了烧煤的鼓风机炉子，但因门前太狭小，一样让我感到了做饭的滑稽和无奈。

20世纪90年代起，地矿系统在国家政策的支持下，将所有野外单位分批搬迁到交通较发达的中心城市，从根本上解决了职工子女上学、就业、成家等诸多问题，也解决了我们做饭难的问题。1992年，我分到了一套60.8平方米的砖混楼房。终于，我拥有了真正属于自己的厨房，日子开始丰满而鲜活起来。厨房里水电齐全，而且还有单位发的双盘灶具、液化气罐和换气扇。看着焕然一新的设施，看着液化气火苗点燃的希望，想着以前吃饭烧不熟的无奈情景一去不复返了，我从内心里赞颂改革开放的伟大正确。带着一片晴朗的笑容，我把这消息告诉了远在老家的父母，也让他们分享我的欢乐。记得妈妈在电话里听到我的描述时，竟高兴地哭了。因为她六年前到我家帮着带孙子时知道烧煤油炉子的艰辛，知道用那种炉子做饭时的弱点，知道我们缺少生活经验的尴尬。如今听到我们的生活发生了如此大的变化，她怎能不高兴呢？是啊，是和谐社会让我们享受到了改革开放带来的成果，是地矿经济的快速发展让每个地质人都从改革开放中得到了越来越多的实惠。

随着西部大开发的热潮一浪高过一浪，地矿系统的经济实力发生了前所未有的变化。2010年，我住上了框架结构、面积更大的高层楼房，单位补贴百万元实施了住家户的天然气安装工程，让我们用上了从新疆远道而来的天然气。再加上电饭锅、电磁炉、热水器、抽油烟机，我的厨房发上了翻天覆地的变化。从那一刻起，做饭、烧水、洗澡，甚至取暖，这些和生活密切相连的事情，现在竟变得如此方便和简单。我再也没有了二十多年前用煤油炉子的无奈与失望。看着一家人内心流露出的幸福笑容，一种激动涌入我的脑海。是啊，没有中国共产党的正确领导，没有新中国70年来取得的伟绩，没有多年来地质人跋山涉水、艰苦创业、开拓进取的奋斗，或许我们还将继续住在平房里，像20世纪80年代的人一样，点着煤油炉子支撑着光阴；而手机、电脑、楼房、家用汽车等只能是一种憧憬而已。可喜的是，随着地矿经济的迅速发展，我们的生活水平不断提高，这一切梦想都变成了现实。

我家灶房的三次变化，至少从一个侧面见证了新中国70年来，尤其是改革开放41年来中国取得的成绩，也圆了地质人通过自己辛勤劳动奔向富裕的梦想。如今，我虽然退休了，但看着祖国一天天地强大，我的心里如阳光般一样亮堂，不由得赞颂共产党的英明，感谢改革开放的伟大，以及和谐盛世给地质人带来的福利。是祖国的强大，让我们有了更多的获得感、幸福感和安全感。

一日三乘，日行千里

聂彦

苍山微茫，水路渺渺。沙漠孤烟直入云霄，绯红落日涂鸦着蜿蜒河流。远方传来驼铃"叮当"，商队人马行走在沙脊线上。只等夜鹰归巢收拢巨翼，篝火立即点燃。马匹与骆驼咀嚼干草料后，安然卧歇于枯树桩旁。万籁俱寂，火星子在噌蹿的火苗梢头炸裂。疲惫袭来，人们可轮换着轻轻寐去。

丝绸古道纵横数国，亘古情怀寄予西风。往来其间的人把南方的绣花带到云边，度过漫长秋深冬寒，在第一朵花开的春天，他们带着外邦的工艺品摇铃归来。先民们在风沙中仅仅依靠马匹、骆驼缓行，无声的脚步踏出了深深浅浅连接起各地的商业情义。慨叹从前，交通闭塞，远行艰难险阻。却有着这样一些人，他们不惧千难万险，肩扛手提，一心开辟商业之路，加强各地交流，日积跬步，终至千里。

人们羡慕鱼儿，因为江河湖海任鱼游，所以，人类创造了小舟、轮渡。人们羡慕飞鸟，因为高山长空任鸟飞，所以，人类制造出了飞机。人们不愿止步于井口大小的脚下，总想着有朝一日抵达诗和远方，所以，汽车、火车、高铁、地铁等五花八门的交通工具诞生了。

时值21世纪，感念祖国不断增强的科技力量。我们赶上了好时光，把壮丽山河景色于海陆空之间幸福转换欣赏。

我的家乡在"彩云之南"，祖国的西南之隅。因为山高谷深，公路极少，道路崎岖，这里曾经被"格式化"为人们眼中的偏僻、遥远、难以抵达。云南地处云贵高原，东部与贵州、广西为邻，北部与四川相连，西北部紧依西藏，西部与缅甸接壤，南部和老挝、越南毗邻，它的总面积为39.4万平方千米。在这儿有八个省辖市，八个自治州，六十七个县，二十九个自治县，十六个县级市，十七个市辖区。不光外人，我们云南人自己也感到各地相距甚远。不过，千万别一直存在偏见。"士别三日，当刮目相看"，今日云南，铁路覆盖地区越来越多，机场建设更加完善，高速公路迅速竣工，各地距离正在缩短。云南交通，未来可期。

上大学之前，我们很多县区的同学都没到过省会昆明。前辈们总激励后辈"读书改变命运，要走出大山"。当我第一次乘坐十多个小时的长途汽车到达省会昆明，吹着大城市的风，看着车水马龙时，第一次感受到了走出大山的快乐。后来，怀着喜悦与激动，我又坐了城市地铁，还和伙伴们一起乘坐绿皮火车，在缓缓前进的车窗前闭上眼睛慢慢思考。在一次非常赶时间的情况下，舒适的高铁飞速带我前进，我仅用其他交通方式一半的时间就抵达了目的地。寒暑假来临，我们经常凭借着好运气，提前买到出省旅行的廉价机票，走过很多地方，看到不一样的风景。换乘着公交、地铁、高铁、飞机，早晨从甲地出发，半日也许已经跨越了好多省区。这切身体验，让我享受了交通便利带来的快乐。我们的社会越来越高效。从此，山长水阔，相遇变得简单。思念谁，好像只要闭上眼睛数三个数，那人就会蹦到眼前似的。鱼儿、鸟儿、人儿，零距离和谐共生。

"客路青山外，行舟绿水前"，"仍怜故乡水，万里送行舟"，"李白乘舟将欲行，忽闻岸上踏歌声"，"孤帆远影碧空尽，唯见长江天际流"，这是山水之间的浓浓情意，遥望小舟轻轻消失视野的依依送别。古时分别，定然愁绪满怀，他日再相逢，已是山长水远。不知"何当共剪西窗烛"，一别经年。从前慢，充满美意，也苦涩也心酸。而在交通如此便利的今天，正衍生着无数新生却很朴素的情意绵绵。比如，车站旁目不转睛的等待，比如见面时飞奔而来的拥抱，还有抵达新地方收获的无数喜悦。

"有时朝发白帝，暮到江陵，其间千二百里，虽乘奔御风，不以疾也。"如今飞机飞行的速度和中国高铁的速度，远胜于这十分了得的三峡水速。从南到北，从一个半球到另一个半球，即使乘飞奔快马，驾着疾风，又或是三峡之水速推动的船只，也没有高铁和飞机快啊！这快速前进的趋势，将中国带入了一个全新的时代。中国复兴的步伐稳健而又昂扬。

小小孩童骑着老黄牛，吹着横笛缓缓走来。还是水墨画般诗意的三月，小男孩骑着自行车和路上遇到的老人打招呼。施了法术似的，男孩已经成人，驾驶着小汽车带全家出行。每次出差乘高铁,他都坐在靠窗的座位上。在登机口,又遇到了熟悉的男孩。一日三乘或多乘,男孩已游历了一番人间。

  一日千里,早已不是神话。只要我们愿意,千里之行,始于足下。

最后一次换房

张运涛

20世纪三年困难时期,爷爷逃荒到淮河南岸。我上小学三年级时,爷爷决定重回老家。河的南边有米有面,课桌还是木的,为啥还要回河的北面呢?爷爷哄我,说我们回河的北面可以住瓦房。能住瓦房我当然高兴,那时候我们村里只有队长一家是砖瓦房。过淮河时,姑父跟爷爷说,把家分分吧。就这样,三个拖拉机拉的砖头分给我父亲一车。

那一年是1978年,我记得很清楚。头顶上过飞机时,老师说,郭沫若死了,人家是去参加葬礼的。

回到北岸后一切都不如意,生产队给我们的宅基地是一块洼地。爷爷、母亲和我都很失望。我到学校,隔着窗户看到教室里都是泥墩子,连水泥板都没有。

盖房子简直就是一场战争。好在从前我们在南岸的家就是一个饭店,北岸的亲戚朋友经常拉着红薯什么的去我们那儿换大米小麦,所以盖房子时来帮忙的人很多。先把洼地垫起来,然后是垒墙，脱坯，做水泥瓦。连我都上阵了，每天一放学就背着筐去捡砖头。那是我记忆中第一次经历建房，我做梦都在想，房子赶快建好，我们好从人家的厨屋搬出来。房子建好了，最好还要有燕子来筑窝。母亲说，燕子在谁那儿安家谁家有福。

房子竣工了，半砖半土，房顶苫的是我们自己做的青瓦。所有的亲戚又都来了，这一次是庆祝，盖一幢新房子是农村最大的事情。我还记得父亲喝醉了，一个劲地哭，不知道是高兴还是难过。

燕子还没有筑窝呢，房子就开始七漏八淌了。做青瓦的技术不过关，边角没处理好，瓦与瓦之间扣不严实。一到下雨，全家人都没法睡觉，屋里放的到处是碗盆，床上找不到雨淋不着的地方。雨水打在碗盆里，叮叮当当的，像音乐。可惜，一点也不动听。一家人苦着脸，忙着接水，或盯着碗盆发呆，等雨停。

上高中时，我去了县城。分铺位的时候，我说只要不漏雨睡哪儿都成。同学笑我，公家的房子哪能漏雨？！我从此心里起了信念，一定得考上大学，住公家的房子，住不漏雨的房子。

大学毕业参加工作，等了一年才分到一间房子，里面只有一张床和两个大纸箱子。我和妻子的新婚之夜就是在那里度过的。我们很满足，房子是公家的，我们不必像农村人那样操心盖房子了。没过多久，国家就"房改"了，我们象征性地出了一小部分钱，算是买下了房子。

1994年，我听说单位里有同事要调走，就提前去找领导磨，想住人家腾出来的房子。那是单位最早的集资楼，也是单位唯一的一栋宿舍楼。因为是小套，只有四十多平方米，没人和我争。

搬进去住的那天,我一夜没睡觉。多好的地方啊,有独立的卫生间,有厨屋,我终于有了一个完整独立的家了。

再后来,儿子大了,我的书房分给儿子做了卧室。房子变得逼仄,再加上结构太不合理,我们谋划着换套大点的。正好妻子单位集资建房,一套一百多平方米。房子交工后,我们一家三口没有一个不说好的,大客厅,还有吃饭的小客厅,儿子的卧室,书房,一应俱全。妻子说,简单装修一下吧。我摸摸墙,说,还装什么修啊,你看人家这墙,光洁白净,还不沾灰。因为这套房子我们借了很多钱没还,哪有钱装修啊。

那是1998年,儿子六岁。他喜欢猫狗,但我们住三楼,一到上班时间家里就没人了,谁有时间照看?儿子闹起来,我们吓唬他:再不听话,我们就搬回老房子去。他蔫了,怕再回那套逼仄的小房子里。

转眼就到了新世纪。那天坐在阳台上看书,抬头看到燕子在楼上飞来飞去的,突然就想到小时候的梦想,有座不漏雨的房子,房檐上再有个燕子窝,多幸福啊。可是,封闭严实的楼房,哪有燕子安家筑巢的地儿?妻子看出了我的心思,适时在一旁念叨,其实,买个带院儿的房子也不难,院子里还能种点菜。

好在我们生活在一个小城镇,自己建一座带个小院的房子,造价并不算高。这样一来,燕子能来筑窝了,儿子也能养猫养狗了。我们奋斗了半辈子,这点积蓄还是有的。

说干就干。地皮买好后接着是绘图纸,找建工队,房子完全按自己的要求设计。妻子的工作清闲一些,她负责监工。房子交工后,妻子累得脱了层皮。她开玩笑说,就是给一百万也不卖。

我明白，房子跟她的又一个孩子一样，倾注了她的心血。

2009年，我们搬进独门独院的小楼。一切安顿好，妻子说，这是我们最后一次搬家了。我笑，这话好耳熟啊，还记得这是第几次说了？儿子也笑，第二次第二次。妻子赶紧转移话题，一楼廊檐下有个燕子窝……

恰好又过了十年，2019年暑假，我们在儿子工作的广州看中一套智能化新居，要价近200万，里面门锁及家用电器都可以用手机遥控。想到老了可以来广州躲避北方寒冷的冬季，我们就不觉得有多难，可以从银行贷款嘛。签协议那天，妻子又说，好了，这回可真是最后一次为房子操心了。儿子一旁听了，接过话，你们都换了这么多次房子，我还不如你们?!

安得广厦千万间

俞珉

我出生在绍兴，20世纪50年代随父母工作调动从上海迁到北京，先后住过拐棒胡同、分司厅胡同、安定门、和平里、建国门、安贞里、大屯、北苑，前后六七次搬家，多属公房，单位分哪儿就去哪儿，甚至家具都是租的。那时搬家，自己买点"大白"刷刷墙，再擦擦玻璃而已，从没听过什么装修公司、建材家居市场。

60年代初搬进和平里煤炭大院，有管道煤气和暖气，但周边只有这座孤零零的九区一号院，四周一片荒凉，萧索冷寂，处处坟茔，夜不独行，但在当时已算比较好的房了。

那时绝大多数人都住平房。公厕在胡同里，早上要排队；一院一个水管，用水要等。每逢三九天水管上冻，要一壶壶浇开水。想洗澡只能去公共浴池。

那时的平房一般都是七八平方米，大的也就十平方米，一间房半间炕，基本是大通铺。不管东南西北，有一间就不错了，几口人一间，甚至三代人也一间。晚上老鼠在纸糊的顶棚上来回跑，扰得人不能睡觉。实在住不下了，有人就开始盖小房。你盖我也盖，画地为牢，甚至把树也盖进去，不要说救火车，就是人往里走也要拐几个弯。

屋里挤外面也挤，一般炉子都放在窗台底下，风雨要遮挡，否则大风一起火就灭。后来又兴用油毡、三合板搭小棚，炉子搬进棚就算厨房了。

住平房做饭取暖全靠炉子，最早用手摇煤球，剩下的煤末子舍不得扔，和点黄泥做成煤饼直接贴墙上。后来改为机压的。但烧煤球特别脏，屋里屋外都是煤灰粉尘。

后来才有了蜂窝煤。那时每隔几条胡同就有一个煤厂，几个黑不溜秋的男人守着一台简陋的机器，老远就能听到咣当咣当的压煤声。每年十一刚过，人们就开始订煤订劈柴了，然后有平板车一车车送到家。煤车一进胡同，老远就有人打听："哎，师傅，今年多少钱呀？""两分五一块。""怎么又涨了……"

到了冬天，要把炉子搬进屋，安烟筒，装风斗，还有火筷子、通条、煤铲，一样都不能少。屋里就更转不开了。虽然炉子进屋，但频频开门，有时穿棉鞋还冻得直跺脚，烟筒、风斗弄不好的话，还可能煤气中毒。

不管用什么炉子吧，都要填煤掏灰，爆土扬烟，污染很严重。赶上做饭的点儿，院里十几个小煤炉一起冒烟，屋里屋外呛得人流泪咳嗽，没着没落，苦不堪言。后来有了土暖气，还是烧煤，只是屋里干净点，空气照样污染，但在当时就很时尚了。

其实北京最早的四合院多为独门独院，后来住的人越来越多，又私搭乱建，就都成了大杂院。一到冬天，家家窗根下再堆上蜂窝煤、劈柴、大白菜，使本来就拥挤不堪的院落变得更加杂乱破败，电视剧《贫嘴张大民的幸福生活》，就描述了那时北京人的真实生活。

现在呢，这么说吧，80年代初站在安贞里15楼，可清楚地看到北京饭店，这就是说从北三环一直能看到南一环。现在即使同样的高度，别说一环，就是三环也看不到了，视线所及都是密密扎扎的高楼大厦，一个比一个高，一个赛一个豪华，针难插风难透。

楼多了，占地也必然多，一些幸运的人就赶上了拆迁，从潮湿低矮拥挤的小平房搬进了宽敞明亮的楼房。楼房有自来水、煤气、暖气、卧室、客厅和独立厨卫，没搬的人那个羡慕啊，都期盼自己的房也能早点纳入拆迁计划。政府对一些农转非的拆迁户，不仅安排正式工作，还补偿若干套房或拆迁款，真是拆迁拆迁，一步登天！

现在搬新房都讲究装修，由此又派生出众多装修公司、建材公司和家具公司。装修又有现代简约、北欧风格、中式风格、东南亚风格、个性定制等等，花样多了。

去过很多家，家家宽敞明亮，冰箱、彩电、空调、热水器、抽油烟机都是必需的，有的还有书房，还安上了中央空调或新风系统。从窗帘到地板，从卧具到沙发，从书柜到餐具，处处彰显个性。客厅油画瓷瓶，阳台鲜花绿植，再配上精致的小摆件，处处恰到好处，舒适大方，温馨浪漫……

许多人感慨地说，现在不仅楼上楼下电灯电话，而且一点火就做饭，一插电热水就哗哗下来了，11月中就来暖气了。屋里温暖如春，一件毛衣足矣，那个惬意舒适啊，就别提了！

虽然离开了熟悉的环境，离开了几代人住的小平房，但都实现了生活现代化的多年美好梦想！

现在北京城区人均住房建筑面积已达31.69平方米，郊区38平方米，这个数字除美国外，与欧洲一些国家和日本相比，都是不低的。

去年上房山拍片，一个村约有一半农家乐，十几间房以廊相连，还弄个阳光房，有独立厕所，也可洗澡。

就北京而言，一个三口之家，有个六七十、七八十平方米的房子就很不错了，老百姓一不办舞会，二不接待外宾，一家人能在客厅看看电视，接待客人，休闲娱乐，就很知足了。

有经济条件的，还买二套三套房，城里的留给上班的儿女，老人带孙辈住郊县更大的房子，甚至别墅，好在私家车已普及，虽住两地，也不失亲情。

政府为解决百姓住房难、住房贵的问题，又陆续出台了限价商品房、共有产权房、经济适用房、公共租赁房、廉租住房、小产权房等等，结构不一，设施不一，价格不一，以满足各种人群需求。

对那些不能拆或暂时还不拆的平房，政府也做了大量修缮改造，用电暖器替代了小煤炉，自来水管直接入户，全部换上不锈钢或陶瓷的厕具，增加了坐便器，还装上空调、洗手池镜子，并派专人打扫，使在平房的生活质量也得到一定提升。

正巧前几天，陪朋友去昌平北面的七家镇看了"未来城市"的一些新楼盘和样板间，除传统楼房外，现在还有阳光房、双连别墅和智能房等。

头一次看智能房很是新鲜。上班族可在回家的路上，用手机遥控开门开窗，开空调，开音响，智能马桶可辨男女，往那儿一站，马桶就知该翻一盖或两盖。

新楼房的公用设施也让人眼前一亮。比如，从水的源头即做深度处理，入户时已是安全的直饮水了。取暖不用电也不用燃气，采用高科技直接从地下提取冷热能源，以管线形式嵌入墙壁，温度可保持在20到24摄氏度。温度还可自调。这就意味着智能房可以不再使用笨拙的暖气和空调了。

总之，现在的住宅不仅是设计理念，而且使用的新型建筑材料和现代工艺技术，都以其巨大的冲击力在颠覆着人们对传统住宅楼的观念！

几千万的独栋别墅多以欧式为主，上三下二，远远望去，掩映在一片松柏绿植中。小区有山石流水、林荫大道。道路以卵石与塑胶为主，一点不亚于国家公园……

中介说，每逢周末售楼大厅就人满为患，很多人都打听高档房，有的甚至当场拍板签约。

中国有14亿人，要想彻底解决百姓的住房，是一个长期艰巨的任务，需要国家强盛和民众努力。

入夜，片片楼群中闪烁着点点灯光，人们沐浴在改革开放的春风里……但愿杜甫名句——安得广厦千万间，大庇天下寒士俱欢颜——早日实现！